그녀가 테이블 너머로 너머로 너머로 건너갈 때

AS SHE CLIMBED ACROSS THE TABLE

by Jonathan Lethem

조너선 레섬

As
She
Climbed
Across

the
Table

그녀가
테이블
너머로

건너
갈
때

배지혜 옮김

황금가지

차례

셸리 잭슨에게 바침

1

앨리스에게 가는 길은 눈 감고도 훤했다. 앨리스가 어디에 있을지는 뻔했다. 교정을 가로질러 걷는 동안 나는 로맨틱한 저녁을 계획했다. 집으로 돌아가 그녀의 몸을 어떤 순서로 만질지 머릿속에 그렸다. 곧 그녀를 만날 수 있다. 앨리스는 입자가속기실에서 야근 중이었다. 미세한 물체들을 관찰하며 엄청난 힘의 충돌을 통해 그것들을 병합하고 결과를 기록하고 있을 것이다. 거기 말고 앨리스가 있을 만한 곳은 없었다. 눈에 잘 띄지 않는 입구로 이어지는 길을 걷는 동안 눈 부신 햇살을 반사하는 언덕 위 불룩하게 튀어나온 양성자 가속기가 눈에 들어왔다. 몇 분 후면 앨리스를 만날 수 있다.

물리학자들과는 다르게 나는 근무를 마친 상태였다. 내 담당 학과는 지금 세기의 사건이 일어나기 직전인 척할 수 없는 학과였다. 해가 저물면 우리 학과 대학원생들은 저마다 영화관, 볼링장, 피자 가게로 흩어졌다. 굳이 서두를 이유도 없었다. 우리는 국지적으로 일어나는 현상이나 최근에 일어난 사건을 연구할 뿐이니까. 물리학자들은 무언가의 시작을 연구했고, 그래서 곧 종말이 올 수도 있는 사건을 설명하는 데 조급해했다.

나는 한껏 들떠서 콘크리트 보도에서 벗어나 잔디를 가로지르며 전력을 다해 앨리스에게 가까워졌다. 이제 나는 앨리스의 궤도 안에 있었다. 나는 떠들썩하게 회전하는 미립자였다. 그녀의 영역에 침입해 연구의 심취한 그녀의 관심을 빼앗고 싶었다. 흔들림 없는 그녀의 시선을 빼앗고 싶었다.

캠퍼스 위 얼룩덜룩한 언덕에 초대형 입자 가속기 수퍼 컬라이더의 팔이 아무렇게나 뻗어있었다. 낡은 양성자 가속기는 마치 벌집 같은 모양으로 언덕 위에 얹어져 있었다. 언덕 밑에는 실험실들이 거미줄처럼 연결되어 있었다. 어마어마한 비용이 드는 실험이 이어질 때마다 실험동은 점점 규모를 넓혀갔다. 프랑켄슈타인 박사의 괴물이 된 건물이 인간의 영혼을 짓밟을 수도 있을 것 같았다. 하지만 긁힌 자국이 가득한 두 짝짜리 아크릴 문으로 다가갈수록 그런 생각은 점점 무뎌졌다. 나는 이 무심한 미로 한가운데 무엇이 있는지 알았다. 어떤 거대한 괴물도 나를 위축되게 할 수는 없었다.

나는 안쪽으로 들어갔다. 격렬하고 불안정한 원자계를 감당하기 위해서인지 연구 시설은 밋밋한 콘크리트 덩어리로 지어져 있었다. 벽들은 벽색에 맞춰 회색칠된 도관이나 전선들과 함께 이쪽저쪽으로 이어졌다. 바닥에서 약하게 떨림이 느껴졌다. 연구 시설이 거대한 환기 시스템이고 나는 그 안을 떠다니는 먼지 조각이나 티끌이 된 것 같은 느낌이 들었다. 하지만 나는 목적지가 있었다. 나는 주저하지 않고 발걸음을 옮겼다.

어찌 된 일인지 앨리스가 일하는 구역이 텅 비어 있었다. 앨리스뿐만 아니라 다른 학생들이나 동료들도 모두 사라지고 없었다. 주변 실험실들 기웃거리는 동안 텅 빈 콘크리트 공간을 배회하는 내 발걸음 소리가 메아리쳤다. 실험실은 모두 비어 있었다. 뮤온 탱크 관찰실에 들렀다. 비어 있었다. 컴퓨터실에도 들렀다. 컴퓨터실은 사람을 비운 적이 없었다. 하지만 오늘은 고해상도 아원자 사건을 관찰하며 늘 컴퓨터실을 지키는 암울한 초대칭학자마저 사라진 채 텅 비어 있었다. 빔제어실에도 들렀지만 문이 잠겨있었다.

나는 혼자였다. 나와 미립자들 말고는 아무도 없었다. 나는 미립자들이 수퍼컬라이더 속에서 격렬한 회전을 마친 뒤 영하의 침묵 속에 고요한 비존재 상태로 떠다니는 모습을 상상했다. 귓가에 들리는 웅웅거리는 소리가 미립자가 내는 소리는 아니겠지만, 미립자들이 내 몸 속에서 진동할지도 모른다는 두려움의 소리일 수는 있을 거라 생각했다. 나는 방을 나섰다.

복도가 꺾어지는 곳에서 버려진 실험 구역을 미립자처럼 배회하던 유령과 마주쳤다. 티셔츠를 반은 입고 반은 벗은 학생 하나가 출구를 향해 서둘러 걷고 있었다. 그는 내 발걸음 소리를 듣고는 티셔츠 목 밖으로 얼굴을 쑥 내밀었다.

"다들 어디 갔는지 아나?" 내가 물었다.

"소프트 교수님께 갔겠죠." 학생이 답했다. "교수님이 파리-구스(Farhi-Guth) 유니버스를 여는 데 성공하셨거든요." 그는 다급한지 웅얼거리며 나를 그대로 지나쳤다.

"어디에서?"

학생은 손짓으로 가는 길을 가리켰다.

"자네는 어딜 가나?"

"교수님이 이 순간을 영상과 문서로 기록해두겠다고 하
셔서요. 카메라를 가지고 오려고요. 사람들의 반응을 촬영
해서 편집할 생각이에요."

"잘 됐으면 좋겠군."

학생은 서둘러 제 갈 길을 갔다.

나는 엘리베이터로 향했다. 소프트 교수의 야심과 실험
에 관해서는 알고 있었다. 그의 실험은 교수들이 쉬쉬하며
조심스럽게 토론하던 주제였다. 건물 깊숙한 곳에 소프트
교수의 엄격한 통제에 따라 인공적으로 만들어진 진공 *버
블*이 있었고, 그곳으로 내려가는 동안 역사적인 사건이 일
어나는 데 경이로움을 느껴야 한다는 생각이 들었다. 소프
트 교수와 그의 팀은 새로운 우주를 만들기 위해 똘똘 뭉
쳐 노력하고 있었다.

앨리스가 소속된 물리학부는 '작은 규모의 존재하지 않
는 것'들을 전문적으로 연구했다. 소프트 교수는 대담하게
도 '규모가 큰 존재하지 않는 것'들을 연구하기로 했다. 그
의 연구가 성공한다면 *버블*은 분리되어 점점 커져서 우리
가 사는 우주와는 별개의 우주로 자라날 것이다. 다른 세
계가 탄생하는 것이다. 감지하기 어려울 뿐 충분히 실현 가
능했다. 소프트 교수는 단순히 빅뱅을 재현하려는 것뿐이

13

었다.

코시 스페이스 연구실의 관찰실에 있는 사람들은 내가 들어오든 말든 관심이 없었다. 빔 작동을 연구하는 학생들도, 뮤온 실험실 직원들도, 초대칭 연구원들도, 앨리스와 그녀의 학생들까지 연구동 사람들 모두가 거기 모여 있었다. 다들 경이에 찬 표정으로 소프트 교수가 인공적으로 만든 진공 *버블*을 비추는 픽셀 화면 앞에 모여있었다.

소프트 교수는 나무 지시봉으로 화면에 밝게 빛나고 있는 덩어리를 가리키는 둥 마는 둥 하며 서 있었다. 그의 옆에는 대학원생들이 서 있었다. 교수의 얼굴에 자만심이 드러나지는 않았지만, 그의 밑에서 연구하는 학생들이 그의 몫까지 뿌듯함을 드러내고 있었다. 고개를 든 채 화면에 비친 밝은 공허의 빛을 바라보는 그들의 얼굴이 환하게 빛났다.

"구형 대칭을 특징으로 하는 *버블*의 기하학 구조를 고안했습니다." 소프트 교수가 설명했다.

정적이 흘렀다. 우리는 모두 빛이 일렁이는 화면을 뚫어져라 보았다. 사람들은 소프트 교수의 말을 되새기고 있었다. 나도 그렇다고 할 수 있었다.

"슈바르츠실드 스페이스를 드 지터 스페이스와 접목시키

기 위해," 소프트 교수가 말을 이었다. "우리는 점근적 민코프스키의 이론을 바탕으로 안티트랩 표면 한 쌍을 개발해야 했습니다."

그의 참신한 접근 방식에 환호하며 웅성거리는 소리가 방 안에 가득 찼다. '할렐루야.' 나는 생각했다.

"핵심은 에너지 운동량 텐서의 양자 기댓값이었습니다."

나는 거의 최면 상태에 빠진 사람들 사이를 비집고 앨리스를 찾아 나섰다. 그녀는 다리를 살짝 벌리고 느슨하게 묶은 머리를 늘어뜨린 채 고개를 들어 뚫어져라 화면을 보고 있었다. 나는 그녀 뒤에 가서 서서 나지막이 이름을 부르며(앨리스, 이미 속삭이는 듯한 이름이지만) 그녀의 어깨에 팔을 둘렀다. 나는 내 무릎을 그녀의 무릎 뒤에, 팔꿈치를 그녀의 팔꿈치를 아래 갖다 대며 그녀를 살포시 품 안에 감싸 안았다.

"당신 향기가 나." 내가 나지막이 말했다.

그녀의 시선은 내가 아닌 *버블*을 지켜보던 몇몇 사람들에게 쏠려 있었다.

"초기 특이점이 느껴져." 내가 속삭였다. "구형 대칭이 바로 내 팔 아래 있잖아."

반응이 없었다. 그녀는 아무 소리도 듣지 못하는 듯했다.

"내 슈바르츠실드 스페이스가 당신의 드 지터 스페이스와 만나고 싶어 해."

내 말에 대꾸가 없었다.

"슈바르트-차일드를 만들어 보자."

여전히 답이 없었다.

결국 나는 아무런 답도 들을 수 없었다. 우리는 다른 사람들과 마찬가지로 고개를 들어 소프트 교수가 불러낸 아름다운 무(無)를 올려다보았다. 인공 진공 영역이 보였다.

"앨리스."

"*버블*이 떨어져 나와야 해." 화면에 시선을 고정한 채 앨리스가 말했다.

복도에서 만난 학생이 촬영 장비를 들고 돌아왔고 역사적인 순간을 기록하기 위해 장비를 설치하기 시작했다. 나는 머릿속으로 야구 우승팀처럼 서로 얼싸안은 채 뒹구는 물리학자들과 박수갈채, 하이파이브를 상상했다.

하지만 아직은 아니었다. 방 안 공기는 기대로 가득 차 있었다. 내 품에 안긴 앨리스도 초조해하며 떨고 있었다. 로맨틱한 저녁은 물 건너간 듯했다. 그녀의 몸을 어떻게 자극할지 세웠던 계획도 머릿속에서 지웠다. 역사에 길이 남을 물리학적 사건이 먼저니까. 인공 *버블*이 떨어져 나와야 하니까.

그날 거기, 물리학과 건물 한가운데 캄캄한 공간 속에서 나는 곧 나를 덮칠 상실의 날카로움을 처음 맛보았다.

쉽게 말하자면 마음속에서 이미 현재에 대한 향수가 일기 시작했다고 해야 할까. 좋은 신호가 아니었다.

인공 *버블*은 분리될 생각이 없어 보였다. 11시 반쯤 음식 배달부가 빵과 마요네즈에 버무린 참치, 달걀 샐러드, 우유와 냅킨을 가져왔다. 사람들로 북적이는 물리학과 동으로 밤 소풍이라도 나온 듯한 기분이 들었다. 누구도 방을 떠나지 않았다. 기다리느라 지치지도 않는 듯했다. 인공 진공 *버블*은 분리되지 않을지도 모른다. 하지만 물리학자들은 잔뜩 긴장한 채 연약한 결속을 과시하며 으슬으슬 추운 물리학 연구실에 모여 있었다. 두 시가 되자 보안 요원들이 간이침대와 베개, 지진 대피소에서나 나눠줄 것처럼 생긴 담요와 두루마리 휴지를 가져다주었다. 하지만 그 누구도 잠을 청하지는 않았다.

인공 *버블*은 분리되지 않을지도 모른다.

2

5년 전 나는 '전문 과학자의 신경증에 관한 이론'을 주제로 논문을 발표했었다. 그 덕에 노스캘리포니아 대학교 비쳄(Beauchamp이라 쓰고 Beach'em으로 읽는다) 캠퍼스의 인류학부에서 조교수 자리를 얻을 수 있었다. 나는 9월에 있었던 교수직 면접을 제외하고는 태어나 처음으로 캘리포니아에 도착했다.

처음 정착했을 때 내 사고방식은 완전히 꼬여있었다. 놀이동산 거울의 방처럼 왜곡된 사회학이라는 학문을 실용적인 목적을 가진 현실 세계의 사람들에게 적용하는 것이 못내 불편했다. 너무 거만하고 부당하다고 생각했다. 그래서 늘 부루퉁한 표정으로 다녔다. 가르치는 일도 순탄하지 않아서 학부에서는 나의 자질에 관해 진지하게 심사하기까지 했다.

그러다 깨달음을 얻게 되었는데, 역시 답은 가까이에 있었다. 학부 심사를 받는 것이 결정적인 계기였다. 나는 일생일대의 연구를 고민할 필요가 없었다. 내가 연구해야 하는 것은 학문적 환경이었다. 연구들이 중첩되거나 거절당하거나 간섭받기 일쑤인 학계에서는 파벌 싸움과 줄타기가 늘 벌어졌다. 나는 마치 초심리학자처럼 실제 존재하는 것들 사이 공허의 영역에 가짜 커리큘럼을 세우는 함정을 팠다. 정보 이론을 응용한 검색을 통해 강의 계획서와 참고자료 목록을 만들었고, 덤으로 학식 식단도 알아냈다.

별로 실용적이지 않은 내 새 연구는 꽤 영향력이 있었다. 《페로펜틀리셴 존스트 움코멘(Veröffentlichen Sonst Umkommen)》이라는 저널에 번역본으로만 출판되었는데 어마어마한 참고문헌이 각주로 실렸고 바싹 마른 모래처럼 무미건조하고 읽기 힘들었다. 학교에서 내 별명은 '경계 영역 학과장'이었다. 줄여서 경계학과장이라고들 불렀다. 학교에서 캠퍼스 내에 있는 아파트를 제공해주었는데, 강의를 하고 학식으로 끼니를 때우고 너널너덜한 게시판에서 직원 공지를 읽는 안락한 교정 밖으로 한 발자국도 나가지 않는 날이 많았다.

물리학과에서 쓰는 거대하고 험악한 건물에 처음 발을 들이게 된 이유도, 현대 물리학이라는 거대하고 험악한 분야의 이론으로 나를 이끈 것도 경계 영역에 있는 프로젝트 때문이었다. 경계학과장인 나에게도 만만치 않은 프로젝트였다. 프로젝트에 대한 보상은 조개 속 진주처럼 물리 이론과 물리학과 건물의 깊숙한 곳에 숨겨져 있었다. 나는 새 조교수이자 입자 물리학 연구원인 앨리스 쿰스를 만나게 되었다.

앨리스가 미립자들을 회전시키던 가속기실에 들를 핑계를 만들기 위해 나는 계속 멍청한 질문들을 지어냈다. 그녀에게 데이트 신청을 할 용기가 나기까지 몇 주가 걸렸다. 나는 그녀에게 양성자 가속기가 내려다보이는 언덕을 함께 걷지 않겠느냐고 물었다. 한 달 만에 처음으로 학교 밖으로 나갔던 것 같다. 앨리스가 연구실 가운 주머니에 손을 찔러 넣고 길 위로 불룩 튀어나온 나무뿌리를 넘던 모습을 기억한다. 하늘에 비스듬한 구름이 높게 끼어있었다. 구름이 별들을 향해 도망치는 듯했다. 우리 아래로 보이는 비첨 캠퍼스는 장난감 도시 같았다. 나는 원래 금발 머리를 좋아하지 않는다고 생각했었다. 하지만 앨리스의 금발은 좋았다. 나는 얼이 빠져 있었다. 우리는 언덕을 오르느라 숨을 헐떡였고, 서로에게 부딪쳤을 때 그녀의 향기가 느껴졌다. 달콤함이 더해진 올리브 향기가 났다.

"참 재밌죠 —"

"당신을 보면 —"

"우리는 거의 —"

어색하기 짝이 없는 대화였다. 세탁 세제 광고에서 흰 드레스에 우스꽝스러운 슬로모션으로 흩뿌려진 바비큐 소스 얼룩처럼 우리의 입에서 나온 말들은 제멋대로 흩어지기만 했고, 우리는 사과하는 뜻으로 서로에게 웃어 보였다.

나는 그녀에게 키스할 수밖에 없었다. 키스는 성공적이었다. 달콤한 올리브 향기가 다시 한번 코끝에 스쳤다.

앨리스 쿰스와 나는 곧 대화를 포함해 함께 무언가를 하는 데 익숙해졌다. 농담도 주고받을 수 있게 되었다. 필요할 때는 말싸움을 하기도 했다. 하지만 여전히 속으로 삼키는 말이 더 많았다. 입을 열지 않는 편이 더 현명했고, 우리는 그렇게 서로를 더 잘 알게 되었다.

그렇게 생각했었다.

침묵은 앨리스에게 하려던 청혼마저 묻어버렸고, 청혼은 내 혀끝만 맴돌게 되었다. 너무 뻔하고 무례한 질문이었다.

너무 틀에 박힌 것 같기도 했다. 인류학자와 물리학자 커플인 우리는 거의 1년을 동거했다. 저녁 식사는 거의 내 담당이었는데, 앨리스는 야근하는 날이 많았다.

3

원시 부족과 자욱한 안개, 자동응답기 음성이 뒤섞인 무시무시한 꿈에서 겨우 깨어났다. 나는 코시 스페이스 연구실 밖 구부러진 복도에 편 간이침대 위에 누워있었다. 연구동의 창자 같은 춥고 웅웅거리는 복도에 누워있으려니 꿈을 꿀 때보다 이상한 기분이 들었다. 어쩌면 꿈보다 기분이 더 나쁜 것 같기도 했다. 마치 침몰한 여객선의 금고 속에서 잠을 자다 깬 것 같은 느낌이었다.

새벽 4시가 다 되어서 잠에 들었다. 소프트 교수의 팽창 우주는 그때까지도 형성되지 않고 있었다. *버블은 분리되지 않을 것 같았다.* 나는 기다림에 지쳐 간이침대 하나를 골라 자리를 잡았었다. 관찰실 안에서 앨리스의 목소리가 새어 나왔다.

　나는 안으로 들어갔다. 연구실 바닥에 냅킨과 빈 컵, 구겨진 종이들이 아무렇게나 흩어져 있었다. 연구원들 대부분 간이침대 위에서 새우잠을 자고 있거나 집으로 돌아가고 없었다. 몇 안 남은 연구원들은 눈이 충혈된 채 여전히 대기 중이었다. 소프트 박사는 휴대용 작업패드에 뭔가를 끄적이고 있었다. 대학원생들은 여전히 그의 옆을 지키는 중이었다. 머리 위에 띄워진 화면 속 픽셀들은 고요하게 진동하고 있었다. 앨리스는 내가 방을 나서기 전과 똑같은 자리에 서 있었다. 내가 잠을 얼마나 잤는지 곱씹어보았다.

　나는 앨리스의 손을 잡았다.

　"몇 시야?" 내가 속삭였다.

　"여기 바깥은 8시 반이지." 그녀가 답했다. "코시 스페이스 안은 어제 여섯 시에 그대로 머물러 있고. *버블 이벤트* 주변은 시간이 붕괴되었으니까."

　"분리됐어?"

　"웜홀이 확장됐어." 그녀가 말했다.

　"좋네."

　앨리스는 시선을 화면에 고정한 채 고개를 저었다.

　"그렇게 들리겠지만 사실은 아니야. *버블*이 예상대로 분리됐을 수도 있어. 하지만 공간이 늘어져서는 안 돼."

"부상 같은 건가?" 내가 물었다.

"구멍이 난 거야."

"그게 무슨 뜻이야?"

앨리스는 고개를 저었다.

"소프트 박사가 열받았겠네?"

"학생들을 좀 봐."

나는 학생들을 둘러보았다. 앨리스 말이 맞았다. 소프트
는 단단한 기둥처럼 버티고 있었지만 그의 대학원생들은
혼란에 빠져 있었다. 머리는 땀에 절어 엉겨 붙은 데다 축
축하게 젖은 눈가는 퀭하게 꺼져있었다. 나는 화면을 올려
다보면서 늘어진 공간을 찾아보려 했다. 아무것도 볼 수 없
었다. 물리학에 관한 한 나는 장님이나 마찬가지였다.

나는 앨리스의 찬 손을 잡고 그녀의 시선이 향한 곳을
바라보았다. 지루하기 짝이 없는 실험에서 빠져나와 나를
바라봐 줄 여유는 여전히 없는 듯했다.

"앨리스." 나는 그녀의 손을 꼭 쥐었다.

그녀는 고개를 돌려 내게 키스했다. 내 입가를 정확히
조준한 듯한 짧은 키스였다.

나는 그녀 눈 밑 창백하고 부드러운 살에 엄지를 가져다

대고 그녀에게 다시 키스했다.

"당신 강의가 있잖아." 그녀가 말했다.

"아침 먹을 시간은 있어."

그녀의 시선이 화면으로 향했다가 다시 바닥으로 떨어졌다. 대화하고 싶은 생각이 없는 게 확실했다.

"자리를 지켜야 해." 그녀가 말했다.

"그렇게 중요한 실험이야?"

"엄청."

나는 웃어 보였지만 전혀 행복하지 않았다. 그녀의 시야에 나, 필립만이 가득했으면 했다.

중얼중얼 뭔가를 설명하고 있는 소프트 교수의 말을 듣기 위해 연구원 몇 명이 구석에 있는 그의 책상으로 모이고 있었다. 사막 모래 구덩이 속으로 빠져드는 동물들 같았다. 앨리스는 그들을 지켜보는 나를 보더니 고개를 돌렸다. 빨리 연구원 대열에 끼고 싶은 눈치였다.

나는 그녀의 머리칼 사이로 손을 넣어 부드럽게 그녀의 머리를 내 쪽으로 기울였다.

"당신 강의 끝날 때 전화할게." 그녀가 속삭였다.

"알겠어."

"나도 당신이랑 있고 싶어."

"알아."

"이 과정을 지켜봐야만 해. 내가 원래 이렇잖아. 저 세계가 시작되는 걸 보고 싶어."

"이쪽 현실의 지평선 위에 있는 거네." 내가 속삭였다.

앨리스와 나는 키가 똑같았다. 같은 부피의 공기를 대체할 만큼 체격도 비슷했다. 하지만 우리가 서로 안고 있을 때면 나는 마치 그녀가 날쌘 물고기라도 되는 것처럼 금세 사라져버리거나 품 안에서 빠져나갈 것 같다고 생각하곤 했다. 그녀를 품에 안을 때, 목을 쭉 빼고 그녀 허리의 가장 잘록한 부분에 키스하는 상상을 하거나, 그녀의 어깨를 안은 손으로 내 어깨를 움켜쥐는 상상을 하곤 했다.

"알겠어." 내가 말했다. "강의 끝날 때 전화해 줘."

"집에 있을 거야?"

나는 고개를 끄덕였다. "냉동실에서 먹을 것 좀 꺼내 놓을게."

"전화할게."

"*버블*이 어떻게 됐는지도 알려주고. 진짜 궁금하거든."

우리는 서로에게서 떨어졌다. 앨리스는 소프트 교수의 책상 주변에 모인 연구원 무리에 합류했다. 잠시 질투가 밀려왔지만 질투의 대상이 누구인지 꼬집어 이야기할 수도 없는 노릇이었다. 질투는 흐릿해졌다가 곧 사라졌다.

시간이 멈춘 듯한 회색빛 물리학과 건물에서 빠져나와 햇살이 내린 오전 9시의 캠퍼스 안으로 들어서자 마음이 가벼워졌다. 지칠 만도 했지만 번데기에서 막 나온 나비가 된 것 같은 기분이 들었다. 가장자리에 잔디가 삐져나온 인도를 걷고 있는, 눈을 게슴츠레하게 뜬 학생들에게 우월감을 느꼈다. 이곳에서 물리학과 건물 저 아래 숨어있는 *버블*이 늘어지고 찌그러졌다는 사실을 아는 사람은 나뿐이었다. 삭막한 흰 건물 안에 아침 햇살을 들이기 위해 빼꼼히 창문을 연 사람들이나 아침잠에서 깨어나는 중인 넓은 잔디밭을 청소하는 학교 관리인이나 숙취에서 깨어나지 못한 새내기들은 모르는 사실이었다. 그들에게는 평범한 하루일 테지만 나는 저 아래에서 시간이 멈췄다는 사실을 안다.

새로운 우주라니. 나는 소프트 박사의 연구실에 만들어진 웜홀의 배꼽에서 새 우주가 뒤틀리며 떨어져나오는 모습을 상상했다. 그 상상 덕분에 그날 아침 머리 위에서 지저귀는 새들도, 분필로 그은 선 같은 구름도, 여기저기 붙어 있는 학생회 선거 포스터도 모두 특별하고 싱그럽게 느껴졌다. 이게 바로 새로운 우주일 수도 있다. 소프트 교수의 괴물이 우주 저 먼 곳에서부터 낡은 것들을 모두 빨아들인 게 아닐까.

　강의에서 이 감회를 녹여내야겠다고 다짐하면서 어떤 시리얼을 먹을지 고민하며 카페테리아를 향해 가볍게 발걸음을 옮겼다.

4

우리 집에는 들고 다닐 수 있는 무선 전화기가 있었던
데다 집 안에 앉아서 전화벨이 울리기만 기다리기에는 날
씨가 너무 좋았다. 나는 안마당에 전화기를 가져다 놓고는
아이스티와 읽지도 않을 책 한 권과 함께 자리를 잡았다.
하지만 엉덩이를 붙이자마자 현관 쪽에서 낯선 목소리가
들려왔다.

"이전에 온 적 있잖아." 첫 번째 목소리가 말했다.

"여기가 거기야." 두 번째 목소리가 말했다.

"공중전화 부스에서 세 블록 더 왔어." 첫 번째 목소리가
말했다.

"정정할게." 두 번째 목소리가 말했다. "버스 정류장에서

네 블록 더 왔지."

"공중전화 부스랑 버스 정류장은 두 블록 떨어져 있잖아."

"우리 지금 서로 다른 공중전화 부스를 생각하는 것 같은데."

"공중전화 부스는 하나뿐이야. 그러니까, 우리가 같은 공중전화 부스를 이야기하고 있다는 소리지."

"정정할게. 오늘은 화요일이야. 화요일 저녁에 우리는 신시아 졸터를 만나. 버스를 갈아탄다고. 두 번째 공중전화 부스는 환승 정거장에서 두 블록 떨어져 있어. 화요일에는 공중전화 부스가 두 개라고."

"화요일에 우리가 이야기하는 공중전화 부스가 두 개라는 소리군."

"맞아. 오늘은 화요일이야. 우리는 지금 공중전화 부스에서 세 블록 더 왔고, 다른 공중전화 부스에서는 다섯 블록 더 온 거지. 몇 시야?"

한참 아무 말이 없었다.

"네 시 삼십칠 분." 두 번째 목소리가 말했다. "네 시계 확인해 봐."

"네 시 삼십칠 분이야." 첫 번째 목소리가 말했다.

"좋아. 딱 맞춰 왔네. 이 집이야."

"맞아. 여기 와 본 적 있어. 초인종을 누를까?"

"네가 누를래?"

"좋아."

이번에도 한참 동안 아무 소리도 들리지 않았다. 마침내 초인종이 울렸다. 나는 잠자코 있었다. 코미디언 두 명이 우리 집 현관 초인종을 눌러야 할 이유가 도무지 떠오르지 않았다.

"답이 없는데?" 두 번째 목소리가 말했다.

"우리가 늦었나?"

잠시 정적이 흘렀다.

"네 시 삼십팔 분이야. 딱 맞춰 왔다고. 이 집이 맞나?"

"이 집이 맞아. 와 본 적 있어. 버스 정류장에서부터 걸어 왔었어."

"쿰스 양은 어디에 있지?"

"정정할게. 쿰스 교수는 어디에 있지?"

"늦게 들어오려나?"

"우리가 일찍 왔을 수도 있어. 지금 몇 시야?"

나는 마침내 접이식 안락의자에서 몸을 일으켰다. 그들과 나를 도돌이표가 붙은 것 같은 대화에서 구하기 위해서였다.

"누구시죠?" 내가 건물 모퉁이를 돌아 나가며 말했다.

두 사람이 눈에 들어왔을 때, 나는 할 말을 잃고 자리에 멈춰 섰다. 현관문 앞에 서 있는 두 사람은 장님이었다. 흑인 한 명, 백인 한 명이 구겨진 투피스 정장을 입고 지팡이를 쥐고 있었다. 내가 다가가자 두 사람은 고개를 돌렸다. 아무것도 볼 수 없는 눈으로 나를 찾기 위해서가 아니라 귀로 인기척을 느끼기 위해서였다. 마치 저먼 셰퍼드처럼.

그들이 장님이라는 사실을 알고 나니 시간을 확인하기 전과 초인종을 누르기 전 왜 정적이 흘렀는지, 그들의 대화가 왜 그렇게 엉뚱했는지도 이해할 수 있었다.

"안녕하세요." 흑인 남자가 말했고, 그가 첫 번째 목소리였다는 것을 알아보았다. "여기가 쿰스 교수가 사는 집이 맞나요?"

나는 두 사람을 집 안으로 들이고 안마당으로 전화기를 가지러 들어갔다. 우리 집 구조는 단순했다. 아일랜드 식탁으로 나뉜 주방과 거실을 중심에 두고 양쪽에 방 두 개가 놓여 있었다. 두 사람은 마치 태엽 인형처럼 집 안으로 들어왔다. 종종걸음으로 양쪽 코너로 향했다가 다시 중앙으로 방향을 틀어 가운데서 지팡이를 부딪치며 다시 만났다.

손으로 쉴새 없이 집 여기저기를 짚으며 몹시 정신없이 집 안 구조를 파악했다. 결국 내가 직접 두 사람을 소파로 데려갔지만 두 사람은 소파를 탐색하며 계속해서 손을 더듬거렸다.

"저희는 룸메이트입니다." 백인 남자가 설명했다. 두 번째 목소리였다. "저는 에반 로바트라고 합니다."

"필립 엥스트랜드입니다." 그가 내민 손을 맞잡으며 내가 말했다.

"가르스 포이즈입니다." 다른 남자가 말했다.

나는 먼젓번 남자의 손을 놓고 두 번째 남자와 악수했다.

"앨리스는 곧 돌아올 겁니다." 내가 말했다. "두 분, 마실 것 좀 드릴까요?"

"아니요." 에반 로바트가 말했다. "집을 떠나기 전 마셨습니다."

"저희 둘 다요." 가르스 포이즈가 덧붙였다.

"쿰스 교수와 실험에 관해 이야기를 나누려고 왔습니다." 에반이 말했다. "가르스와 관련된 실험이라서요."

"보시다시피 저는 장님이에요." 가르스가 말했다. "그다지 장점이라고 할 수는 없지요." 자신은 재미없다고 생각하는 유명한 농담을 던지는 듯한 말투였다.

"쿰스 양은 이 친구가 물리학자가 되기에 적합하다고 생각하지요." 에반이 말했다. 빈정대는 듯한 그의 말투에는 내내 피곤이 가득 담겨 있었다.

"정정하지요. 쿰스 교수라고 해야겠죠."

나는 자리에 앉았다. 두 사람의 의미 없는 만담을 듣고 있자니 말문이 막혔다. 다리를 꼬고 입꼬리를 억지로 올리며 편안한 듯 보이려고 애를 쓸 수는 있었지만, 정작 장님인 상대방에게 가 닿을 신호를 보낼 수는 없었다. 도무지 할 말이 떠오르지 않았다.

"시간을 알 수 있을까요?"

"4시 45분입니다." 내가 들릴 듯 말 듯 한 소리로 말했다.

"그런가요? 제 시계는 4시 42분인데요. 에반, 네 시계는?"

"나도야. 적어도 우리 두 사람 시계는 시간이 같네. 그럼 됐지."

"제 시계가 맞을까요?" 가르스가 내게 물었다. "누구 시계가 잘못된 걸까요?"

"아마도 제 시계가 잘못되었을 겁니다." 내가 둘러댔다.

가르스가 에반을 향해 고개를 돌렸다. 그는 거의 보라색에 가까운 눈꺼풀 밑으로 흰자가 살짝 보일 정도로 가늘게 눈을 뜨고 있었다. 어두운 피부색 때문에 두 눈이 마치 밤 하늘에 미소 짓고 있는 초승달처럼 보였다.

"모두의 시계가 틀렸을 수도 있지." 가르스가 근엄한 목소리로 말했다.

문가에서 인기척이 들렸다. 앨리스가 양손 가득 먹을거리를 들고 들어왔다. 샐러리와 키친타월이 장바구니 위로 삐죽 솟아있었다. 그녀는 주방으로 장바구니를 옮기는 동안 과장된 눈빛으로 이쪽을 보며 두 사람에 관해 쓸데없는 소개를 늘어놓았다.

나는 그녀를 따라 주방으로 가서 웅웅거리는 전자기기들로 꽉 찬 싱크대 위에 장바구니를 올려놓을 공간을 만들었다. 우리는 장바구니에서 물건들을 꺼냈다. 앨리스는 저녁 거리로 쓸 재료들을 따로 분리했다. 완두콩과 연어, 쌀, 아보카도, 아이스크림이었다. 나머지 재료들은 찬장 안에 아무렇게나 던져 넣었다. 나는 내 목소리가 가려지도록 싱크대 물을 틀며 말했다.

"저 두 사람 정말 희한해."

"저 사람들 탓은 아니잖아."

"대화를 들어 봐. 강박증 환자들 같아."

"보상 심리 같은 거지. 눈이 안 보이잖아. 주변 지도를 말로 그릴 수밖에 없다고."

"그 지도를 만드는 데 확인 절차가 너무 많으니까 그렇지."

"잘 들어보면 시 같기도 할 거야."

"시간을 계속 맞추고 있어. 무슨 우주 비행사라도 되는 것처럼."

앨리스는 쌀을 익힐 물을 올리고 완두콩을 헹구고 아보카도 껍질을 벗겼다. 나는 두 장님에게 다시 한번 마실 거리를 권했다. 그들은 다시 한번 거절했다. 우리는 두 사람이 우리 집 거실 지도를 그리며 스탠드와 벽난로, 문지방 같은 랜드마크 사이의 거리를 놓고 다투는 소리를 듣고 있었다.

"*버블*의 늘어진 부분은? 어떻게 됐어?"

"*구멍*이 안정되었어."

"*구멍*?"

"소프트 교수님이 상태를 *버블*에서 *구멍* 상태로 업그레이드하셨어."

"늘어진 것보다 좋은 거야 나쁜 거야?"

"그냥 다른 거야. 좀 더 안정적이긴 해."

"하지만 기대했던 상황은 아닌가 보네."

"돌이켜보면 완전히 그렇지는 않아. 오늘 오후에 자료를 내 컴퓨터로 옮겼어. 내가 세운 식은 포털이 있어야 균형이 맞아."

"포털이야 구멍이야? 좀 모호하네."

"소프트 교수님은 구멍이라고 불러. 나는 포털이라 부르고."

"소프트 교수 연구잖아."

"내 연구라고 할 수 있을지도 몰라. 점점 흥미가 생기고 있거든."

앨리스는 내게 등을 돌린 채 아보카도를 썰고 허브 잎들을 조각내고 있었다. 나는 두 장님이 버스 정류장과 공중전화 부스에 관해 이야기하는 소리를 듣고 있었다.

"이미 흥미로워하고 있는 줄 알았는데."

"버블이 분리되려고 하는 중일 때는 소프트 교수님의 연구에 가까웠지." 그녀가 말했다. "하지만 버블은 여전히 여기 머물러 있고, 이제 내 연구 대상이야."

"당신은 보이는 것들을 좋아하잖아." 내가 제안하듯 말했다. "측정하기를 좋아하지."

"쉽사리 보이는 것들 말고." 그녀가 지적했다. "간신히 존재하는 것들을 좋아하지."

"색이 다양하네." 내가 말했다.

"뭐라고?"

"음식 말이야. 장님들이 먹을 음식인데 색이 다양하다고. 초록 콩, 블루베리 아이스크림, 연어, 아보카도까지."

우리는 서로를 빤히 보았다.

"저 사람들은 자신들이 못 누리는 게 있다고 생각할까?" 그녀가 속삭였다.

"그런 생각이 들긴 하겠지. 누리지 못하는 게 있는 건 *사실이니까.*"

우리는 저녁 식사를 식탁에 옮기고 서둘러 상을 차렸다. 테이블에 앉은 두 장님은 차분하고 정중해졌다. 두 사람은 냄새와 소리 들을 머릿속으로 조합하는 듯했다. 식기와 얼음이 서로 부딪치며 쨍그랑거리는 소리를 냈다. 앨리스가 접시에 음식을 담았고 우리는 먹기 시작했다. 두 장님은 접시 쪽으로 몸을 기울이고는 얼마나 담겼는지 모르는 음식을 포크로 들어 올려 떨리는 입술로 가져갔다. 콩과 쌀이 식탁 위로 후드득 떨어졌다.

앨리스가 대화를 시작했다.

"물리학에서는 관찰자의 함정이라는 게 있어요." 앨리스가 말했다. "물리학자들이 회전하는 전자의 회전축을 관찰한다고 가정해봐요. 우습게도 우리가 관찰하는 쪽에 따라 축이 달라진다는 거죠."

"관찰자의 함정이라, 흠." 거슬릴 정도로 목소리에 힘을 주며 가르스가 말했다.

"닭 요리가 맛있네요." 에반이 말했다.

"저희는 닭 요리를 거의 먹지 않거든요." 가르스가 말했다.

우리가 먹고 있는 건 생선이었다. 하지만 나는 잠자코 있었다.

"어떤 사람들은 관찰자의 의식이 전자의 회전 방향이나 심지어는 전자의 존재 유무까지 결정한다고 생각해요."

"소금이 네 접시에서 오른쪽으로 3인치 어쩌면 4인치 정도 떨어져 있는 것 같은데."

"5인치에 가깝지."

"그럼 내 접시에 더 가깝겠네."

"사실 주관성이 만든 함정인 거죠. 관찰자가 어떻게 객관적으로 관찰을 할 수 있겠어요? 불가능해요."

"주관성의 문제라. 흠."

나는 대화에 끼고 싶었다. 앨리스의 노력은 아무 소용이 없어 보였다. 에반과 가르스가 앨리스의 말을 듣고 있는 것 같지도 않았다.

"전에도 이런 대화를 나눈 적이 있지? 그렇지 않아?" 가르스가 물었다. "그녀의 사무실에서, 지난 금요일에."

"응. 맞네." 에반이 답했다. 그의 윗입술에 밥풀 한 톨이 매달려 있었다. "그녀의 사무실에서."

"몇 시쯤이었지?"

"오후 3시쯤이었지."

"대충 96시간 전쯤이네. 그렇지?"

"그런 것 같아."

"흠." 가르스가 고개를 들고 천장에 시선을 고정했다. 앨리스와 나는 그를 바라보았다.

"음," 그가 말했다. "우리가 책을 가져왔잖아."

"도서관에서." 에반이 말했다.

"책에서 읽었어. 관찰자 문제에 관해서 말이야."

"멋지네요." 앨리스가 말했다.

"멋지다는군." 가르스가 자기 말 이외에는 아무것도 듣지 못하는 것처럼 에반이 말했다.

"이해한 것 같네요." 가르스가 말했다. "주관성, 인식에 관한 문제지요. 사고방식에 관한 문제요. 관찰은 생각과 마찬가지니까."

"그렇죠."

"나는 아니에요. 생각을 개입하지 않고 볼 수 있지요. 사람들이 이야기하는 맹시(광원이나 시각적 자극을 정확히 느끼는 맹인의 능력 — 옮긴이)란 그런 거니까요. 그다지 장점이라고 할 수는 없지만."

"그렇네요." 앨리스가 다시 한번 말했다. 백인 장님과 흑인 장님은 미소를 지었다. 무언가를 깨달은 듯했다. 어리둥절한 사람은 나뿐이었다.

"맹시가 뭐죠?" 내가 물었다.

"맹시가 무엇인지 알고 싶어 하시는데." 두 사람은 자기들만 아는 모순을 공유하며 콧방귀를 뀌었다. "네가 말할래?"

"내가 할게. 지금 몇 시야?"

"5시 57분. 마지막 버스가 몇 시에 있지?"

"11시. 내 시계는 5시 58분인데."

두 사람은 커다란 점자 시계를 새로 맞추고 시간이 맞는지 확인을 거쳤다. 가르스는 의자 등받이 깊숙이 몸을 기대고 30센티미터쯤 앞쪽, 내 얼굴의 왼쪽에 시선을 고정했다.

"에반과 저는 다른 유형의 맹인입니다." 그가 말했다. "에반의 눈은 전혀 기능하지 않아요. 제 눈에는 아무 이상이 없지요."

"저는 흑내장을 앓고 있어요." 약간의 자부심마저 느껴지는 목소리로 에반이 말했다.

"제 눈의 기능은 멀쩡합니다." 가르스가 말했다. "하지만 시각 정보를 담당하는 뇌 부위가 위축되어있죠." 어디선가 읽은 내용을 그대로 읊는 게 분명했다. "기능은 정상입니다. 볼 수도 있고요. 그런데 내가 보고 있다는 사실을 인지하지 못하는 것뿐이죠."

"인지할 수가 없죠."

"제 뇌는 시각적 자극을 이해하지 못해요."

"맹시라는 건," 앨리스가 들뜬 목소리로 말했다. "자기가 볼 수 있다는 것을 모른다는 사실을 잊도록 가르스를 속이는 거라고 할 수 있지. 의사가 그에게 특정 물건을 집으라고 시키면 그는 망설임 없이 물건을 잡아. 그의 손, 팔, 손가락의 궤적이나 그의 눈의 움직임을 추적하면 아주 정밀하게 움직인다는 것을 알 수 있어. 시각을 경험하지는 못하지만, 보이는 건 확실해. 관찰하고 있다는 뜻이지."

"그다지 장점이라고 할 수는 없지요."

차츰 이해가 되기 시작했다.

"의식하지 않은 채로 관찰한다는 거지." 내가 말했다.

"주관적인 판단 없이 관찰한다는 거지." 앨리스가 말했다.

"미립자의 회전을." 내가 말했다.

"물리학을." 앨리스가 말했다.

"교수님 사무실이 물리학과 건물에 있더군요." 에반이 말했다.

"방문했었죠." 가르스가 말했다. "버스 정류장에서 다섯 블록 떨어져 있더군요."

5

그날 밤 앨리스와 나는 섹스를 했다. 한동안 우리 둘 다 아무 말도 하지 않았다. 침실은 어둡고 선선했다. 복도에서 새어 들어온 빛이 아직 땀에 흠뻑 젖은 채 어둠 속에 엉겨 붙어 있는 우리 두 사람의 몸 윤곽을 비췄다. 서로의 살이 닿지 않은 부분에 닭살이 돋아있었다. 하지 않은 말들로 정적이 가득 채워졌다.

우리는 소프트 교수의 실험이나 구멍, 포털에 대해서는 아무 말도 하지 않았다. 두 장님에 대해서나 앨리스가 바라는 완벽한 맹시 물리학자에 대해서도 말을 아꼈다.

앨리스는 곧 잠 속으로 빠져들었지만 나는 그러지 못했다. 앨리스의 입술 사이로 새어 나오는 숨소리가 들렸다.

"앨리스."

"왜, 필립?"

"내가 멈추고 당신이 시작하는 시기는 언제일까?"

앨리스가 한참 만에 답했다. "우리 한계점이 어디냐는 거야?"

"내 말은 당신이 떠나면 나한테 뭐가 남느냐는 거야."

"나는 안 떠나." 아주 조용한 목소리였다.

"어쨌든 답을 해 봐."

"당신 자신이 남겠지. 내가 아닌 모든 것들. 내가 가버려도 당신은 여기 있을 테니까."

앨리스는 다시 잠을 자고 싶다는 생각뿐인 듯했다. 하지만 오늘 밤 그녀가 잠에 빠지도록 놔두면 어쩐지 그녀를 영영 잃게 될 것만 같았다.

"당신이 있어서 내가 완전한 거야." 내가 말했다. "당신이 관찰하고 있지 않으면 내가 존재하는지도 잘 모르겠어."

그녀는 아무 말이 없었다.

"당신이 날 떠나면," 내가 말했다. "내게서 너무 많은 것들을 가져가게 될 거고, 당신과 함께 떠난 내가 뒤를 돌아보면 껍데기만 남은 채 버려진 필립 엥스트랜드만 보일 거야."

앨리스는 베개 너머로 나를 빤히 보았다.

"말을 어쩜 그렇게 예쁘게 해." 그녀가 말했다.

"그래서 우리 사이에 거리가 느껴지면 나 자신과 나 사이에 뭔가 틈이 생긴 듯한 느낌이 들어. 내 안에 건널 수 없는 골짜기가 생긴 기분이랄까."

앨리스는 눈을 감았다. "그럴 일도 없어."

"그렇지?" 내가 말했다.

"어제 밤을 샜잖아. 난 잠을 좀 자야 해. 그게 다야."

"알겠어. 난 그냥……"

"필립, 제발. 그쯤 하자."

나는 짜증을 내는 그녀를 품에 안았다. 뒤척임을 멈췄을 때 그녀는 이미 잠들어 있었다.

6

 며칠이 지났다. 강의를 하고 세미나에 참석했다. 학생들의 과제를 걷고 채점하고 돌려주었다. 군대가 어딘가에서 승전했다는 소식이 들렸고 나뭇가지에는 두루마리 휴지들이 걸려 파티 장식처럼 나부꼈다. 비가 왔고, 두루마리 휴지들은 보도 위로 떨어지거나 주차된 자동차의 와이퍼 사이를 파고들었다. 학생 한 무리가 프랭크 제이 벨홉 기념 수족관을 차지하고 매너티 학자 로베르타의 처우에 관해 시위를 벌였다. 시위는 실패로 돌아갔다. 나는 학생들이 학교 건물을 점유한 역사에 관해 토론회를 소집했다. 토론회는 성공적이었다. 바깥세상에서는 군대가 불운한 섬 또는 지협(地峽)을 침략했다고 했다. 교수들이 항의서 초안을 작성하고 검토하고 폐기했다. 패스트웨이와 룩앤라이크 마트의 식자재 코너에 커다랗게 자란 호박을 담은 상자들이 보이기 시작했다.

앨리스는 파괴되고 있는 미립자를 계속 연구하는 중이었다. 그녀를 목격할 때마다, 그녀는 언제나 딴 생각을 하고 있거나 멍한 상태였다. 앨리스는 대학원생들과 맹인 물리학자인 가르스 포이즈와 함께 온종일 연구에 몰두하면서 양성자 실험을 준비했다. 밤에는 소프트 교수와 코시 스페이스 관찰실에서 구멍인지 포털인지 하는 것의 후속 연구를 하며 시간을 보냈다. 가속기와 연결된 길고 서늘한 관찰실로 샌드위치를 가져다줄 때도 있었지만 소프트 교수의 괴물이 숨겨진 어두컴컴한 심장부로 다시 들어가지는 않았다.

'결함'이라는 단어를 처음 들은 것은 교내 이발소에서였다. 이발사는 운동부 학생들이나 수영 선수, 레슬링 선수, 미식축구 선수들이 즐겨 하는 짧은 스포츠머리나 삭발 전문이었다. 이발소 벽은 졸업을 마치고 어마어마한 고난이 펼쳐질 NFL 세계에 입성한 인기 선수들의 사인이 담긴 스포츠 경기 프로그램 일정이나 포스터들이 가득 붙어있었다. 일 년에 대여섯 번쯤, 내가 이발소 안으로 들어가면 이발사는 한숨을 푹 쉬며 전동 이발기를 내려놓고는 어딘가에 처박혀 있을 숱 가위를 찾곤 했다.

오늘은 소프트 교수가 가지런히 손을 모은 채 의자에 앉아 차례를 기다리고 있었다. 실험실 가운과 지시봉이 없이, 노벨 수상자의 위엄이 전혀 느껴지지 않는 그를 거의 알아보지 못할 뻔했다. 그는 밝은 세상을 배회하는 창백한 지하 생물 같아 보였다. 그의 머리칼이 자란다는 사실이 새삼 놀라웠다.

"소프트 교수님." 내가 말을 건넸다.

"엥스트랜드 교수님."

"구멍 곁을 벗어나셨군요." 내가 장난스럽게 말했다. "두고 나와도 되나요."

"학생들이 항시 대기중이라 괜찮습니다."

"무슨 일이 생기면요?"

"아무 일도 생기지 않을 겁니다. 결함은 안정화되었거든요."

"결함이요?"

"그렇게 부르고 있지요." 말투가 어딘가 불편하게 들렸다.

"이제 더 이상 '이벤트'가 아니라는 거군요. 무슨 일이 '발생'하는 데 실패한, 부재, 결함이라는 거죠."

"실패라고 보지 않습니다. 그냥 결함일 뿐이죠."

"신사분들." 이발사가 다가왔다.

"이분이 먼저 오셨어요." 내가 그를 가리켰다.

"두 분 다 앉으셔도 됩니다." 이발사가 말했다.

소프트 교수와 내가 나란히 놓인 의자에 앉았고, 이발사
는 의자 높이를 조절했다. 긴 거울 속에 흰 턱받이 가운을
두르고 멀뚱히 앉아 있는 우리 두 사람이 나란히 비쳤다.
거울의 아랫면이 헤어젤과 빗, 스프레이에 가려져 있었다.

"모양을 내드릴까요, 아니면 자르시겠어요?"

"뒤랑 옆쪽을 짧게 쳐주세요." 이발사의 질문에 소프트
교수가 답했다.

"자를게요. 귀 뒤쪽부터 목 윗부분까지요. 그래서, 이제
구멍이라 부르지 않기로 했다는 말씀이신가요?"

"구멍이라는 정의는 잘못되었어요. 계속 결함이었는데
말이죠. 처음부터 중력 이벤트가 함께 발생했고, 결과적으
로 시간 이벤트가 되었지요."

"쉽게 이해가 가지는 않네요. 그러니까 이제는 중력 이벤
트가 발생하지 않는다는 건가요?"

"함께 발생하는 이벤트가 없다는 뜻이죠. 완전히 클린합
니다."

"고개를 앞으로 숙여주세요." 이발사가 말했다.

"클린하다는 건 뭐죠?"

"단지 결함일 뿐이라는 뜻이죠."

"결함일 뿐이라." 내가 같은 말을 반복했다. "결함이 있다는 사실은 어떻게 아셨죠?"

"미립자를 세보면 알 수 있죠. 있어야 할 미립자가 없으니까요. 연구실에서 추적한 질량과 플랑크 상수가 균형이 맞질 않아요."

"이런. 너무 짧은데요. 그러니까, 미립자가 잡아 먹혔다는 말씀인가요?"

"엥스트랜드 씨. 다음 주가 되면 저한테 고마워하게 되실 겁니다."

"평범한 언어로 말하면, 먹힌다고 표현하는 게 맞겠죠. 결함 쪽으로 빨려 들어갔다가 반대쪽에서 나오지 않으니까요."

"그게 무슨 의미죠?"

"아직은 넓은 범위에서 이론을 세우는 단계에 불과해요. 앨리스와 내 의견도 서로 일치하지 않고요."

"교수님 의견은 어떠신데요?"

"물어봐 주셔서 감사하군요. 생성 이벤트가 무한히 재생

되고 있다는 게 내 의견입니다. 없어진 미립자들이 지속적인 팽창의 연료로 쓰이는 거죠. *결함이 허브 역할을 하는 거고요.*"

"그러니까 결함이 원래의 실험을 계속 재생하고 있다는 뜻인가요? 연구실 속 우주 실험 말입니다."

"그렇습니다."

"그렇다면 우주들이 하나씩 하나씩 만들어지고 있다는 거네요?"

"네. 하지만 제 의견일 뿐이죠."

"앨리스 교수의 의견은요?"

"직접 물어보시죠."

"자, 뒷머리를 한 번 보세요."

이발사가 거울을 건네고는 의자를 뒤로 돌렸고, 잠시 동안 나는 엥스트랜드 교수들과 소프트 교수들, 이발사들, 헤어젤들이 무한히 반복되는 거울 안 복도에 갇혀 짧게 깎인 뒷머리를 확인했다. 나는 괜찮다는 뜻으로 고개를 끄덕이고는 거울을 이발사에게 돌려주었다.

소프트 교수와 나는 함께 이발소를 나섰다. 나는 머리칼 속으로 손을 넣어 조금이라도 머리를 세워보려 애썼고, 소프트 교수는 머리를 계속 쓰다듬으며 들뜬 머리를 가라앉

히려고 애썼다. 우리는 웅성웅성 잡담을 건네는 학생들 틈에 끼어 길을 건너 학교 교정 안으로 들어섰다. 화창한 날이었다. 공기를 가르며 원반이 날아다니고 잔디밭에는 교과서들이 아무렇게나 널브러져 있었다.

"우주들의 창시자, 소프트 교수님이라." 내가 말했다.

"나는 우주를 하나만 만들 생각이었습니다. 그리고 내가 틀렸을 수도 있고요."

"결함이 꿈틀대며 종이학처럼 소프트 우주들을 뱉어낸다라."

"내가 완전히 틀렸을 수도 있다고 생각합니다."

나는 결함이 이론에 부합하지 않는 것도, 그래서 물리학자가 횡설수설하게 된 것도 마음에 들었다. 결함이라는 단어는 문학의 세계에서 구멍, 차이, 간극, 허브 같은 여러 가지 비유로 표현될 수 있었다. 어쩐지 결함에 애정이 느껴졌다.

그리고 소프트 교수는 그 어느 때보다도 무덤덤하고 무관심한 말투로 내 가슴에 비수를 꽂았다.

"앨리스 교수는 특별해요." 그가 말했다. "지금은 굉장히 난처한 상황에 있지만. 당신이 부럽군요."

"무슨 말씀이시죠?"

"그러니까, 앨리스 교수의 태도가 너무 주관적이랍니다.

그녀가 덜 사랑에 빠져있었다면 연구도 덜 형편 없었을 텐데요. 하지만 그러길 바랄 수는 없죠. 그렇지 않나요?"

"그게……"

"지난 몇 주 동안 앨리스 교수의 연구를 지켜봤습니다. 내게는 좋은 기회가 많았어요. 그런데 앨리스 교수는 우주가 될 영광스러운 임의 메커니즘을 사진 담는 로켓 목걸이쯤으로 착각했죠."

"그게 무슨 뜻인가요?"

"필립, 물리학자들 사이에서는 아주 흔한 일입니다. 우리 같은 사람들이 신비주의에 굴복하는 것은 욕정 때문이죠. 물리학자들의 삶 속에 있는 무언가가 실험에 투영된다는 말입니다. 앨리스 교수가 지금 그런 상황이죠. 그녀는 미래를 똑바로 보지 못하고 있어요. 덕분에 당신은 굉장히 행복하겠지만요."

"음, 행복하지요."

그는 즐거워 보였다. 우리는 식당 앞 잔디밭에서 멈춰 섰다. 학생들 한 무리가 잔디 위에 드러누워 일광욕하고 있었다.

"이렇게 대화하게 되어 좋았습니다." 그가 말했다.

"그러게요."

그는 킥킥거리며 웃었다. "소프트 우주니 뭐니 하는 말은 조심해주셨으면 합니다."

"네. 걱정 마시죠."

어울리지 않는 머리를 한 그가 멀어졌다. 자신이 사는 동굴 입구 쪽으로 가는 듯했다. 나는 잔디 위에서 발걸음을 떼지 못한 채 서 있었다. 마치 곰팡이 핀 지하실에 처박혀 뒤틀린 판자처럼 구부정한 자세로 몸이 뻣뻣하게 굳은 것 같았다.

소프트가 이야기하는 앨리스는 내가 아는 앨리스와 달랐다. 그건 나의 앨리스가 아니었다. 내가 아는 앨리스는 객관성에 집착하는 사람이다. 그녀는 마음의 소리가 일에 개입되는 것을 허용한 적이 없었다. 게다가 나는 요즘 그녀가 어느 때보다 사랑이나 욕정에 덜 사로잡혔다고 생각했다. 지난 몇 주 동안 그녀는 우리 집이 아니라 물리학과 동에서 거의 살다시피 했다. 소프트가 말하는 앨리스는 나의 앨리스가 아니다.

하지만 당연하게도, 소프트의 앨리스는 나의 앨리스다. 두 사람은 같은 사람이다.

그러니 소프트 교수가 앨리스에게서 본 그녀의 욕정은 나를 향한 게 아니었다.

7

앨리스가 장님을 사랑할 수 있을까? 에반. 두 사람 중에
서 덜 답답해 보이는 쪽은 에반이었다. 두 사람이 말로 지
도를 그릴 때 그는 상대적으로 더 여성적이고 지지하는 쪽
이었다. 가르스는 강압적이었다. 게다가 구겨진 정장을 입
은 에반에게서는 버스터 키튼 같은 삐딱한 카리스마도 느
껴졌었다. 한 곳에 고정된 그의 시선은 사람의 마음을 끌
어 설레게 만들었다. 그에게는 영화배우나 인기 가수 같은
면이 있었다. 앨리스가 텅 빈 그의 눈 속에 빠져 헤어나오
지 못하게 된 것일까? 그는 자신이 흑내장을 앓고 있다고
했다. 나는 망상증을 앓고 있다. 앨리스가 그의 정장을 잘
포개어 의자 위에 올려 두고 파르르 입술을 떨며 눈을 반

쯤 감은 채 그와 키스하는 상상을 했다. 그녀는 갈 곳 잃은 에반의 손을 자신의 가슴으로 가져갈 것이다. 에반의 손가락은 딱딱하게 선 앨리스의 젖꼭지를 점자를 읽듯 더듬을 것이다.

아니면 가르스일까. 앨리스를 매료시킨 사람이 장님 물리학자일 수도 있다. 하지만 그렇다기에 가르스는 자폐증을 앓고 있다고 해도 이상하지 않아 보였다. 에반과 함께 있을 때 그의 체계는 쉬지 않고 돌아가는 기계처럼 완벽하고 견고했다. 하지만 에반이 없는 가르스는 상상할 수조차 없었다.

그렇다면 에반과 가르스 둘 다일 수도 있다. 손가락 마디들이 뒤엉켜 앨리스를 더듬는 악몽이 그려졌다. 손가락들은 앨리스의 몸 위를 훑으며 그녀의 신체 부위와 그녀 안으로 이어진 입구가 어디에 얼마만큼 떨어져 있는지 지도를 그리고 또 그렸다.

소프트 교수 자신은 어떨까? 땅속 생물처럼 창백한 그를 앨리스가 사랑할 수 있을까? 불가능하다고 할 수는 없었다. 그는 영예로운 상을 받은 대단한 인물이니까. 코시 스페이스 연구실에서 긴 밤 동안 그들이 할 수 있는 일을 머릿속에 그렸다. 외로운 발견, 예상치 못한 패리티(입자의 상태를 나타내는 파동 함수의 부호가 공간 반전에 의하여 변하는지 여부에 따라 상태를 구별하기 위하여 쓰는 말. 부호가 변하지 않는 경우는 그 상태의 반전성을 짝(+), 변하는 경우는 홀(-)이라고 한다 — 옮긴이), 공식을 적어 내려가는 떨리는 손에 포개지는 다른 손.

만약 그렇다면 소프트 교수는 앨리스가 욕정에 휩싸여 있다는 이야기를 왜 내게 한 것일까? 앨리스의 연구가 '형편없어진' 이유가 자신 때문이라는 사실을 그가 과연 몰랐을까? 나를 조롱하며 가지고 놀려고 했던 것일 수도 있다. 다른 학문을 멸시하는 물리학자의 전형적인 예일지도 모른다. 나는 주먹을 꽉 쥐었다.

하지만 상대가 다른 사람이라면? 영문학과의 다른 교수일 수도 있다. 고전 시를 연구하는 교수일까. 나보다 훨씬 고급스러운 문장을 구사하는, 기이한 현대적 비유를 인용하지 않는 누군가일지 모른다. 아니면 학생일 수도 있을 것이다. 물리학과의 대학원생일까. 소프트 교수 밑에서 공부하던, 지도 교수의 그늘에서 벗어나 진짜 물리학자로 발돋움하는 학생일 수도 있다.

다른 사람일 수도 있다. 또 다른 누군가, 누군가 다른 사람.

앨리스의 마음속에 누군가 다른 사람이 있었다.

8

아래로 향하는 엘리베이터 안에 있는 내 심장도 곤두박질치고 있었다. 심장은 뱃속으로, 엘리베이터는 물리학과 동의 컴컴한 중심부로 향하는 중이었다. 나는 황량한 콘크리트 복도를 지나 삭막한 연구실 안으로 걸어 들어가 내가 잃어버린 것을 찾아올 생각이었다. 달리 갈 곳이 없었다. 오후에 예정되어 있던 논문 지도를 전화로 취소한 나는 유령처럼 학교 교정을 배회하며 우편함, 게시판, 커피 자판기 주변을 어슬렁거렸지만 목적은 분명했다. 나는 앨리스를 찾고 있었다.

나는 엘리베이터에서 내려 방사선 안전복을 입은 학생들 대열에 합류했다. 학생들은 코시 스페이스 연구실을 가로지르며 섬세한 전자 장비를 옮기고 있었다. 무언가 중요한 일이 벌어지고 있다는 생각이 들었고, 마음이 쓰라렸다. 그들은 다시 역사를 쓸 준비 중이었다.

나는 누구의 눈길도 끌지 못한 채 연구실 안으로 들어갔다. 안팎으로 쿠션이 덧대어진 우스꽝스러운 옷을 입은 학생 기술자들이 보였다. 무선 헤드셋 너머로 지직거리는 기계음이 들렸다. 그들은 로봇 같았다. 나보다는 앨리스와 공통점이 많은 이들이었다. 그들은 물리학자들이었고 나는 그들과 다른, 거미나 토끼, 당근과 더 가까운 종이었다.

연구실 가운을 입은 학생 한 명이 내 앞에 멈춰 섰다. 아는 얼굴이었다. 앨리스와 친한 무리 중 한 명이었다.

"엥스트랜드 교수님."

"네."

"쿰스 교수님을 만나러 오셨나요?"

"그렇습니다."

"따라오시죠."

그는 내게 안전복과 헬멧을 건넨 뒤 안전복을 잠그는 것을 도와주고는 비공개 주파수로 앨리스에게 연결할 수 있는 헤드셋 라디오를 켜는 버튼을 가리켰다. 내가 거절할 새도 없이 그는 에어로크 문으로 나를 밀어 코시 스페이스 연구실의 바깥쪽 챔버로 들어가도록 했다. 내가 비틀거리며 방 안으로 들어서자 자동으로 열렸던 문이 잠겼다. 나는 물리학자가 아니었고, 지구에 발이 묶인 어설픈 우주비행사나 양봉가쯤으로 보였다.

바깥 챔버는 코시 스페이스 연구실과 두꺼운 플렉시 글라스로 분리된, 폭이 좁고 어두침침한 조명이 켜진 공간이었다. 챔버에 나 말고는 아무도 없었다. 유리창 너머 노골적으로 환한 불이 켜진 연구실 안에는 흰 슈트를 입은 사람들이 유리병 속에 갇힌 유령들처럼 어슬렁거리고 있었다. 그들은 희고 부드러운 장갑을 낀 손으로 벽에 나란히 세워진 장비들을 분해하고, 전선을 감고, 밸브를 풀고, 세척기와 부품들을 옮겼다. 유리창 밖 어둠 속에 있는 나는 투명인간이나 마찬가지였다. 저들 중 누가 앨리스인지 추측하는 수밖에 없었다.

결함이 사라졌나보다고 생각했다. 내심 모든 게 끝나고 정리하는 중이길 바랐다.

나는 헤드셋 버튼을 누르고 마우스피스에 대고 말하기 시작했다.

"앨리스."

기계를 거친 끊어질 듯 말 듯한 내 목소리가 헤드셋을

통해 들려왔다. 인간의 관심을 끌려는 토스터기나 청소기가 낼 법한 소리였다. 어쨌든 저들 중 한 명이 내가 서 있는 유리창 쪽으로 고개를 돌렸다.

헬멧 마스크에 빛이 통과하기 전까지 그 사람이 앨리스라는 것을 알아볼 수 없었다. 그녀는 램프 하나를 풀어 가져와서는 유리창 너머를 비췄다. 그녀가 자기 쪽 유리창에 헤드기어를 기대자 내 반영이 그녀 위에 겹쳐 보였다.

"필립." 잡음을 뚫고 그녀가 말했다.

"뭘 하는 중이야?"

"결함이 준비가 됐어. 필드를 내리는 중이야."

"결함?"

"그가 안정화되었어. 코시 필드를 유지할 필요가 없어졌어. 중력과 시간은 호환되니까. 필드 생성기를 분리하는 중이야."

"소프트 교수는 결함을 사람 취급하지는 않던데. 당신은 결함더러 그라고 하네."

"소프트 교수님과 내 의견이 달라서 그래."

"소프트 교수 말로는 당신 연구가 말이 안 된다던데. 전망을 제대로 보지 못한다나."

"소프트 교수님이 너무 소극적인 거지. 말이 안 되는 건 교수님이야. 결함이 플랑크 상수를 선호한다는 걸 인정하지 않고 있어."

"뭐라고?"

"결함이 선별적이라고. 그는 플랑크 상수 쪽 미립자를 선호한다는 이야기야. 질량 쪽은 그를 그냥 지나쳐서 스크린에 축적되고. 그러니까 결함이 선택을 한다는 거야. 우연으로 벌어진 결과가 아니야. 통찰력과 지성이지."

나는 아무 말도 할 수 없었다. 무전 채널이 지직거렸다.

"소프트 교수님은 공허에 지성이 있다고 인정하려 하지 않아." 앨리스가 말했다. "겁을 먹는 거지."

"당신은 결함이 자신의 지성을 보여준다고 생각하는 거야?"

"결함이 곧 지성이야 필립. 그게 아니면 설명할 방법이 없어. 다른 특성은 없다고. 중력이랑 시간적 불규칙성이 없이는 결함을 측정할 수 없어. 그가 선호하는 미립자가 있다고 인정해야 해."

"아직까지는 그렇지."

"당신 말이 맞아. 나도 뭔가가 더 있을 거라 생각해. 며칠만 있으면 평상복을 입고 챔버를 돌아다닐 수 있을 거야."

"그럼 어떻게 되는데?"

"좀 더 정밀한 도구를 들일 수 있게 되겠지."

"타로카드 같은 거? 마법의 8번 공이나 맹도견 같은?"

3중 유리창 너머 앨리스가 얼굴을 찌푸렸다. 소프트 교수 편을 드는 게 무슨 소용인가 하는 생각이 들었다. 결함의 본질이 무엇인지 토론하려고 그녀를 찾은 게 아니었다.

"앨리스." 내가 그녀를 다시 불렀다. 속삭이는 내 목소리를 전하는 무전기의 잡음에 얼굴이 찌푸려졌다.

앨리스는 답이 없었다.

"앨리스, 다 그만하자. 멀리 떠나자." 말을 뱉는 순간 이미 일을 그르쳤다는 생각이 들었다. 나는 우리 둘 사이를 가로막는 정적을 깨고 싶었다. 그럴 수 있다면 당장 그녀에게 청혼이라도 할 수 있을 것 같았다.

"뭐라고?"

"같이 사라지자고. 중력이나 시간적 불규칙성 같은 데 미련 두지 말고."

"지금 그런 말을 할 때가 아니잖아."

"그래서 더 멋진 거지. 그런 말을 할 때가 정해져 있었으면 재미가 없었을 거야."

나는 그녀를 시험하는 중이었다. 함부로 그녀를 몰아세우느니 이렇게 하는 편이 조금 더 현명하다고 생각했다.

무전기에서 잡음이 섞인 다른 목소리가 들려왔다.

"쿰스 교수님, 말씀 중에 죄송합니다만……."

"말씀하세요."

"이스트를 배분할 준비가 되었는데요."

"곧 갈게요."

목소리가 지직거리는 소리와 함께 사라졌다.

"이스트라니?" 내가 물었다.

"G.P. 뉴먼의 이스트야. 원자로 설정용으로 독일 회사에서 개발했지. 방사능을 흡수하는 역할을 해. 이스트로 이 방을 청소할 거야."

달리 할 말이 없었다. 기회는 날아갔다. 결국 헐렁한 안전복을 입고 이스트에 관해 이야기하게 되다니.

"필립?"

나는 고개를 들었다. 앨리스가 램프를 들고 뒷걸음질 치자 헬멧의 얼굴 부분이 거울처럼 주변을 반사했다. 그녀의 얼굴은 사라지고 내 얼굴만 두 개 남고 말았다.

"나중에 얘기해, 필립. 응?"

"알겠어." 나는 싫다고 말하고 싶었다. 나중은 너무 늦다. 독일산 이스트가 그녀의 몸에 내가 남긴 방사성 흔적과 내 심장이 뿜어낸 동위원소들까지 모두 흡수할 것이라고 말하고 싶었다. 이스트를 상대하기에는 너무나 섬세한 물질들이었다.

하지만 나는 말하지 않았다. 터덜터덜 에어로크를 지나 벙어리장갑을 낀 채 녹은 눈웅덩이 위에 선 아이처럼 안전복을 벗겨줄 누군가를 기다렸다.

서류철을 든 학생이 불경을 외는 중 같은 단조로운 톤으로 물품 항목을 확인하고 있었다. "가스 차단기. 신틸레이션 계수관(방사선의 검출·측정용 기구 — 옮긴이), 광전자 증폭관, 광전 다이오드, 광전자 배증관."

나는 연구실을 나섰다.

복도에서 나는 앨리스의 친구인 두 장님을 발견하고 뒤를 쫓았다. 두 사람은 지팡이로 땅을 짚으며 엘리베이터 쪽으로 향하고 있었다. 나는 질투심에 사로잡힌 채 들키지 않으려 걸음을 늦추면서 조심조심 두 사람 뒤를 쫓았다.

두 사람은 내 걸음 소리에 잠시 주춤하는 듯하더니 어깨를 으쓱하고는 엘리베이터 문가를 더듬어 버튼을 찾았다.

"네가 뭔가를 잘못했나 본데." 에반이 말했다.

가르스는 아무 말도 하지 않았다.

"네가 뭔가를 잘못했나 본데." 에반이 다시 말했다.

여전히 답이 없었다.

"네가 뭔가를 잘못했나 본데."

"몇 시야?" 가르스가 말했다. 두 사람은 손목시계를 더듬었다.

"두 시 오십칠 분"

"맞아. 적어도 우리 두 사람 시간은 같네. 나는 아무 잘못도 하지 않았어. 나는 미립자를 봤을 뿐이야."

"네가 일을 제대로 한 것 같지 않아."

"앨리스는 회전을 측정하고 싶어 했어. 하지만 회전은 없었어. 회전하고 있지 않았다고. 그뿐이야."

"그럼 미립자가 아니었겠지."

엘리베이터 문이 열렸다. 두 사람은 안으로 들어갔고 나도 그 뒤를 따랐다. 두 사람은 지팡이로 바닥을 때리면서 주춤주춤 구석으로 걸어갔다.

"로비 층을 눌러주시겠어요?" 에반이 말했다.

나는 버튼을 눌렀다.

"이분이 누구시든 아마 로비로 가고 계실 거야. 잘 알면서." 마치 자신의 말이 내게는 들리지 않는다는 듯 가르스가 말했다.

"모르는 거지." 에반이 말했다.

"엘리베이터에 타는 사람 중 약 75%는 로비로 갈걸." 가르스가 말했다.

"로비 층에서 탄 사람이 아니라면 말이야."

나는 아무 말도 하지 않았다.

"너는 아무것도 못 봤어." 에반이 약간 날카로운 목소리로 말했다. "그래서 네가 쓸모가 없어진 거야. 미립자가 아니었던 거야."

"네가 어떻게 알아?"

"미립자가 아니야. 무엇도 아니라고."

"정정할게. 나는 존재하지 않는 걸 보진 못해. 그게 핵심이야."

로비 층에서 엘리베이터 문이 열렸고 나는 밖으로 나갔다.

"로비인가요?" 에반이 물었다.

나는 답하지 않았다.

"들리는 소리로는 로비인 것 같은데." 가르스가 말했다.

"약 다섯 블록을 가면 버스 정류장이야." 엘리베이터에서 나오며 에반이 말했다.

"5분 안에 도착해야 해."

"거기까지는 4분이면 갈 수 있었어. 서두를 필요 없었던 거야."

두 사람은 땅을 톡톡 치며 내 옆을 지나쳐 그들에게 보일 리 없는 따뜻한 볕과 향기로운 산들바람, 곤충들의 붕붕거리는 소리 가운데로 걸어갔다. 버스 정류장들과 주차 요금 정산기들이 제자리에서 그들을 기다리고 있었다.

나의 의문은 더 깊어져 갔다. 두 장님은 나와 소프트 교수와 다를 게 없었다. 그들 역시 앨리스의 주목을 받는 좁은 관심사 밖에 있었다. 다른 용의자를 찾아야 했다.

가르스는 입구에 잠시 멈춰 서서 고개를 들고 냄새로 내 존재를 알아챈 듯 코를 찡긋했다. 그는 마치 황소개구리처럼 입술을 비틀며 얼굴을 찌푸렸다.

"적어도 나는 미립자를 봤어." 마치 에반과 나 두 사람을 동시에 향해 말하는 것 같았다. "너는 애초에 그녀에게 쓸모없었잖아."

9

앨리스는 집을 나가지는 않았다. 하지만 집에서 보내는
시간은 점점 줄고 있었다. 나는 우리 사이에 생긴 틈이 일
시적인 것처럼, 그녀가 아무 일도 없었다는 듯 말없이 내
품 안으로 돌아올 것처럼 굴었다. 혼자 나흘인지 닷새인지
를 보내고 어느 날 아침, 나는 행정실 건물 복도에서 만난
그녀에게 다가가 말을 걸었다.

"필립." 앨리스가 다정함이 묻어나는 목소리로 말했다.

"앨리스."

"*결함* 옆을 지켜야 해. 관찰자 없이 혼자 남겨지면 안 되
거든." 나도 그렇다고 말하고 싶었다. "강의를 모두 취소하
는 중이야. 이건 엄청난 기회야. *결함*은 이제 온전히 내 차

지야. 그가 무슨 말을 하는지 알 수 있어. 나만 알 수 있지."

"결함한테는 당신뿐이라는 소린가."

"응."

비꼬고 싶었지만 꾹 참아야 했다. 결국 정적이 흘렀다.

"필립, 당신은 이해하잖아. 그렇지?"

나는 눈을 감고 벽에 몸을 기댔다.

"당신, 매일 밤을 결함이랑 보내고 있어."

그녀는 내 도발을 무시했다.

"연구실에서 야근을 하는 거지. 사실 거의 잠도 못 자고 있어. 이해해줘 필립. 나는 새로운 세계의 경계에 서 있다고."

현실세계를 벗어나려는 참이겠지. 나는 속으로 그녀의 말을 정정했다.

학생 한 명이 두리번거리며 우리를 지나치더니 간절한 얼굴로 사무실로 들어갔다.

"당신은 나와 점점 멀어지고 있어." 내가 말했다.

"결함을 따라가야 해."

"연구가 당신을 멀리 데려가고 있어. 당신은 사라졌고, 나는 혼자 남았지."

"당신은 혼자가 아니야."

"혼자인 것보다 더 비참해. 나는 반쪽짜리야. 사라진 무언가의 일부분이라고. 기계에서 떨어져나온 부품 같아."

앨리스는 시선을 아래로 떨궜다.

"지금 하는 연구는 아주 중요해."

"언제 돌아올 거야?"

아무 말이 없었다.

"희망적인 이야기를 해 줘." 내가 말했다. "우리 두 사람한테 좋은 거라고 얘기해 줘. 내가 과민반응하는 거라고. 당신과 내가 *우리*라고 말해줘."

그녀의 시선이 다시 발끝을 향했다.

"소프트 교수님이 어떤 발견들은 자신을 찾는 사람들에게만 모습을 보인다고 이야기한 적이 있어. 적임자를 찾는다고. *결함*한테는 그게 나인 거야."

나는 이번에도 목구멍까지 차오르는 빈정거림을 꾹 삼켰다.

앨리스가 내 손을 잡았다.

"필립, 이제 가야 돼."

"*결함*한테 말이지."

"응." 앨리스는 내 손에서 자신의 손을 빼서 눈앞의 머리

73

칼을 쓸어넘기고 희미하게 웃었다. "미안해."

내가 입을 떼기도 전에 앨리스는 사라져버렸다.

10

앨리스가 기자회견을 열었을 때 나는 눈에 띄지 않도록 기자회견장으로 몰래 들어가 뒤쪽에 자리를 잡고 앉았다. 앨리스가 맞고 소프트 교수가 틀렸다. 결함은 특정한 미립자를 선호했다. 이유는 설명하지 않았지만 앨리스는 이를 *진공 지능*이라 불렀고, 결함은 그 순간부터 영원히 사람 취급을 받기 시작했다.

적어도 교내에서 결함은 스타가 될 조짐을 보였다. 그는 카리스마 넘치는 미스터리한 존재이자 과묵한 대사였고, 우주에서 온 카스퍼 하우저(샌프란시스코를 기반으로 한 코미디 공연 그룹 — 옮긴이)이기도 했다. 교수들마저도 그의 챔버에서 어떤 발전이 이뤄지고 있는지에 대해 매일 수군거렸다. 오늘은 그가 더 넓은 세상에 처음 알려지는 날이었다.

세상은 그에게 관심이 그다지 많지 않았다. 기자회견장에 마련된 자리는 반 정도 차 있었고 그나마 참석한 사람 중에도 아는 얼굴이 많이 보였다. 물리학자들이 결함이 가진 매력을 과대평가한 모양이었다. 앨리스는 주변 상황에는 아랑곳하지 않은 채 연단에 앉아 물을 홀짝이며 노트를 뒤적이고 있었다. 그녀 옆에 앉은 소프트 교수는 멍한 얼굴로 다리를 꼬고 앉아 있었는데, 올라간 바짓단 밑으로 앙상한 발목이 드러났다. 물리학과의 명운이 앨리스에게 달려 있었다. 소프트 교수도 노벨상을 받을 가능성을 상기시키는 수단에 불과했다.

조명이 어두워졌다. 앨리스가 단상 위로 올라가 청중이 잠잠해지길 기다렸다가 자신과 소프트 교수를 소개했다. 그러고는 이번 발견을 하기까지의 과정과 결함이라는 이름이 붙게 된 이유에 관해 명쾌하게 설명했다. 소프트 교수의 모험심과 인공 진공 버블이 언급되었다. 버블의 팽창과 중력 이벤트도 언급되었다. 청중은 귀 기울여 그녀의 말을 들었다.

나는 집중이 흐트러졌다. 정신을 차리려고 애를 쓰는 중이었다. 어느 정도 거리를 두고 멀리서 앨리스를 보는 게

도움이 되었다. 그녀는 저기에, 나는 여기에 있고, 그녀는 아무렇지 않아 보였다. 어쩌면 나도 아무렇지 않은지도 모른다. 그래서 나는 자리에 앉아 일주일 내내 빙글빙글 회전하던 마음을 바로 세우는 중이었다.

앨리스는 실험이 어떤 상태인지 계속해서 설명했다. 결함이 점진적으로 안정되고 있으며 *버블*이 있는 챔버를 코시 스페이스에서 평범한 지구의 환경으로 전환하고 있다고 했다.

"*결함의 취향에 그의 존재가 달렸습니다.*" 그녀가 말했다. "*그가 어떤 미립자를 선호하느냐가 그를 만들죠. 그가 선택을 멈추면 더 이상 존재하지 않게 됩니다.*" 그녀는 *결함*의 경계를 정확하게 정의하기 위해 감지기, 계측기, 감광판을 어떻게 배열해 이렇게 미약하고 보이지 않는 존재를 탐구했는지 설명했다.

그녀의 말이 끝나자 청중은 정중한 갈채를 보냈다. 앨리스는 감사의 표시로 고갯짓을 한 다음 청중의 질문에 답하기 위해 소프트 교수의 옆자리에 가서 앉았다.

청중은 수준 높고 까다로운 질문을 던졌다. 도저히 집중을 유지할 수 없었다. 바깥으로, 교정으로 나가고 싶었다. 그러다 두 다리에 힘을 주며 몸을 일으켰을 때 그만 질문자로 오해를 받고 말았다.

"네, 엥스트랜드 교수님?" 앨리스가 말했다. 마이크를 거친 그녀의 목소리가 강당에 울려 퍼졌다. 마이크 담당 학생이 마이크 줄을 길게 늘어뜨리며 사람들을 제치고 허겁지겁 내게 다가왔다.

바보 같은 실수를 하고 말았다. 이제껏 투명 인간처럼 앉아 있었더라도 어쨌든 나는 눈에 띄는 인물이었다. 경계 영역 학과장이라는 별명을 가진 사람이라면 당연히 *결함*에 대해 할 말이 있어야 할 테지.

나는 사람들을 실망시키고 싶지 않았다. 그래서 마이크를 건네받았다. 손에 묵직한 마이크가 쥐어지는 동안 내게 쏠린 청중들의 시선이 느껴졌고, 내 쪽으로 자세를 고쳐 앉는 그들의 의자가 삐걱거리는 소리가 귓가에 울렸다.

"물리학자들의 자만심 같은데요." 내가 말했다. "세상이 온통 아원자 이벤트의 비유가 되기 위해 존재한다는 발상이 말입니다. 미립자가 *회전*한다고 하거나, 쿼크가 *색*이나 *향*이 있다고 하죠. 필드나 *지평선*, *아름다움*, *진실*, *기이함* 같은 것들이 언급되죠. 물리학자들은 자신의 연구 대상이 보이지 않는 핵심이고 은유의 대상이 그 주위를 돈다고 생각하죠. 물리학이 공용이인 양, 마치 언젠가 외계인이 지

구를 찾았을 때 그들 역시 물리학을 통해 이야기하리라는
듯 행동합니다."

어쩐지 멈춰야 할 것 같은 생각이 들었다. 나는 마이크
를 허리까지 떨궜다. 청중들은 앨리스와 소프트 교수를 돌
려다 보며 그들이 어떻게 반응하는지 살피고 있었다.

나는 만화영화 캐릭터 로렉스가 된 것 같았다. 삭막한
세상 속에 '살아 있는 나무'를 위해 목소리를 내는 로렉스.

"저는 결함이 미립자를 선호한다는 가정에 의문을 품을
수밖에 없습니다." 나는 말을 이었다. "왜 결함이라는 손님
이 물리학자일 거라 가정하고 그가 미립자에 관심이 있으
리라 생각하는 거죠? 그가 질량 미립자보다 상수 미립자를
선호한다지만, 여름이나 겨울 중에서는 뭘 선호할까요? 가
장 선호하는 것은 무엇일까요? 흑백을 좋아할까요, 아니면
다채로운 색을 좋아할까요? 시나 산문 중에서는요? 비빕
이나 스윙은 어떨까요? 제가 보기에 우리는 지금 유도 신
문을 하는 것 같습니다. 질문할 때부터 답은 이미 정해놓
은 거죠. 물리학적인 답을 원하니까 물리학적인 답을 얻는
거예요. 우리가 할 수 있는 모든 질문을 하지 않으면, 이런
표현을 써도 될는지 모르지만, 거울을 보며 자위하는 거나
마찬가지입니다."

대단한 연설가 납셨군. 말들을 모조리 주워 담아 입에 넣고 삼켜서 위액으로 녹여버릴 수만 있다면 좋겠다고 생각했다. 결국 나는 앨리스와 소프트 교수를 거들어 프랑켄슈타인을 빚고 말았다. 내 자신의 막강한 라이벌, 미스터 스탠리 투스브러시(테리 카의 단편 소설에 등장하는 허구의 인물. 주인공은 스탠리 투스브러시라는 허구의 인물을 자신의 여자친구의 바람 상대로 착각한다 ― 옮긴이)가 탄생한 순간이었다.

내 도움 없이도 같은 일이 벌어졌을까? 알 수 없다. 적어도 아무것도 하지 않고 있었을 때 나는 운명의 피해자였다. 하지만 그날 이후 나는 그들과 마찬가지로 비난받아 마땅한 존재가 되고 말았다.

11

다음날 마이크로 액티비티 감지기가 분해되었고 입자
빔 무기도 치워졌다. 결함의 미립자 충돌 영역 아래에 작은
연구실 테이블이 놓였다. 테이블을 제외하면 결함은 맨몸
이나 마찬가지였다. 앨리스는 관찰실을 치우고 바깥 문을
걸어 잠근 채 물리학사에 이름을 길이 남겨줄 실험에 몰두
하기 시작했다.

첫 번째 실험 대상은 종이 클립이었던 것 같다. 돌돌 말
린 가느다란 철사. 앨리스는 클립을 테이블 위로 미끄러뜨
리고는 결함의 가장자리를 의미하는 눈금 바로 앞에서 손
을 뺐다. 테이블 위를 미끄러진 종이 클립은 결함을 통과한
후 반대쪽 바닥에 떨어졌다.

앨리스는 종이 클립을 주워다 같은 동작을 반복했다. 이 번에도 종이 클립은 테이블 뒤쪽 바닥에 떨어졌다. 그녀 는 주머니를 뒤적거려 10전짜리 동전 하나를 꺼냈다 동전 은 테이블 위로 미끄러져 바닥으로 떨어졌다. 1전짜리 동전 도, 볼펜도 마찬가지였다. 앨리스의 주머니에 있던 물건들 은 몽땅 테이블의 반대편으로 떨어졌고, 그럴 때마다 연구 실 바닥에 떨어진 물건들이 탁탁거리는 소리를 냈다. 그들 은 모두 결함에게 거절당한 것이다.

앨리스는 테이블 반대편으로 가서 물건들을 주워 담았 다. 물건 하나가 보이지 않았다. 그녀는 바닥을 살피고 몸 을 더듬으며 주머니를 다시 뒤적여 주머니 속 물건들을 확 인했다. 없어진 물건은 여전히 보이지 않았다.

결함이 우리 집 열쇠를 꿀꺽한 것이다.

12

그 후 몇 주 동안 *결함*의 취향에 관한 소식을 피하기 힘든 만큼 앨리스의 얼굴을 보기도 힘들어졌다. *결함*은 아가일 패턴 양말을 삼켰고, 접착식 라벨 뭉치는 무시했다고 했다. 칼륨, 나트륨, 황철석은 싫어했지만 무연탄은 좋아했다. 전구는 삼켰지만 알루미늄 포일은 본체만체했다. *결함*은 판지, 대통령 초상, 미러 렌즈가 끼워진 선글라스를 받아들였다. 3일 동안 단식투쟁을 하며 야구 타자용 헬멧과 나비 넥타이, 얼음도끼를 거절했다. 수정된 오리알은 가져갔지만 깨진 오리알은 받지 않았다.

*결함*이 있는 테이블로 보내지기 전에 길이와 무게가 측정되고 검사를 받는 물건들도 있었고, 아무런 준비 없이

테이블 위로 던져지는 물건들도 있었다. 결함이 어떤 기준으로 물건을 선택하는지 이해하는 사람은 아무도 없었다. 이전에 거절했던 물건들을 다시 받아들이는 일은 없었다. 전동 거품기는 9일 연속으로 테이블 아래로 굴러떨어졌다. 좋아했던 물건에 질리는 경우는 있었다. 교내 신문에는 *결함특보*라는 제목으로 매일 시 구절 같은 목록이 실렸다.

모두들 저마다 이론을 세웠다. 결함 덕분에 모두가 물리학자가 되었다. 누구든 물리학상을 탈 수 있을 것 같았다. 다음 날 아침 *결함*이 그러한 이론을 모순되게 만드는 물건을 삼키기 전까지는. 결함은 자신의 선택 체계를 예측하는 새로운 이론을 가차 없이 반박하고 싶어 하는 것 같았다. 이론마저 자신의 취향대로 거르려는 듯했다.

시간은 계속 흘러갔다. 사람들은 핼러윈 장식을 위해 호박들을 사서 구멍을 파고 모양을 냈고, 현관 앞과 창틀 위에 방치된 호박들이 썩어가기 시작했다. 군대가 '중요한 게임'에서 패배했다. 머리칼도 다시 자랐다. '새로운 영역의 경계'에 사느라 정당한 사유가 생긴 앨리스는 강의를 잠시 중단했고, 대학원생 한 명이 그녀의 강의를 맡았다.

나는 그녀가 너무나 그리웠다. 심장이 잘 익은 가지처럼 부풀 대로 부풀어 말캉해진 것 같았다. 동시에 무심한 체하기도 했다. 그럴 때면 심장이 생밤만큼 작게 쪼그라들어 단단해졌다. 앨리스가 내 사무실로 걸어들어왔을 때 내 심장은 생밤이 되는 쪽을 택했다.

앨리스는 편안한 표정이었고, 머리칼은 산발이 되어 마치 그녀 뒤로 후광이 비치는 것처럼 보였다. 그녀는 내 책상 맞은편에 자리를 잡고 앉았다. 나는 늦게 과제를 제출하러 온 학생을 맞이할 때처럼 입술을 꼭 다문 채 의자 등받이에 기대어 앉았다.

그녀의 시선이 내 뒤에 있는 선반 쪽으로 향했다. 벽은 녹슨 압정으로 고정된 너덜거리는 쪽지들로 가득했다.

"이 사무실이 기억나."

"여기 온 적 없잖아." 내가 말했다.

"기억이 나는걸. 나는 여기 앉았고 당신은 거기에 앉았었어."

"여기로 나를 데리러 온 적이 있을지도 모르지. 하지만 앉았다 간 적은 없었어."

"기다리는 동안 앉아 있었어. 당신이 할 일을 마치는 동안."

"나는 여기서 일을 하지 않아. 이 사무실에서 어떤 작업도 한 적이 없는데."

"난 기억하는걸."

"이 자리에 잘 앉지도 않아. 마침 내가 여기 있을 때 당신이 찾아온 게 놀라울 정도야. 와서 잠깐 앉아 있다가 나갈 생각이었거든. 이 자리에 앉아서 내가 뭔가를 끝내려고 했다니 말도 안 돼. 당신이 잘못 기억하는 거야."

"필립, 그건 중요하지 않아. 사무실에 오니 예전 당신 모습이 생각이 났어."

"여기 앉아 있는 지금의 내 모습을 말하는 거겠지. 당신은 지금 여기 앉은 나 때문에 내 생각을 하는 거야. 내가 내 생각을 하도록 만든 거라고."

앨리스는 한숨을 푹 내쉬었다. 그제야 나는 내 말투에 짜증이 섞였다는 사실을 깨달았다.

"음식을 버렸더라." 앨리스가 말했다.

"집에 갔었어?"

"옷을 가지러 갔었어. 집 안을 둘러보고 있었는데 쓰레기통에 음식이 버려져 있더라고."

"상한 음식이었어."

"저기, 사실 집에 대해서 할 말이 있어."

심장이 개구리를 깔고 앉은 돌멩이처럼 벌렁거리기 시작했다.

"말해 봐." 내가 말했다.

"공간 낭비잖아. 나는 사용하지도 않는데 월세를 내고 있고."

"나는 아직 거기 살고 있어." 나는 퉁명스럽게 대꾸했다.

"알아, 필립. 하지만 당신이 누구와 함께 살면 좋지 않을까 생각했어. 그러니까 내 제안에 무조건 싫다고 하지는 말아줘. 생각해 봐. 그렇게 되면 나도 마음이 정말 편할 것 같아."

"누구랑 살라는 거야?"

"에반과 가르스. 한 달만."

"싫어."

"딱 한 달만이야. 먼저 살던 집에서 쫓겨나게 생겼는데 아직 집을 못 구했대."

내게도 거절할 기회를 줘서 미안함을 덜려는 심산일까? 아니면 자기가 가진 매력으로 나를 설득시킬 수 있는지 시험해 보려는 것일까?

마음이 스르르 녹는 것이 느껴졌다. 마조히즘적인 흥분이라고나 할까. 다시 내 삶으로 들어오라고 그녀에게 외치는 소리가 마음 한구석에서 들려왔다. 집에 개미집을 들여놓든 독일산 이스트를 뿌려놓든 상관없으니 어떻게든 빈

자리를 메꿔달라고 애원하고 있었다.

"그 사람들을 잘 알지도 못하는데." 내가 말했다.

"둘 다 당신을 좋아해. 설거지, 청소, 요리도 할 거야. 낮에는 밖에 나가 있을 거고. 마주칠 일도 거의 없을걸."

"어딜 가는데?"

"여기저기 다녀. 에반은 일주일에 세 번 점자를 가르쳐. 도서관도 가고. 상담사한테도 가."

"같이?"

"특별한 케이스야. 상담을 하는 대가로 돈을 받아. 어떤 여자가 두 사람을 연구하고 있대. 그들이 소통하는 방식이랄까, 쌍둥이들이 자기들만의 언어를 만드는 방식 같은 것 말이지."

"둘이 연인 사이야?"

"그런 것 같지는 않아. 여자한테 관심이 있어 보이거든."

"여자?"

"나 말고. 일반적인 의미의 여성들에게 말이야." 나는 한숨을 쉬었다. "그러겠다고 해 줘. 세 사람에게 모두 좋은 결정이 될 거야."

"한번 오라고 해서 이야기나 나눠보자." 집으로 다시 돌아오라는 뜻이었다.

"오늘 밤에 들를게."

"아직 두 사람이랑 미립자 관찰하는 일을 하고 있구나."

"정확히 말하면 아니야. 지금 집중하는 연구는 그게 아니거든. 하지만 두 사람이 재미있어하니까 할 일을 계속 주고 있기는 해."

"*결함*에 더 집중하고 있구나."

"응."

앨리스의 목소리에 짜증이 섞이기 시작했다. 이야기의 주제를 바꾸고 싶지 않은 모양이었다.

"*결함*은 요즘 어떻게 지내는데?" 내가 물었다.

"질문이 좀 이상하네. *결함*이 어떻게 지내나니?"

"당신이 *결함*에 대해 그렇게 생각하는 줄 알았는데. 결함에게 인격이 있다고 생각했잖아."

"'어떻게 지내?'라고 묻는 대상이 될 정도의 인격이 있다는 게 아니야. 기분 좋은 날 별로인 날이 있는 게 아니라고."

"조금 지친 것 같이 들리네."

"다른 사람들과 당신을 똑같은 취급하려는 건 아니야. 하지만 워낙 선풍적인 관심을 끌고 있긴 하니까……"

"*결함*이 반짝 스타인 것 같아서?"

"응."

"그래서 보호해주고 싶은 거야. 독점하고 싶은 거지."

그녀는 내 마지막 말에 움찔했다. 새삼 그녀가 얼마나 겁을 먹었는지, 그녀의 눈이 얼마나 빨갛게 물들었는지, 뺨이 얼마나 움푹 꺼졌는지가 눈에 들어왔다. 지하 연구실의 간이침대 위에 누워 삐빅거리는 감지기 소리에 잠 못 드는 그녀의 모습이 눈에 선했다.

"그럴지도 모르지." 나지막한 목소리로 그녀가 말했다.

13

다시 생각해 보겠다는 말은 물론 그녀의 말대로 하겠다는 뜻이었다. 그렇게나마 앨리스는 잠시 집으로 돌아왔다. 앨리스는 두 장님이 소지품, 식기, 식재료가 든 박스, 산더미 같은 점자로 된 잡지와 세탁소 비닐이 씌워진 검은 정장 몇 벌을 옮길 때, 그들을 도와 차로 실어다 날랐다.

하지만 우리는 대화하지 않았다. 우리는 에반과 가르스의 대화를 듣기만 했다.

"정정할게." 에반이 말했다. "화요일, 약속이 있고, 저녁 때는 포트럭 파티를 하기로 했어."

"화요일에는 약속이 없어." 가르스가 의기양양하게 대꾸했다. "수요일로 옮겨졌지. 신청서 기한이 한 주 미뤄졌어.

목요일 자정 전까지만 발송 날인이 찍히면 돼." 그는 미묘하게 웃음을 지으며 자부심이 느껴지는 목소리로 결론을 이야기했다. "포트럭 파티 말고는 아무것도 없어."

앨리스와 내가 둘만 남겨진 것은 딱 한 번뿐이었는데, 그때마저도 대화는 맥없이 끝나고 말았다.

"자동응답기에 당신한테 온 메시지가 남겨져 있던데." 내가 말했다.

"시범 수업에 관해 이야기하는 학생들 말이지?"

"응."

"이미 전화했어."

침묵이 흘렀다.

"그러니까 앞으로도 기사 노릇을 해 줘야 하는 거지?" 내가 말했다. "두 장님 말이야."

"짐을 옮길 때만. 보통 때는 버스를 타고 다녀."

"아니면 걸어 다니거나."

"응."

"도시가 거대한 미로 같겠다."

"응."

침묵이 흘렀다.

"겨울 학기 강의 목록에 '침묵의 물리학' 수업 담당으로 당신 이름이 적혀있더라."

"응."

"결함에 관한 강의인가."

"응."

응이라는 그녀의 대답이 벽처럼 느껴졌다. 나도 그녀의
침묵 속에 머무를 때가 있었다. 지금이 나는 의심할 여지
없이 그 바깥에 있었다.

에반과 가르스가 자리를 잡은 후 앨리스는 다시 모습을
감췄다. 대신 두 장님이 새롭게 집을 채우기 시작했다. 물건
들은 뒤집히고 옮겨져 낯선 자리에 놓였다. 계란, 잼, 머스
터드가 눌어붙은 접시들이 제대로 헹궈지지 않은 채 아무
렇게나 쌓이기 시작했다. 점자 서류로 가득 찬 가방이 소
파 위에 널브러져 있었다. 그들의 대화가 내내 귓가에 맴돌
았다.

"내가 너한테 거짓말을 하고 있었다는 사실을 알게 되면
어떻게 할 거야?"

에반이 고개를 돌렸다. "그게 무슨 말이야?"

"물건들의 정확한 위치를 일부러 잘못 알려줬다면?"

"그런 적 있어?" 에반이 혼란스러운 목소리로 물었다.

"만약 그랬다면? 넌 내가 상상으로 만들어낸 세계에 살

고 있잖아. 생각해 봐."

"이미 이런 이야기를 한 적 있잖아. 졸터 양은 그런 질문을 기만적 조건이라고 부르지. 억울한걸."

"질문이 옳다는 건 아니야."

"그래, 아니지."

저녁때면 에반은 소파에 앉아 점자 물리학 교과서에 몰두했고 가르스는 손님방 침대에 앉아 헤드폰으로 휴대용 라디오를 들었다. 나는 설거지를 하고 뒷마당으로 걸어가서 밤이 될 때까지 사색에 잠겼다. 두 사람과 같은 공간에서 편히 쉴 수가 없었다. 두 장님은 모든 소리에 필요 이상으로 귀 기울였다. 그래서 딱딱한 마룻바닥에 의자가 끌리는 소리에서 책장을 넘기는 소리까지 내가 내는 소리에 자꾸만 신경을 쓰게 되었다. 오줌 줄기가 변기에 부딪히는 소리와 귀가 찢어질 것 같은 물 내려가는 소리가 울려 퍼지는 화장실은 갈 때마다 고역이었다.

외로움을 느낀다면 적어도 혼자여야 한다고 생각했다.

그 주에 결함은 스키 모자, 원뿔 모양 와셔, 핑킹가위를 거절했다. 구불구불한 라자냐 면과 꼬부라진 마카로니, 거친 스파게티 면도 거절당했다. 플루타르코스의 책 한 권과 코펜하겐 사진이 담긴 엽서 한 권도 마찬가지였다. 사각 드라이버와 둥근 머리 해머, 아이스크림용 숟가락, 블루베리, 굴, 소염 연고, 로제타스톤 사진과 금박 담뱃갑, 콘크리트 덩어리, 카메라 렌즈 뚜껑과 모자걸이, 초콜릿케이크 한 조각도 모두 거절당했다.

하지만 그는 계산자, 볼링 신발, 표면이 거친 테라코타 재떨이는 받아들였다. 펠트 모자, 만년필, 석류도 받아들였다. 헤리티지 프레스에서 재발간한 『스나크 사냥(The Hunting of the Snark)』과 오닉스로 만든 자유의 여신상 조각품. 도자기 접시에 담긴 피스타치오 아이스크림과 수은 구슬도 마찬가지였다.

B-84라는 중성화된 암컷 고양이를 받아들였다. 테이프로 붙인 전극을 긁는 바람에 얼룩덜룩한 무늬가 생긴 실험실 터줏대감이었다.

14

B-84에게는 친구들이 있었다. 그들은 물리학과 동 입구를 마구 휘젓고 다니며 인도를 가로막고 잔디밭 위를 난장판으로 만들었다. 11월이었지만 후텁지근한, 운동하기 딱 좋은 날이었고 일을 하고 싶지 않았던 나는 배회하고 있었다. 그러다 '결함의 심장은 어디에 있나?'라는 손으로 쓴 문구가 적힌 현수막을 들고 걸어가는 학생을 마주쳤다. 나는 그 학생을 따라 집회 장소로 갔다.

호기심 가득한 학생들이 집회 가장자리에 삼삼오오 모여 잘못된 정보를 주고받았다. 나는 그들을 밀치고 앞으로 나아갔다. 가장 반항적이고 격분한 시위자들이 침대 시트로 만든 현수막 아래에 모여 있었다. 현수막에 적힌 글은 단어만 띄엄띄엄 읽을 수 있었다. '대학', '자금', '책임', '죽음'. 나는 점점 더 군중 속을 파고들어 마이크가 있는 단상 아래로 다가갔다. 내 발밑의 잔디는 이미 엉망이 되어 있었다.

깡마르고 구부정한 연사가 보였다. 긴 금발 머리는 하나로 묶여 있었고 창백한 팔뚝 위로 둘둘 말린 체크무늬 셔츠 소매가 감겨 있었다. 신문방송학과 학생인 것 같았다.

"우리들은 이 질문을 해야만 하고, 답을 요구할 의무가 있습니다. 엄청난 과학적 발전을 이뤘고, 우리는 이에 대해 의식을 고양하고 개요를 파악해야 합니다. 저절로 얻어지지는 않으니까요. 그래서 우리는 질문을 던져야 합니다."

그는 말을 멈추고 청중을 둘러보았다.

"결함은 단지 우주를 벌리는, 아니, 벌어진 틈입니다. 우리의 발밑에서 틈이 생겼죠. 여기에 반대하는 과학자들이 있고, 학계에서도 의견이 분분하지만 실험은 계속되고 있지요. 저는 결함에 고양이들이 더 던져지기 전에, 가던 길을 잠시 멈추고 이 실험에 관해 깊이 고민해서 우리가 무슨 일을 벌이고 있는지 판단해야 할 때가 왔다고 생각합니다!"

군중들은 지지의 함성을 보냈다.

"지구는 끝없이 펼쳐진 공허한 사막에 놓인 작은 오아시

스입니다." 기세가 등등해진 그는 말을 계속 이었다. "더 이상의 공허한 사막은 필요치 않습니다. 우주로 나가면 온통 공허한 사막이니까요. 결함을 연구하든 어쩌든, 우리 학교 내에서는 안 된다는 말입니다."

"결함을 우주로 돌려보내라!" 뒤쪽에 있던 누군가가 외쳤다.

"우리는 메시지를 전달하고자 합니다." 마이크 앞에 선 학생이 말했다. "이 문제를 적절하게 논의할 수 있는 포럼을 열 생각입니다. 물리학계에서 이 실험을 관리 감독할 수 없다면, 그 역할을 우리가 기꺼이 맡으면 됩니다. 결함을 비롯해 인류에게 가져다줄 가치에 비추어 다른 발전들도 검토할 것입니다."

현수막 뒤쪽에서 부스럭거리는 소리가 들렸다. 그의 말을 반박하는 세력인 듯했다. 마이크 앞에 서 있던 학생이 고개를 돌렸고, 방송기기는 웅웅거리는 소리를 내기 시작했다.

"엥스트랜드 교수님, 무슨 일일까요?" 내 바로 뒤에 서 있던 학생이 물었다.

나는 뒤를 돌아보았다. 질문을 한 사람은 내가 가르치는 학생 중 한 명이었다. 그의 이름은 기억나지 않았다.

"관계 당국이죠?" 그가 말했다. "과학 경찰 말이에요."

"나도 잘 모르겠군요." 내가 말했다.

앨리스와 앨리스가 가르치는 학생이 마이크 앞에 나타났다. 어울리지 않는 장소에 선 그들은 초라하고 어색해 보였다. 그들은 과학 경찰과는 거리가 멀었다. 자신의 학생이 연사와 이야기를 나누는 동안 앨리스는 군중을 바라보며 멍하니 서 있었다. 밝은 빛 아래로 강제로 끌려 나온 듯한 얼굴이었다. 대낮의 밝은 햇살은 시위대와 고양이의 편이어서일까.

앨리스가 시야를 가린 머리칼을 뒤로 쓸어 넘기며 마이크 앞으로 걸어갔다. 내가 보이지 않는 듯했다.

"몇 가지 하고 싶은 말이 있습니다." 그녀가 말했다. "다들 오해하고 계셔서요. 다들 잘못된 이분법을 통해 상황을 보고 있네요. 존재하는 것과 무, 삶과 무질서, 고양이와 결함을요. 우리는 이러한 낡은 구분방식을 초월할 기회를 부여받았습니다. 공허는 생명과 연결되고 소통하기 위해 손을 내밀고 있어요. 그러한 제안을 거절한다면 비극이 될 것입니다. 결함은 삶과 무질서가 서로의 차이를 극복할 수 있도록……"

군중이 야유하기 시작했다.

당신은 이해할 수 없으리라고 그녀에게 이야기해주고 싶었다. 군중들은 두려운 거라고. 앨리스 당신과는 다르다고 말해주고 싶었다. 공허에 관심을 가지기보다 차단하고 싶어 한다고.

"지식은 매우 소중합니다." 앨리스는 말을 이었다. 떨리지만 강단 있는 목소리였다. 그녀는 지고 있는 판에서 가장 약한 수를 내고 있었다. "살아 있는 것들만큼이나 중요……"

그녀의 말은 군중의 야유에 묻혀버렸지만 그러지 않았다 해도 어차피 나는 그녀의 말을 끝까지 들을 수 없었을 것이다. 그녀 뒤에 서 있던 학생들은 다시 마이크를 차지하려고 하고 있었다. 나는 어깨로 사람들을 밀치며 앞으로 나아가서 마이크가 놓인 얼룩덜룩한 언덕에 발을 디디고 내게 쏠리는 군중의 시선을 느꼈다.

마이크 앞에 자리를 잡은 나는 실눈을 뜨고 대중을 보다가 그들 뒤쪽으로 시선을 옮겨 볕을 가득 머금은 잔디밭에서 원반던지기를 하는 학생들을 바라보았다. 나는 오랫동안 아무 말도 하지 않은 채 관계자들이 마치 왕관처럼 나를 둘러싸도록 내버려 두었다.

"우주는 언제나 고양이를 삼킵니다." 내가 마침내 입을 열었다. "영원히 고양이들을 삼킬 테지요. 새로운 발견을 한 것이 아닙니다." 피로가 가득 담긴 목소리였지만 오히려 호소력이 더해졌다. "이렇게 독립적으로 반대하는 목소리를 내는 것은…… 그러니까, 소용이 없습니다. 사실 감동하였습니다. 덧없지만 아름다운 모임이네요. 하잘 것 없는 죽음을 통해 이렇게 뜻을 모을 수 있다니요."

누군가 기침하는 소리가 들렸다.

"하지만 올바른 선택이 아닙니다. 단어들이 상징하는 것들이 정확하지 않아요. 과학, 죽음, 자본 같은 단어들 말입니다. 결함은 저런 단어들과는 전혀 관련이 없습니다. 결함은 실수이자 실패입니다. 예측했던 결과가 아닌 부작용일 뿐이죠. 군사적인 의도도 전혀 없습니다. 공허에서 튀어나온 인간의 모습일 뿐이고, 물리학이라는 얼굴에 던지는 케이크일 뿐이죠. 결함은 불안정해서 이랬다저랬다 합니다. 석류를 좋아했다가도 금세 마음을 바꾸지요. 여러분, 결함은 여러분이 과학을 덜 진지하게 받아들이도록 도울 것입니다."

군중이 차츰 흩어졌다. 사람들은 잡담을 하다가 곧 뿔뿔이 흩어져 제 갈 길을 갔다. 흩어지는 학생들에게서 고마워하는 눈빛을 느낄 수 있었다. 감당하기 버거웠을 십자

군 원정을 내가 진정시켜주어 수업을 땡땡이치는 일상으로 돌아갈 수 있게 되었다는 듯한 눈빛이었다.

고개를 돌리니 앨리스가 물리학과 건물로 걸어가고 있었다.

나는 그녀를 쫓아갔다. 앨리스가 문 안으로 사라졌지만, 엘리베이터 앞에서 그녀를 붙잡을 수 있었다. 그녀는 신경질적으로 *내려가기* 버튼을 눌렀다.

"앨리스." 나는 나 자신에 살짝 도취 되어 있었다. "앨리스, 기다려."

그녀는 엘리베이터를 쪽을 바라보고 섰다.

나는 숨을 헐떡였다.

"고맙다고 해야 하는 거 아니야?" 내가 말했다. "내가 해결했잖아. 비이성적인 군중을 내가 해산시켰다고. 영화 「링컨」에 나오는 헨리 폰다처럼 말이야."

그녀가 내 쪽으로 몸을 돌렸다. 그녀의 얼굴은 분노에 차 있었다.

"*결함을 당신 걸로 만들려는 거잖아.*" 그녀가 말했다. "*결함을 설명할 수 있으면 당신 차지가 될 거라 생각하는 거야. 다른 사람들처럼.*"

엘리베이터 문이 열렸고 앨리스가 안으로 들어갔다. 나

는 어리벙벙한 표정으로 그녀를 바라보았다.

"하지만 이번에는 당신이 틀렸어." 그녀가 말했다. "결함
은 내 거야." 엘리베이터 문이 닫히며 수척한 앨리스의 얼
굴을 가렸다.

15

나는 어두워질 때까지 교정을 떠돌다가 집을 향해 성큼 성큼 발걸음을 옮겼다. 집에 두 장님이 있는 것을 확인하고는 차에 올라타 학교 밖으로 나갔고 술집을 찾아 들어가 일부러 여자 한 명과 술을 마셨다.

다행히 흥미로운 여자였다. 어두운 머리칼에 키가 크고 꿰뚫어 보는 듯한 눈빛을 가진 그녀는 이를 보이지 않으며 미소 지었다. 그녀는 두 손으로 레드와인이 담긴 잔을 감싸 쥐고 혼자 앉아있었다. 그녀에게 내 이름을 데일 오벌링이라 소개하고는 합석해도 되겠느냐고 물었다. 그녀는 알겠다고 했다.

"우리 학교 직원이 아니신가 봐요." 내가 말했다.

"아니에요."

"교환 교수도 아니시고요."

"아니에요."

"대학원생도 아니시고요."

"아니에요. 학교와는 관련이 없어요."

"그 말에 제가 얼마나 흥분되는지 모르실 겁니다."

"술 한 잔 사 주시면 되겠네요."

학생들 사이에서 입소문이 나기 전인 술집은 평범하고 따분한 50년대 스타일의 칵테일 바였다. 술집 안은 거의 텅 비어있었고 주말이었지만 주중 저녁처럼 한산했다. 이 술집을 선택한 이유는 학교에서 멀리 떨어져 있기 때문이었다. 하지만 주문을 받으러 온 여종업원이 아는 얼굴이었다. 흐리멍덩한 우리 학교 학부생이 노란 앞치마를 두른 채 다가왔다. 우리는 서로 눈을 마주쳤고, 내 정체가 탄로 날까 긴장한 표정으로 눈치를 주자 그녀는 자리에 멈춰 아무 말도 하지 않았다.

"와인을 치워주세요." 내가 말했다. "소금 잔에 마르가리타를 가져다주시고요. 여섯 잔을 테이블 위에 나란히 놓아주세요."

"피처로 가져다드릴 수 있는데요."

"잔을 줄 세워 놓으려고요. 잔이 차례로 놓이는 모습을 보고 싶군요. 빈 잔도 치우지 말아 주십쇼."

그녀는 마치 나방처럼 맥없이 어둠 속으로 사라졌다.

"생각이 확고한 분이시네요, 오벌링 씨." 마주 앉은 그녀가 희미하게 미소 지으며 말했다.

"데일이라 불러주세요. 통찰력이 있으시군요. 성함이……?"

"졸터예요. 신시아 졸터."

"신시아라 불러도 되겠지요? 통찰력이 있는 여성이시군요."

"감사합니다."

"술집에서 홀로 앉은 통찰력 있는 여성을 만나는 건 즐거운 일이죠. 정말 흥분되는군요. 그렇게 자주 있는 일이 아니라서요."

"듣기 좋네요."

"게다가 학교에서 일하시지 않는다니 더 좋고요. 왜냐하면 *학교와는 아무런 관련이 없는* 통찰력과 지성을 갖춘 여성이 대학가에 살고 있다는 사실보다 흥미로운 일은 없거든요. 대학가에 살면서 대학에 전혀 의지하지 않는 지적인 여성이라니. 대체 뭐 하는 사람일까? 왜 대학가에서 살까?

정말 자극적인 생각이죠."

"학교에서 일하시나 보군요."

"저요? 아뇨, 아닙니다. 사실 맞지요. 저는 컨설턴트 자격으로 학교에 방문 중이니까요. 파견을 나왔습니다. 이런 대학가를 들락날락하며 많은 시간을 보내지요. 다섯 명을 세계여행 시킬 수 있을 만큼 마일리지가 쌓여 있어요. 하지만 저는 이렇게 커다란 규모의 대학이 있는 동네를 좋아하지 않습니다. 썩어가는 거대한 시체나 마찬가지죠. 그것도 속에서부터 썩어가는 시체요. 파견을 나와서 컨설팅을 해주고 곧장 떠나지 않는다면 살 수가 없을 거예요. 그래서 학교 밖에 있는 호텔에서 묵고 학교 밖에서 식사를 하고 술집을 다니며 학교와는 관련 없는 지적인 여성을 찾습니다. 어떤 상황에서든 대화할 수 있는 분들이니까요. 학교 변두리, 밖에 있는 분들 말입니다."

"저처럼요."

"정확해요. 아시다시피 학교에서 교내에 숙소를 구해줍니다. 하지만 저는 호텔에 머무르지요. 그리고 눈에 띄게 크고 반짝거리는 차를 빌리고요. 미국 대학에는 갈색이나 회색, 누런색 소형 푸조 자동차나 일본산 자동차들이 바글바글하거든요. 그래서 덩치 크고 번쩍거리는 미국산 자동차를 빌려서 내가 대학에는 아무런 관심이 없다는 인상을 주려고 하죠. 되도록이면 쨍한 빨간색을 고릅니다."

신시아 졸터가 내 말을 믿든 말든 아무런 상관이 없었다. 어쨌거나 그 순간 데일 오벌링은 진짜 나 자신보다 진짜 같은 인물이었다. 그는 쾌활한 성격의 재력가였다.

"도시들을 다니며 일주일에 서너 번은 술집에 들릅니다." 내가 말했다. "언제나 같은 음료를 주문하죠. 여행안내서를 써야 할까 봐요. 대학가에서 파는 테킬라 음료를 안내하는 책이 되겠죠."

"비문학 베스트셀러가 되겠네요." 신시아 졸터가 말했다. "몇 달은 베스트셀러 2위 자리를 견고하게 지킬 만한 책이에요." 그녀가 한쪽 입꼬리를 올리며 미소 지었다.

"아니요. 복사본으로 암암리에 도는 안내책이 될 겁니다. 가장자리가 약간 너덜너덜한 채로 아는 사람끼리만 돌려 보겠죠. 여백에 주석과 반대 의견이 적힌 채로요."

"필명으로 출간하셔야겠어요."

"좋죠. 프로페서X가 좋겠네요."

우리는 술을 들이켰다. 거의 나만 술을 마시고 있었다. 앞으로 마시게 될 술의 힘을 빌려 이제껏 과시해 온 대담함을 유지해야 했다. 신시아 졸터는 술을 조금씩 홀짝였다.

"꿀꺽꿀꺽 마셔요. 아직 술이 많이 남았으니까." 내가 말했다.

그녀는 미소만 지어 보였다.

"내숭은 내려놓으세요. 우리는 같은 배를 탄 거라고요. 오랫동안 놀 수 있으려면 당신 도움이 필요하다고요. 잔 들어요."

나는 한 잔을 다 마시고 빈 잔을 옆으로 치우고는 다음 잔을 마셨다. 찝찌름한 소금이 입술에 남아 있었지만 굳이 닦아내지 않았다.

"뭐 하시는 분이냐고 묻지 않는 이유가 궁금하실지도 모르겠네요." 내가 말했다 "솔직히 모르는 편이 낫기 때문이에요. 아마도 따분한 일이라 생각하는 편이 현명하겠죠. 학교와 아무런 관련이 없대도 말이죠."

"현명한 추측이네요."

"그리고 당신은 나에게 말하지 않을 테죠. 내 말이 틀린가요? 당신은 내가 이렇게 횡설수설하는 것을 보고 싶겠죠. 당신이 더 수수께끼 같을수록 나는 더 안달이 날 테니까."

"맞아요."

나는 잔을 그녀 쪽으로 들어 올려 보인 뒤 술을 삼켰다.

목구멍을 타고 넘어간 테킬라가 뱃속에서 요동치기 시작했다.

"재미있게도 내가 점점 올바른 방향으로 추측하고 있는 것 같아요. 예를 들면 기금과 관련된 일을 하실 것 같은데요. 장학 기금 같은 것 말이죠."

"그럴지도요."

"그래요. 기금 쪽이시군요." 나는 실망한 듯한 표정을 지어 보였다. "확실히 알겠어요. 상당한 액수를 지원받지 못하면 무엇도 이뤄낼 수 없긴 하죠."

그녀가 웃었다. 치아가 보이도록 웃는 것은 처음 보는 것 같았다.

"데일, 대단히 확신에 차 있네요."

"그 말은 아까도 하셨어요. 안 그래도 말이 없으신데 했던 말을 반복하시네요. 성 대신 데일이라는 이름을 불러주신 건 좋지만요. 당신 이름을 좀 더 자주 말해야겠어요. 당신은 했던 말을 또 하고 있어요. *신시아.*"

"당신도 했던 말을 또 하고 있어요. 데일."

"그렇네요. 재미있군요. 지금부터 그렇게 대화에 참여해주시면 좋을 것 같은데요. 앞으로도 나만 떠들 수는 없으니까요. 불가능한 일이죠. 그만 탄탄한 재정으로 뒷받침된 이성을 내려놓고 여기에서 나랑 진짜 대화를 나눠봐요."

"생각해 볼게요."

"당신이 기금 관련 일을 한다는 사실을 어떻게 알아차렸는지 궁금하겠죠. 저는 컨설턴트라고요. 타당성 조사가 제 전문이죠. 타당성과 성공 가능성은 매우 중요한 단어들입니다. 그, 그녀, 그것, 그리고, 또는 같은 대명사나 접속사처럼 말이지요. 당신한테서 느껴지는 분위기를 통해 데이터를 쌓은 거죠."

나는 마르가리타를 입에 털어 넣고 다음 잔을 들었다.

"신시아, 당신은 운이 좋네요. 제가 도와드릴 수 있어요. 우리 둘 사이에 뭔가가 있어야 한다는 뜻은 아닙니다. 그냥 그러고 싶어요. 왜냐하면 당신에게서 느껴지는 분위기가 좋거든요."

"더 말해 봐요."

"노벨상이 제 전문 분야입니다. 노벨상 컨설팅이라 부르죠. 저는 수행된 연구를 검토해서 노벨상을 받을 확률이 어느 정도인지 평가합니다. 어떤 부분이 부족한지, 노벨상을 받을 만한 연구가 아닌 이유는 무엇인지 고객들에게 알려주죠. 상을 염두에 두고 일하지 않을 이유가 없죠. 그게 제 신조이기도 하고요."

"멋지네요." 그녀가 말했다. 그녀의 입가에 의심하는 듯한 미소가 스쳤다. 하지만 어쩐지 따뜻함이 느껴졌다.

"제가 하는 일의 예시를 드리자면, 당신이 사는 이 도시에서 나는 심각한 딜레마에 빠졌습니다. 우리는 매우 전망 있는 실험을 검토하게 되었어요. 노벨상 가능성을 따졌을 때 굉장히 흥미로운 연구였고, 유명인, 그러니까 이전 수상자가 주도한 연구였지요. 하지만 계획이 틀어졌고 뜻밖의 결과가 발생했어요. 여전히 흥미진진하기는 해도 통제하기 어려운 실험이 되었지요. 위원회는 깨끗하고 단순한 결과물을 좋아합니다. 예측한 결과를 내놓아야 만족하지요. 그래서 내가 그들에게 말을 해줘야 했어요. 당신들의 연구는 경로를 벗어났다고. 더 이상 노벨상 후보의 영역에 있지 않다고요. 행운을 빌지만 유감이라고요. 상을 받을 가능성이 느껴지지 않는다고요. 상을 받을 만한 좋은 연구를 보면 나는 기가 막히게 냄새를 맡는답니다. 진짜라니까요. 하지만 이번에는 향이 다 날아가고 없어져 버렸지요."

단어들이 입 안에 쏩쓸함을 남겼다. 결함에 관해 이야기하다 보니 앨리스가 떠올랐다.

나는 내 자리에서 나가는 문까지 거리가 얼마나 되는지 계산하기 시작했다.

"제 이야기는 이쯤 하죠." 내가 맥빠진 소리로 말했다.

신시아 졸터는 전보다 동정 어린 미소를 지었다. 불안정한 내 모습에서 매력을 느낀 모양이었다. 데일은 숙맥이어도 매력적인 인물이었다. 하지만 취기가 오른 나는 그녀가 원망스럽게 느껴졌다.

"어디 불편하세요?" 그녀가 말했다.

"괜찮습니다. 시차 때문이에요. 저한테는 지금이 새벽 네 시거나 오후 네 시니까요. 일정에 따르면 지금쯤 조깅을 하고 있어야 하죠. 밖에 나가서 팔 벌려 뛰기라도 하실래요?"

"팔 벌려 뛰기를 하실 수 있는 상태로 보이지는 않는데요."

"깜짝 놀라실걸요." 나는 셔츠 목 부분의 단추를 풀었다. 심각한 문제에 빠지게 될 것 같았다.

"뭔가를 걱정하는 것처럼 보이시는데요."

"신시아, 궁금하신 것 같아 말씀드리자면, 사실 여자 때문이에요. 마음이 좀 아프네요. 그래서 당신 같은 지적이고 통찰력 있는 누군가를 만나고 싶었어요. 안타깝게도 잘 안 돼가고 있지만요. 물이나 한잔 마셔야 할 것 같아요."

"여기 있어요. 제가 물을 가져올게요."

"물 잔 괜찮네요. 아니, 물 한 잔이요."

나는 두 손으로 유리잔을 잡고 뱃속에 든 액체가 얼른

소화될 수 있을 만큼 희석되길 바라며 정신없이 물을 들이켰다. 갈비뼈 안쪽이 팽창하면서 열이 오르는 느낌이었다. 불이라도 난 것 같았다. 유리잔에서 위쪽으로 시선을 옮기자 느슨하게 씌워진 복면의 눈구멍으로 바깥을 보는 것 같은 느낌이 들었다. 나는 눈을 깜빡였다. 주변 공기가 반짝반짝 빛나고 있었다.

"상황이 좋지 않아요." 내가 조심스럽게 설명했다. "가슴이 찢어지고 있어요. 알아채지 못할 만큼 아주 조금씩요. 그러니까 찢어진 시점이 정확히 확실하게 언제인지 말할 수 없다고요. 찢어진 게 맞다면 말이지요."

"집에 모셔다드릴게요." 그녀가 말했다.

"집이 아니죠." 나는 그녀의 말을 바로잡았다. "그 망할 호텔 이름이 기억이 나야 할 텐데. 이름들이 다들 비슷비슷해서 원. 선셋 어쩌고…… 마운틴? 베이뷰? 로지? 인이던가? 성냥갑을 챙겼던 것 같은데." 나는 주머니 안쪽을 뒤지는 척하며 거꾸로 뒤집었고 바닥에 동전들이 떨어졌다. "그런 행운은 없었군요. 마운틴 라이언? 시 라이언 호텔이던가? 우리가 해안과 가깝나요, 아니면 산에 가깝나요?"

16

신시아 졸터는 나를 집에 데려다주었다. 그녀가 운전석에서 내 쪽 창문을 열자 콧구멍에 시원한 바람이 들어왔다. 흐르는 눈물이 귓가를 향해 흘렀다. 비통함에 젖은 나는 아무 말도 하지 않았다.

차가 우리 집 앞에서 멈춰 섰다.

"만나서 반가웠어요." 그녀가 말했다. "빨리 낫길 바라요. 차 찾으러 가는 거 잊지 마시고요."

"대여 업체에서 알아서 하겠죠." 내가 둘러댔다. "알아서 찾으라 하세요. 내일 나는 돌아가니까." 나는 재떨이와 푹신한 팔걸이, 창문 손잡이를 더듬거린 끝에 마침내 문을 열고 차에서 내렸다. "난 이 학교로 파견을 온 거고, 내일 떠나요. 또 하루가 시작되고, 또 다른 도시로 가겠죠."

"가끔 전화해요. 전화번호부 책에 연락처가 있어요. 나중에 봐요."

"절대 안 해요. 확신할 수 있어요. 여러모로 무진장 감사합니다. 전 내일 떠나요."

어둠 속에 다리를 후들거리는 나만 남겨둔 채 그녀의 차가 멀어졌다. 귀뚜라미들에게 둘러싸인 기분이었다. 집에서 타는 듯한 불빛이 새어 나오고 있었다. 두 장님이 아직 깨어있는 모양이었다. 나는 팔다리를 흔들고 감각이 없는 턱을 만지며 내 상태를 확인했다. 그러고는 이끼들을 헤집어 정원 수도꼭지를 찾은 다음 얼굴과 옷깃 아래에 물을 끼얹었다. 두꺼비가 신음하는 소리가 들렸다. 나는 조심조심 문가로 다가갔다.

집 안으로 들어가니 소파 옆에 가르스와 에반, 그리고 소프트 교수가 모여 앉아 있었다. 어두컴컴하게 켜진 조명이 방 안을 비추고 있었다. 나는 힘겹게 소파에 누워있는 형상에 정신을 집중했다.

앨리스였다.

머릿밑으로 베개가 고여있었고 머리칼은 흐트러져 있었다. 이마가 어슴푸레한 조명을 반사하며 창백하게 빛났다.

턱 바로 밑까지 담요가 덮여 있었다. 저들이 그녀를 찬양하려는 것일까 아니면 애도하는 것일까? 아니면 공격하려는 것일까? 나는 허겁지겁 그녀에게 다가가 새어 나오는 숨결에 부드럽게 떨리는 입술을 확인했다. 앨리스는 살아있었다.

"이제 괜찮습니다. 잠들었어요." 소프트 교수가 말했다. "좀 쉬어야 해요. 어디 계셨습니까?"

나는 잠시 생각에 잠겼다.

"시위에 참여했었어요." 내가 말했다.

소프트 교수가 얼굴을 찌푸렸다. 내가 시위의 주동자라고 생각하는 게 틀림없었다.

"앨리스 교수가 결함과 함께 있더군요." 그가 말했다. "오후에 시위가 있은 후 결함이 있는 챔버에 들어가 문을 걸어 잠갔어요. 그래서 사람들이 저를 불렀고요. 예비 키는 저만 가지고 있거든요."

"왜 침대가 아니라 여기에 눕히셨죠?"

"옮기기 힘들더군요." 소프트가 말했다. "챔버 안에서 정신을 잃었어요. 녹화 장치는 모두 꺼져 있었고요. 그래서 어떤 이벤트가 있었는지는 재구성할 수 없습니다. 몇 가지 가설은 있지만요."

나는 앞으로 기대어 그녀의 머리칼을 쓸어 귀 뒤로 넘기고는 손바닥으로 이마를 짚었다. 창피함이 밀려왔다. 그녀와 살이 맞닿은 것은 거의 한 달만이었고, 도둑맞았던 친밀감이 밀려왔다.

"가봐야겠습니다." 소프트 교수가 말했다.

그는 따라오라는 뜻으로 눈짓을 보냈다. 우리는 음울한 표정으로 앨리스의 곁을 지키고 있는 에반과 가르스를 남겨둔 채 현관 밖으로 나갔다. 소프트 교수가 핼쑥한 얼굴로 내 쪽을 바라보았다.

"앨리스 교수는 이 프로젝트 책임자로 더는 적합하지 않습니다." 그가 말했다. "다른 방법을 찾고 있어요. 하지만 무엇보다 앨리스 교수가 마음을 편히 가져야 합니다. 뒤로 물러나서 새로운 관점으로 프로젝트를 봐야 해요. 당신 도움이 필요합니다. 연구실에서 밤을 새우지 못하게 하세요. 그녀 대신 학생들에게 연구실을 지키도록 지시하겠습니다."

"이해가 안 가네요. 무슨 일이 있었던 거죠?"

"고양이 실험 때문입니다. 앨리스 교수가 실험에 사적인 감정을 실었고요. 저도 추측만 할 뿐이지만 스스로 결함 안에 들어가려고 했던 것 같습니다."

나는 소프트 교수를 빤히 바라보았다. 내 얼굴은 마치

짓밟힌 찰흙처럼 일그러졌다.

그는 내 마음을 읽은 듯 고개를 끄덕였다.

"내일 내 사무실로 오세요." 그가 말했다. "내일 마저 이야기합시다."

그는 길을 건너 자신의 차로 걸어갔다. 나는 집 안으로 들어갔다. 앨리스는 아직 잠들어 있었다. 그 옆을 서성이는 에반과 가르스는 우리 집에 처음 온 그날처럼 아무것도 하지 않느라 정신이 없었다. 앨리스가 돌아오자 그들은 불안해했다. 소프트 교수는 앨리스와 내 사이가 멀어진 것을 몰랐지만 그들은 아니었다. 그들은 분명 예민한 후각으로 내가 풍기는 술 냄새도 맡았을 것이다.

"소프트 교수는 이제부터 앨리스가 집에서 밤을 보내야 할 것 같다고 제안하더군요." 에반이 말했다. "우리는 그의 의견에 동의합니다."

"저희는 손님 방을 써도 괜찮습니다." 가르스가 말했다. "아니면 집을 나가는 게 더 나을 수도 있겠군요."

"손님 방을 쓰세요." 내가 말했다.

"좋습니다. 그리고 필립 씨?"

"네?"

가르스는 진지한 얼굴로 턱을 들어 올리며 초점 없는 시선을 멀리 보냈다.

"도울 수 있는 일이 있다면 에반과 내가 기꺼이 돕겠습니다. 말씀만 하세요."

"감사합니다."

우리 모두 말을 멈췄고, 무거운 정적이 흘렀다.

"흠," 가르스가 입을 열었다. "이제 자러 갈 시간이군요."

두 사람은 종종거리며 손님방으로 들어가서 문을 닫았다.

나는 앨리스를 깨우지 않도록 조심하면서 그녀의 옆에 무릎을 꿇고 앉았다. 두 장님이 물을 틀고 양치하는 소리가 들렸다. 집 바깥에서 귀뚜라미가 울고 있었다. 꿈을 꾸는지 그녀의 눈꺼풀이 파르르 떨렸고 목구멍에서는 쌔근거리는 숨소리가 새어 나왔다. 나는 시간이 가는 줄도 모르고 그 모습을 숨죽여 지켜보았다. 그리고 마침내 그녀의 이름을 부르며 어깨를 지그시 눌렀다.

"필립." 그녀가 말했다.

"응."

"무슨 일이 있었던 거야?"

"소프트 교수가 당신을 데려왔어. 이제 다 괜찮아. 침대로 가자."

잠이 덜 깬 그녀가 고개를 끄덕였고, 나는 그녀를 부축

해 침실로 데려갔다. 내가 이불을 걷고 침대보를 정리하는 동안 흐린 눈을 뜨고 휘청거리며 서 있던 그녀는 곧 침대에 누웠다. 머리맡에 있는 조명을 끄자 그녀가 어둠을 뚫고 나를 올려다보았다.

"필립?"

"응?"

"당신은 어디에서 잘 거야?"

"나는 거실에서 잘게."

그녀는 안심이 되었는지 몸을 웅크리고 잠속으로 빠져들었다.

나는 침실 문을 닫고 발소리를 죽인 채 집 안을 한 바퀴 돌았다. 주방에서 두 장인이 먹다 남긴 접시를 치우고 물한 잔을 마셨다. 그리고 소파를 간이침대로 꾸민 다음 속옷만 남기고 옷을 벗고 자리에 누웠다.

하지만 잠이 오지 않았다.

뇌 속에 배어있던 알코올은 모두 빠져나온 듯했다. 하지만 이제 나는 앨리스 생각에 취해있었다. 그녀가 집으로 돌아왔다. 기적처럼. 나는 홀로 챔버 안 테이블 위를 기어올라가 결함의 무심한 입 구멍으로 들어가는 그녀를 상상했다. 몸이 덜덜 떨려왔다. 그녀는 이제 나를 사랑할 수 없었다. 그녀는 인간의 세계에서 멀어져 공허의 문턱에 서 있었다.

두려움에 심장이 벌렁거렸다. 하지만 지금 당장은 안전하다. 그녀는 안전한 내 침대 위에 누워 나의 보호를 받고 있다. 계속 이렇게 지내도록, 그녀가 여기에 머무르도록 해야만 했다. 그녀를 다시 인간 세상으로 돌아오도록 해야 했다. 그리고 인간의 사랑을 다시 가르쳐야겠다고 생각했다.

나는 더는 멍청한 실수도 신시아 졸터도 없어야 한다고, 정신을 차리자고, 행동으로 보여주자고 다짐했다.

집 앞 도로를 지나는 자동차의 헤드라이트 빛이 천장을 밝혔다. 주방에서 냉장고가 웅웅거리며 밤을 즐기는 소리가 들려왔다. (나는 언제나 냉장고 안 조명이 켜지고 음식들이 신나게 춤을 추는 모습을 상상하곤 했다.) 맥박이 진정되고 있었다.

귓가에 웅얼거리는 소리가 들렸을 때 나는 내가 꿈을 꾸고 있다고 생각했다. 하지만 눈을 떠도 웅얼대는 소리는 사라지지 않았다. 앨리스가 내 이름을 부르는 것일까? 나는 이불을 걷고 몸을 일으켰고 추위에 벌벌 떨며 거실 중앙으로 발걸음을 옮겨 방문 가까이 다가갔다. 목소리가 이어지고 있었다. 나는 자리에 멈춰 귀를 기울였다.

에반과 가르스가 말싸움을 하고 있었다.

나는 소파로 돌아가 다시 잠을 청했다.

17

 아침이 되었을 때 에반과 가르스는 이미 집에 없었다. 두 사람이 차분한 침묵 속에 아침 식사를 하고 있을 때 잠에서 깼었다. 눈을 반쯤 뜬 채 까치발을 들고 내 곁을 지나쳐 문 쪽으로 걸어가는 그들을 지켜보았다. 그리고 다시 잠을 청했고, 내용이 기억나지 않는 기분 좋은 꿈으로 빠져들었다.

 한 시간 후 밀려오는 숙취에 완전히 잠에서 깨어났다. 치약, 면봉, 탈취제, 치실들이 널브러진 욕실로 들어가 정신을 차렸다. 주전자에 물을 올리고 쉭쉭거리며 들썩이기 시작한 뚜껑을 포크로 연 다음 필터에 커피를 쏟아 넣어 커피 두 잔을 만들었다. 주방 싱크대 위에 에반과 가르스가 쌓아둔 위타빅스라는 고형 시리얼이 있었다. 나는 한 봉지를 뜯은 다음 뻣뻣한 시리얼 바에 우유를 부었다.

앨리스가 조용히 주방으로 들어와 아무 말도 하지 않고 항상 앉던 자리에 앉았다.

나는 그녀에게 커피를 건넸고 우리는 부자연스러운 고요함 속에 무언극을 하듯 하품을 하고 시리얼을 저은 다음 입에 넣고 씹으며 아침 식사를 했다. 앨리스가 설탕을 소복이 담은 숟가락을 컵 가장자리에 부딪쳐 설탕을 쏟았다. 주방으로 환한 빛이 들어왔다. 빛을 받은 앨리스의 부스스한 머리칼이 후광처럼 보였다. 우리가 *아침 식사 중인 필립과 앨리스*라는 제목이 붙은 입체 모형이 된 기분이었다. 두 달 전에 만들어진 모형. 과거의 시간. 이 전의 우리.

"열 시간쯤 잤네." 내가 말했다. "소프트 교수가 당신을 데려왔을 때부터 말이야."

"소프트 교수님이 데려다주셨구나."

"응. 당신이 여기 있어야 한다고 생각하더라. 있어야 할 곳에 당신을 데려다준다고 생각했겠지."

그녀는 아무 말도 하지 않았다.

"소프트 교수는 당신을 걱정하고 있어." 내가 말했다. "당신이 더는 프로젝트를 맡을 수 없다고 하던데."

나는 *내* 생각은 말하지 않기로 했다. 우리는 소프트 교수의 의견과 소프트 교수의 우려에 관해서만 이야기할 것이다. 아니면 앨리스의 의견이나. 하지만 내 생각을 말해서는 안 됐다.

"더 이상 프로젝트는 없어." 그녀가 말했다. "결함은 결함일 뿐이야. 결함과 결함에게 다가가는 법만 있을 뿐이라고. 소프트는 그걸 자꾸 프로젝트라 부르지. 그래서 상황을 똑바로 보지 못하는 거야."

"소프트는 당신이 결함에게 다가가는 방식을 걱정하고 있어." 내가 차갑게 대꾸했다. "당신 방식이 너무, 뭐랄까, 직접적이라나."

그녀는 커피잔을 내려다보았다. 피곤한 기색이 역력한 얼굴에 빛이 비치자 쏙 꺼진 볼이 도드라졌다. 박쥐가 날개를 펼치듯, 가슴 속에서 안쓰러운 감정이 퍼졌다.

"당신이 당신 자신과 결함을 너무 동일시한대." 내가 말했다. "필수적인 객관성을 잃었다나."

그녀는 날카로운 시선으로 고개를 들었다.

"결함한테는 객관성이 필요 없어. 소프트 교수가 범하고 있는 오류가 바로 그거야. 결함은 연대가 필요해. 관계 말이야. 그걸 제공할 수 있는 사람이 나였어. 소프트 교수는 할 수 없는 일이야."

"그러니까 결함이 원하는 게 관계라는 거잖아." 여전히 차분한 목소리로 내가 말했다.

"맞아."

"그리고 당신이 그걸 제공할 수 있다고."

"그래."

"사람과의 관계를 말이지."

"맞아."

나의 냉정함이 조금 흔들렸다.

"앨리스, 당신은 결함에게 관계를 제공할 수 없어. 당신은 인간 세상에서 멀어지고 있어. 결함에게 너무 큰 영향을 받는 것 같아. 당신은 안 느껴져? 당신은 변했어. 결함에게 어울리는 공허가 되어가고 있다고. *사랑할 수 없으면 인간이 아닌 거야.*"

'나를'이라는 단어로 마지막 문장을 시작하고 싶었지만 꾹 참았다.

"사랑이 문제가 아니야." 그녀가 힘없이 대꾸했다. "나는 사랑하는 데는 문제 없어."

"무슨 말이야?"

"아직도 이해를 못 하는구나? 내가 당신과 더 이상 함께 할 수 없는 이유를 말이야."

감히 대꾸하지 말라고 말하고 싶었다. 필립은 여기 없다고, 당신과 이야기하는 목소리는 전능한 존재라고 말하고 싶었다.

"다른 사람이 생긴 거겠지." 내가 뱉은 말이 귓가에 울렸다.

"그래."

머릿속이 새로고침 되는 기분이었다. 가슴속부터 목구멍까지 화끈거림이 밀려 올라왔다.

"당신 결함과 사랑에 빠졌구나." 내가 말했다.

"응."

좀 더 빨리 알아차렸어야 했을까?

사랑은 자신을 속이게 만든다. 내가 이런 경쟁을 하게 되리라고는 꿈에도 몰랐다.

하지만 입 밖으로 나온 앨리스의 사랑은 이제 너무나도 명백한 기정사실이 되었다. 아마 학교 사람들 모두가 떠드는 동안 나만 눈치를 못 채고 있었는지도 모른다.

"나를 사랑했던 것처럼?"

"아니. 응."

나는 그녀를 뚫어지게 보았다. 그녀는 헝클어진 머리로 의자 위에 한 다리를 올린 채 앉아있었다. 그녀의 쑥 꺼진 눈이 반짝였다. 입은 반항이라도 하듯 꾹 닫혀있었다. 내 눈에 비친 결함에 대한 그녀의 사랑은 진짜였다. 그녀는 불가능한 사랑의 무게에 짓눌린 듯했다. 나는 내 처지도 잊고 그녀에게 감탄할 수밖에 없었다.

"아는 사람이 있어?"

"지금까지 나 자신한테도 인정한 적 없어." 눈물 한 줄기가 반짝이며 뺨을 타고 흘렀다.

"소프트 교수는 알아?"

"당신이 나보다 소프트 교수에 대해 많이 아는 것 같은데."

그렇다. 앨리스는 공허와 현실의 경계에 살고 있었다. 하지만 그 공허는 차갑고 별나고 비인간적인 장소가 아니었다. 사실 내 가슴 속 깊은 곳에서 나에게 말을 거는 것과 같은 공허, 짝사랑이었다.

그녀의 사랑도 짝사랑이 틀림없었다. 앨리스가 진짜 결함이 있는 테이블로 기어 올라갔다면 결함에게 거절당했다는 뜻이었다. 아닌가? 이진법 언어를 쓰는 결함이 사랑한다고 말하는 유일한 방법은 물건들을 사라지게 하는 것이었다.

하지만 그녀가 진짜 테이블로 올라갔을까? 물어보기가 두려웠다. 그래서 자리에서 일어나 개수대로 접시들을 가져갔다. 신시아 졸터에게 했던 이야기한 대로 당장 비행기

티켓을 사서 멀리 떠나고 싶었다. 동료들에게 의문을 가득 남긴 채, 프로페서X답게.

개수대에 담긴 컵 밑바닥에서 커피 찌꺼기가 떠올라 하수구로 흘러 들어갔다.

"여태 연구실에 박혀 있으면서." 그녀에게 등을 돌린 채 내가 말했다. "나에게서 서서히 멀어지고 있었어. 그거랑 교감하면서, 아무 데도 말을 할 수도 없었겠지."

"응."

나는 내가 금지된 단어인 *나*를 사용해 이야기하고 있다는 사실을 깨달았다. 마음을 가눌 수 없었기 때문이었고, 자아를 가진 게 죄라면 죄였다.

"간단하네 그럼." 내가 말했다. "헷갈릴 것도 없어. *결함*을 사랑해서 나를 사랑할 수 없다는 거지."

"응."

"하지만 *결함*은 당신을 사랑하지 않고."

"응."

"테이블로 올라갔구나. 당신을 바치려고 했어."

답이 없었다. 하지만 개수대에서 뒤를 돌았을 때 그녀는 텅 빈 눈으로 나를 바라보고 있었고, 이내 고개를 끄덕였다.

18

"우리는 물리학에서 너무 멀어졌어요, 필립. 나는 모든 걸 원래대로 돌려놓고 싶습니다."

소프트 교수의 사무실은 놀라울 정도로 친숙한 느낌이 들었다. 벽장에는 교과서와 지난 10년 동안 발간된 《물리학 편지》, 《물리학 리뷰》라는 잡지가 쌓여 있었다. 책상 위에도 서류들이 빼곡히 쌓여 있었다. 액자에 끼워져 벽에 걸린 학위는 물에 젖었다 말랐는지 쭈글쭈글하게 구김이 져 있었다. 방화 석고 천장은 누렇게 변색되어 있었고 책상 위에는 형광등 스탠드가 놓여 있었다. 연구실 안이든 밖이든 파충류 인간 같은 소프트 교수지만 이 사무실은 그가 꽤 편안하게 머무르는 인간적인 장소인 듯했다.

소프트 교수는 책상 뒤에 앉아있었다. 그의 오른쪽 부서질 듯 낡은 의자에는 조금 전 공항에서 도착한 이탈리아 물리학자가 앉아 있었다. 키가 크고 불그스름한 얼굴을 한 그는 구김이 진 밝은 노랑색 정장을 입고 있었다. 셔츠 목 부분의 단추가 풀어져 있고 넥타이는 둘둘 말려 재킷 주머니에 꽂혀있었는데 끝부분이 마치 혓바닥처럼 밖으로 튀어나와 있었다. 소프트 교수가 그를 소개하며 이름을 말해주었지만, 듣자마자 머릿속에서 뒤죽박죽이 되고 말았다. 크루비오 라시아라고 했던가? 카르비노 토시아? 아르비노 크루시아? 제대로 발음할 수 없을 것 같은 이름이었다.

그는 소프트 교수가 이야기하는 동안 나를 빤히 보았다. "우리는 *결함* 연구 시간을 배분하고 있습니다." 소프트 교수가 말했다. "제 일정을 다시 짜고 있죠. 대학원생들이 인상적인 제안을 제출했고 각자 얼마의 시간을 부여받게 될 겁니다. 개인적으로는 이탈리아 연구팀과 협의한 교류 프로젝트가 가장 흥미롭습니다. 카르모와 그의 연구원들은 *결함*에 대한 접근 권한을 받게 될 것이고 우리는 그 대가로 피사에 있는 초대형 입자 가속기를 정해진 시간 동안 사용할 수 있게 되죠. 몇 년 동안 바라왔던 일인데, *결함* 덕분에 중요한 협상이 가능해졌죠."

이탈리아 물리학자는 한쪽 입꼬리를 올리며 말했다. "여러분의 연구 결과를 매우 면밀히 관찰해왔습니다. 매우 중요한 연구지요. 독점하기에는 아깝습니다. 그렇지요? 전 세계적으로 연구되어야 해요."

"카르모의 팀에서 굉장히 흥미로운 가설을 세웠는데 시험할 날을 고대하고 있어요."

"하, 그럼요. 아직까지는 폭이 좁은 해석이라 할 수 있습니다."

소프트 교수가 얼굴을 찌푸렸다. 이탈리아 물리학자의 열정이 불편한 듯했다. 이 교류에는 정치적인 목적이 있거나 한쪽이 진 빚을 갚고 있는 듯했다.

"당신을 여기로 오라고 한 이유는," 소프트가 말을 이었다. "당신이 쿰스 교수의 근무 시간을 감독해주었으면 해서입니다. 그녀, 아니 그녀의 대리인이 되어 주십시오. 쿰스 교수의 연구를 방해할 생각은 없지만, 연구 방식을 좀 더 엄격하게 관리해야 한다고 생각합니다. 다양한 접근 방식을 개발하는 한편 다양한 팀과 서로 도우며 교류하는 환경을 조성하고 싶군요. 한 팀이 장비를 분해하거나 관찰 공간을 정비하는 동안에는 아마도 휴지기가 있겠지요. 결함은 하나뿐이니까요. 그러니 협동 정신을 기르는 방향으로 나아가야 한다는 거지요. 필립 당신이 필요해요. 우리가 연구를 어떻게 해왔는지를 잘 아는, 이 연구가 결실을 볼 수 있도록 제동을 걸거나 힘을 실어줄 수 있는 사람으로서 말이지요. 특히 쿰스 교수의 측근이기도 하고요. 저희에게도 쉬운 일은 아니었지만 사실 할당된 시간을 줄인다는 건 쿰스 교수의 지위를 강등한다는 뜻이죠. 보수를 주지 않고 일을 시키겠다는 뜻은 아니지만요. 제 취지를 이해하시리라 믿습니다."

소프트는 카르모 텍사코인지 릴락소인지 아탁사인지 하는 이탈리아 물리학자를 보며 미소 지어 보이고는 책상 위에 두 손을 포개어 올렸다.

"하지만 앨리스는……" 내가 입을 열었다.

"이 자리에서 쿰스 교수가 최근에 겪은 어려움에 관해 이야기하는 건 별로 좋은 생각이 아닌 것 같군요. 브라시아 교수는 사소한 분쟁이나 시답지 않은 기행에는 관심이 없으니까요. 나와 쿰스 교수 사이에 의견 다툼이 있기는 했지요. 모두가 아는 사실이고, 이탈리아 팀에게도 이야기했어요. 중요한 것은 이 연구에 대한 다양한 접근 방식을 찾아야 한다는 거죠."

"아무것도 모르는 상태로 연구에 뛰어든 건 아니랍니다."

브라시아가 차분하게 이야기했다. "쿰스 교수가 어떤 연구를 했는지 압니다. 열정적이고 뚝심이 있더군요. 존중하고 이해합니다."

"제 생각에 앨리스는 그보다 훨씬 멀리 간 듯해요." 내가 말했다. "앨리스는 우리가 전통적인 접근 방식을 적용할 때는 지났다고 생각해요. 마치 외계인과 최초로 접촉하듯이 인류학적 또는 우주생물학적 감수성을 높여야 한다는 거죠. 앨리스는 정통적인 접근 방식을 고수하자는 데 반대할 겁니다. 그녀의 대리인으로 한마디 하자면 말이지요."

나는 명확한 답을 회피하는 중이었다. 시간을 끌고 싶었다. 하지만 소프트 교수가 앨리스와 *결함* 사이에 끼고 싶어 한다 한들, 내가 그걸 도와야 할까? 나와 앨리스도 서로 원하는 게 매번 같지 않은데 말이다.

카르모 브라시아는 의자 깊숙이 몸을 묻으며 한쪽 다리를 다른 쪽 무릎 위에 올렸다.

"친애하는 교수님. 기초 과학을 엄격하게 적용해야 할 상황에 반대의 목소리를 내신다니 인상적입니다. 그러니까, 예를 들면 *결함* 내부에 신호를 보내고 반사파를 감지할 수 있는 수중 음파 탐지기나 광선 빔을 설치해야 하지 않을까요. 어떠한 위험도 감수할 필요가 없는 실험인데 왜 진작에 하지 않았을까요?"

"필립, 브라시아 교수님 말씀이 맞는 것 같군요. 기본적으로 져야 할 책임이 있단 말입니다. 우리는 그 기준에 못 미치고 있고요."

"어쩌면 상응하는 결함이 있을 수도요. 출구 말이죠." 브라시아가 신이 난 목소리로 말했다. "어딘가에 발견되지 않은 채로요. 이쪽 구멍에서 던져 넣은 잡동사니들을 뱉어내고 있겠죠. 제3세계 국가 어딘가에 있을 수도요. 이런, 굉장히 미국적인 생각이었네요."

"쿰스 교수도 연구 시간을 배정받게 될 겁니다." 소프트 교수가 말했다. "자신의 이론을 입증할 기회는 많아요. 우리 프로젝트는 항상 열려 있고 뭐든 받아들일 준비가 되어 있으니까요. 우리는 각자의 결론을 쫓을 것입니다. 그리고 특정 시점이 되면 각 팀의 결과는 실체적 진실에 수렴하게 되겠지요. 우리 연구 대상의 정체를 밝혀낼 것입니다."

"결과를 내야지요." 브라시아가 엄숙한 목소리로 말했다.

"그러기 위해 앨리스와 제 도움이 필요하시고요." 내가 말했다.

소프트 교수는 다시 얼굴을 찌푸렸다. 내가 앨리스를 쿰스 교수라고 부르기를 바란 모양이었다.

"그보다는," 그가 말했다. "연구에 관심을 가져주셨으면 하는 거죠. 쿰스 교수, 카르모와 이탈리아 연구팀, 그리고 저와 긴밀히 협력하며, 여태까지는 없었던 조화를 이루자는 겁니다. 너무 가까이 있어 보이지 않았던 것들을 볼 수 있도록요. 당신이 잘하는 일이기도 하고, 쿰스 교수가 안정적인 상태를 유지하도록 영향을 줄 수도 있고요. 집중은 하되…… 집착하지는 않는 상태랄까."

브라시아가 의자 팔걸이의 찢어진 부분으로 삐죽 나온 내장재를 뽑아 들고 재미있다는 표정으로 빛 아래에 비추었다.

"만약 제가 반대되는 주장을 펼친다면요." 내가 충동적으로 말했다. "다양한 분야의 학문적 관점에서 말이죠. 사회학이나 심리학, 문학적 관점에서요. 물리학에 포함되지 않는 기타 학계의 의견을 대표하는 거죠. 어제 시위에서 제 영향력을 충분히 보셨을 텐데요. 연구 시간을 배분하겠다는 교수님 취지와 맞을까요?"

소프트 교수는 목젖을 삼킬 것처럼 침을 삼켰다.

"문제 없을 것 같네요." 그가 간신히 대답했다. "의견을 내세요. 평소와 똑같은 검토 절차를 밟겠습니다."

"친애하는 교수님, 요점은 말이죠, 우리가 물리학 연구를 하고 있다는 것입니다. 교수님의 친구인 쿰스 교수가 요즘 컨디션이 안 좋은 것은 이해합니다. 빨리 쾌차하셨으면 좋겠군요. 쿰스 교수가 시간이 나실 때까지 교류의 폭을 더 넓히자고 제안하고 싶습니다." 브라시아가 부스럭대며 주머니를 뒤져서 접힌 종이쪽지를 꺼내 펼쳤다. "처음 할당된 주당 연구 시간을 한 시간 넘길 때마다 피사에 있는 관찰 시설을 1제곱피트씩 더 사용할 수 있게 해드리지요. 주당 연구 시간이 10시간 초과된 뒤에는 매시간마다 사용 영역을 6인치씩 더 드리겠습니다."

"앨리스가 양보할 것 같지 않은데요."

"이걸 한 번 보시죠." 브라시아가 쪽지를 건넸다. "저희가 제안 사항이 모두 적혀있습니다. 원하는 건 그게 다예요. 교류이지 양보가 아닙니다. 저희 연구 시설은 꽤 자랑할 만한 시설이랍니다. 소프트 교수에게 물어보세요. 한 번 돌릴 때마다 이벤트 사천 개를 처리할 수 있다니까요. 굉장한 기계죠. 소프트 교수님, 설명을 좀 도와주시죠."

"멋진 기계죠". 소프트 교수가 말했다. "전 세계 연구진들이 부러워하는."

"이제는 아니네요."

19

소프트 교수는 정비 기간 동안 결함이 있는 챔버를 봉인
했고 그동안 앨리스는 우리 집에 처참히 방치되어 있었다.
그녀는 집 밖으로 한 발자국도 나가지 않았다. 집에 오면
그녀는 멍하니 텔레비전 채널을 돌리고 있거나 가스레인지
앞에 서서 통조림 수프를 데우고 있거나 가슴팍에 빈 공
책을 끌어안은 채 소파에서 자고 있었다. 우리는 대화하지
않았다. 서로를 피했다. 나는 소파에서 잤고 그녀가 움직이
기 전 잠에서 깨어 집을 나섰다. 그녀와 두 장님은 함께 식
사했고 나는 혼자 먹었다. 집은 입 밖으로 나오지 않은 단
어들의 전시회가 되었다.

기말고사가 사건의 지평선(어떠한 사건이 관측자에게 영향

을 미치지 못하는 범위의 경계 — 옮긴이) 위에 어렴풋이 보이기 시작하자 학생들은 내 사무실로 찾아와 자신의 상황을 묻고 학점을 보충할 수 있는 과제를 내달라고 요청하거나 이미 제출 기한이 끝난 과제를 받아달라고 조르거나 노골적으로 학점을 잘 달라고 부탁했다. 나는 사무실 문에 쪽지를 붙이기 시작했다. 그리고 불확정성 원리에 따라 학생들 눈에 잘 띄지 않게 돌아다녔다. 수요일 3시 15분에서 3시 20분 사이에는 2층 커피 머신 앞을, 월요일 11시 45분이면 동쪽 잔디밭을 가로질러 주차장으로 걸어갔다. 건물 내 사무실 목록에 적혀 있는 내 전화번호를 여섯 자리만 남기고 수정액으로 지워버렸다.

브라시아 교수가 이끄는 이탈리아 연구팀이 도착했다. 그들은 교수 전용 카페테리아의 한쪽 구석에 있는 테이블을 장악하고 이탈리아어와 물리학 용어가 섞인 이해할 수 없는 대화를 나눴다. 외압이 있었는지는 모르지만 학교 신문에서 결함이 받아들인 물건 목록이 실리지 않기 시작했다. 소프트 교수의 지위도 회복되었다. 그는 다시 눈썹을 찡그린 채 손가락으로 공기를 가르며 복도를 걸어 다니기 시작했고 학생들은 마치 혜성의 꼬리처럼 그의 뒤를 쫓았다.

그날 아침 북쪽에서 산불이 발생했고, 붉게 물든 하늘

이 잿가루로 덮였었다. 동쪽에서는 주황빛 태양이 빛나며 아침부터 석양이 지는 것 같은 기이한 풍경을 만들어냈다. 자동차 앞 유리와 현금 인출기와 공공 조형물 위에 회색 가루가 곱게 쌓였다. 온종일 해 질 녘이 이어지는 듯했다. 마침내 내린 밤은 신의 은총처럼 느껴졌다.

강의가 끝난 후 주차장에 도착할 때까지 재가 눈처럼 흩날렸지만 이상하게 편안한 느낌이 들었다. 앨리스와 두 장님을 생각하니 애정이 샘솟았다. 용서하는 마음이랄까. 나는 식당에 가는 대신 집으로 가서 그들과 함께 식사하기로 했다. 자동차 전조등 불빛을 받은 재구름이 영화관 안을 채운 담배 연기처럼 뿌옇게 빛났다. 나는 재구름을 뚫고 주류점으로 차를 몰아 마음속에 피어오른 애정을 증명해 줄 레드와인 한 병을 샀다.

하지만 현관 문턱을 올라 집 안으로 들어가니 두 장님이 몹시 초조해하고 있었다. 앨리스가 집을 나간 것이다. 소프트 교수가 그녀를 집에 데려다 놓은 이후 처음 있는 일이었다.

"여기 있어야 하는데." 에반이 말했다. 두 사람 모두 재킷을 입고 모자까지 쓴 상태였다. 지팡이도 쥐고 있었다. 과장되게 당황한 표정으로 턱은 굳게 닫혀있었고 콧등도 주름겨 있었다. "차를 태워주기로 했거든요. 그런데 아무 데도 없어요."

"어디를 갔을까요?" 머릿속이 뒤죽박죽된 내가 말했다. "여러분을 어디에 데려다주기로 했는데요?

"상담소요." 에반이 말했다.

"음." 가르스가 말했다. "계획대로라면 그녀는 여기에 있었어야 했고, 우리도 벌써 상담소에 갔을 겁니다. 당신이 우리랑 대화를 하고 있지도 않을 거예요."

"앨리스가 '5시 30분에 여기에서 봐요'라고 했다고요." 에반이 말했다. "'태워다 드릴게요.' 바로 이렇게 말했다고요. 지금이 5시 30분 아닌가요?"

가르스가 자신의 손목시계를 때리며 말했다. "5시 37분."

"7분이나 지났네요." 에반이 한 톤 높아진 목소리로 지적했다. "오늘은 목요일이 맞지요?"

나는 와인병을 들고 자리에 서 있었다.

"내 시계가 잘못되었을지도 몰라." 가르스가 혼잣말을 했다. "하지만 목요일인 건 맞아. 그건 확실히 알지."

에반이 자신의 시계를 더듬었다. 그들은 곧 만질 수 있는 물건들을 모두 조사할 테고 반박할 수 없는 정보를 수집하려들 것이다. 그래서 내가 끼어들었다.

"아, 이런." 내가 거짓말을 했다. "냉장고에 쪽지가 붙어있네요." 나는 눈을 찡그린 채 목을 쭉 빼고 멀리 있는 글자를 읽는 척하며 내 앞의 두 장님 관중을 속였다. "'필립,'" 나는 앨리스가 쓴 글을 읽는 척했다. "'에반과 가르스를 상담소에 데려다줄 수 있을까? 급한 회의가 있어. 걱정할 일은 아니야.' 답이 나왔네요. 걱정하지 않아도 되겠어요. 제가 상담소에 모셔다드리죠."

태워다 주겠다는 게 내 의견인 것처럼 이야기해도 될 것을 굳이 왜 거짓말을 했는지 궁금할지도 모르겠다. 간단하다. 나는 냉장고에 쪽지를 붙여두는 것처럼 평범하고 가정적인 일이 내게 일어나길 바랐었다. 앨리스는 한 번도 냉장고에 쪽지 따위를 남긴 적이 없었다.

더욱이 나는 두 장님을 차단한 채 외로운 전사로서 혼자 상황을 처리하고 싶었다. 이번에는 앨리스가 사라진 것이 나만의 문제여야 했다. 에반과 가르스나 소프트 교수의 문제가 되도록 두고 싶지 않았다.

나는 그들을 도와 내 차에 태우고 좌석 사이에 낀 벨트를 꺼내 주었다. 에반이 가는 길을 알려주었다. 상담소는 멀지 않은 거리에 있었다. 차 앞 유리에 새로 쌓인 재를 와이퍼로 닦고 우리는 아무 말 없이 길을 나섰다.

머릿속은 온통 앨리스 생각뿐이었다. 나는 그녀가 어디에 있을지 알고 있었다.

하지만 챔버로 들어갈 수는 없을 것이다. 열쇠는 내가 가지고 있었다. 소프트 교수는 내게 열쇠를 맡겼었다.

"시간이 주관적인가요 객관적인가요?" 가르스가 뒷좌석 어둠 속에서 단조로운 목소리로 물었다.

에반과 나는 아무 말도 하지 않았다.

"그러니까, 내 손목시계가 5시 30분을 가리키고 나는 온종일 내 시계를 믿고 있었다고 칩시다. 그런데 우연히 만난 당신의 시계는 반 시간 늦은 5시를 가리키고 있는 거예요. 우리 둘은 서로 다른 시간 속에 산 거죠. 당신이 2시일 때 나는 2시 30분이었고, 당신이 4시 15분일 때 나는 4시 45분이었으니 당신은 나에 비해 반 시간 과거에 살았던 겁니다. 내가 그랬던 것처럼 시간을 확신하면서 말이죠. 우리는 말다툼을 시작할 겁니다. 그리고 그 순간 세상이 붕괴되어 완전히 사라지고 우리 둘만 남았다고 칩시다. 이제 참고할 만한 것도 없고 시간을 관찰하는 사람도 아무도 없어요. 나는 5시 30분을 살고 있고 당신은 5시를 살고 있으니 시간여행이나 마찬가지 아닐까요?"

"시간여행?" 에반이 말했다.

"5시가 5시 30분과 소통하는 거지." 가르스가 말했다.

우리는 에반이 내게 알려준 주소에 도착했다. 담쟁이덩굴이 덮인 벽돌집이었고 간판이나 표지판이 없어 상담소가 맞는지 알 수 없었다. 두 장님은 힘겹게 차에서 내렸다. 나는 보호해야 할 것 같은 생각이 들어 두 사람을 따라갔다. 이게 무슨 상담소람? 에반과 가르스가 사기꾼에게 엮여 학대를 당하고 있는지도 모른다고 생각했다. 5분 전에 냉장고에 쪽지가 붙어있다며 그들을 속이면서 그들이 거짓말에 얼마나 잘 속아 넘어가는지 똑똑히 보았다. 우선 상담사를 만난 다음 앨리스를 구하러 가겠다고 마음먹었다.

가르스가 초인종을 눌렀다. 문이 열리는 소리가 들렸고 우리는 층고가 높고 바닥에 카펫이 깔린 복도로 들어섰다. 살짝 퀴퀴한 냄새가 풍겼다. 가르스가 오른쪽 문손잡이를 돌렸다. 다행히 그와 에반은 고문 도구 따위는 보이지 않는, 밋밋하지만 깔끔하게 정돈된 상담실 안으로 들어갔다.

그들의 뒷모습을 지켜보고 있는데 뒤에서 내 이름을 부르는 소리가 들렸다. 뒤를 돌아보니 검은 서류철을 든 신시아 졸터가 서 있었다. 큰 키에 묘한 매력을 풍기는 그녀가 여전히 뭔가 아는 듯한 미소를 짓고 있었다.

그녀는 방 안에서 그녀의 발소리에 고개를 끄덕이고 있

는 두 장님을 들여다보고는 방문을 닫아 복도에 우리 두 사람만 남도록 했다.

"그게……" 내가 말했다.

"이해해요." 그녀가 말했다. "모르셨겠죠. 그냥 두 분을 데려다주신 거잖아요."

"네." 나는 말하면서 이 집은 상담소가 맞다는 것, 꿈도 아니고 진짜 같은 농담도 아니라는 사실을 서서히 깨닫기 시작했다. 신시아 졸터가 두 사람의 상담사였던 것이다.

"당신이 돈을 주고 저 사람들을 부른다더군요." 나는 적절한 사과 대신 앨리스에게 들은 말을 전했다.

"아마 저분들 능력으로는 저에게 상담을 받을 수 없을 거예요." 그녀가 말했다. 그녀는 서류철을 끌어안은 채 상담실을 등지고 서서 호기심 가득한 눈으로 나를 보았다. "지난번에 말씀하신 것처럼 제게 투자받은 기금이 좀 있거든요. 필립 씨."

"맹시를 연구하시는군요."

"연결성이요." 그녀가 답했다. "집착적인 연결성."

"아, 저들이 함께는 지내는 방식 말이군요. 둘만의 세계요. 쌍둥이, 언어 개발, 뭐 그런 거요."

"네."

"두 사람이 분리될 수 있도록 도와주시려는 거군요. 샴 쌍둥이 분리 수술하듯 말이죠."

"저는 두 사람이 이해할 수 있도록 도와요." 그녀가 말했다. "두 사람은 스스로 선택할 수 있어요. 제 목표는 이중 인지 체계가 내면에서 어떻게 형성되고 기능하는지, 적대적이고 모순적인 데이터에는 어떻게 대응하는지에 관한 인식을 개발하는 것이죠. 안정감을 위협하는 상황이나 서로의 성장 속도가 차이 날 때 어떻게 대응하는지 말이죠. 인지 부조화죠. 이쪽 분야를 잘 아실 것 같은데요."

"아, 그럼요."

"넓은 범위에서 보면 제 연구는 이중 인지 체계를 이루는 양측 사이에 존재하는 기만적 또는 주관적인 세계를 관찰해요. 서로 집착하는 쌍둥이에서부터 낯선 두 사람이 공개적인 장소에서 만나게 되는 찰나의 순간에 이르기까지 모든 연결성에 적용할 수 있죠."

"아하."

"상담은 확실히 변화를 위한 촉매제 역할을 할 수 있어요. 이중 관점에 내재된 한계를 드러낼 수 있으니까요. 그럴 수밖에 없어요. 하지만 연구는 순전히 학문적인 거예요. 다음에 길게 이야기하죠."

"아, 네." 나는 얼빠진 사람처럼 그녀의 말이 끝나기 무섭게 대답했다.

"좋아요." 그녀는 재미있다는 듯 미소 지었다.

"방금 들으니 제 이름을 아시던데요." 내가 말했다. "제가 바에서 말한 데일 오벌링이라는 가짜 이름 말고요."

"우리는 두 사람, 에반과 가르스의 처지에 관해서도 이야기했어요. 일상적인 일들에 관해서요."

"그럼 그날 제가 저인 걸 아셨네요."

"바로 알지는 못했어요." 그녀가 말했다. "하지만 점점 분명해졌어요. 그리고 가끔 두 사람을 집에 데려다주기도 해요. 그래서 당신을 내려줄 때 확신했죠."

쥐구멍에라도 숨고 싶은 심정이었다. 멍청이가 된 기분이었다. 어쨌든 지금 당장은 앨리스를 찾아 구하러 가야 했다.

"에반과 가르스가 기다리겠네요." 내가 말했다.

그녀가 다 안다는 듯한 미소를 지었다.

"가실 데가 있나 보네요."

"사실 그렇습니다."

그녀는 허리를 곧게 세우고 무게를 재듯 서류철을 들어 올렸다. 그녀가 나를 보았고 나는 그녀의 탐색하는 눈빛을 보았다. 이론에 비추어 내 인생 전체를 꿰뚫어 보는 듯한,

이론적 틀에 나를 가두는 듯한 표정이었다.

앨리스도 그런 표정으로 나를 얼어붙게 하곤 했다. 결함 때문에 그녀가 포기한 다른 모든 것과 함께 그 표정을 잃어버리기 전에 말이다.

"그럼 나중에 시간 내서 이야기하도록 하죠." 아직 미소를 거두지 않은 채로 그녀가 말했다.

"좋아요."

나는 혼란스러웠다. 소프트 교수가 앨리스를 집에 데리고 온 날을 떠올렸다. 왜 자꾸 이런 순간에 신시아 졸터와 엮이는 것일까? 서두른다면 앨리스를 찾는 것을 내 몫으로 만들 수 있었다. 어서 가서 쐐기를 박아야 한다.

"그리고 필립 씨?"

"네?"

"앨리스에 관해 알아요. 두 사람이 그녀에 관해서도 이야기하거든요."

"*결함*에 관해서도요?"

"*결함*에 관해서도요."

나는 얼굴을 찌푸렸다. 신시아 졸터가 직업적으로 가지는 관심을 받고 싶지는 않았다. 그녀가 나와 앨리스의 관계에서, 더 나쁘게는 앨리스와 *결함*과의 관계에서 비합리적이면서 매력적인 집착적 연결성을 찾을 수도 있다고 생각하니 끔찍했다.

그럼에도 불구하고 나는 지금 새로운 단계의 위기에 빠지기 위해 서두르는 중이었다. 발가벗겨진 기분이 들었다.

"어쨌든," 내가 말했다. "두 사람이 하는 말을 가감해서 들으셨으면 좋겠군요."

"네."

"이제 가야겠어요. 두 사람은 당신이 집에 데려다주시겠죠."

"네."

"그래요, 좋습니다." 나는 미끄러지듯 뒤에 있던 현관을 나섰지만 발을 헛디디는 바람에 비틀거리며 계단을 내려가 차로 돌아갔다. 그러고는 마치 큰일을 마친 사람처럼 숨을 헐떡였다. 나는 힘겹게 안전벨트를 맸다. 손가락이 마비된 것 같았다.

이중 인지?

이중 관점?

새로운 데이터, 위협, 서로 다른 성장 속도?

나는 학교로 돌아가 물리학과 건물 주차장에 차를 세웠다.

20

앨리스는 쭈그려 앉아 팔꿈치를 무릎에 댄 채 자물쇠로 잠긴 결함 챔버 문에 기대어 앉아 있었다. 진공청소기 속으로 빨려 들어가 한껏 몸을 웅크린 곤충이나 진드기 같은 모습이었다. 그녀는 머리를 어깨 아래로 떨구고 있었다. 금발 머리가 복도의 어슴푸레하고 차가운 불빛을 반사했다. 그녀는 내가 오는 소리를 듣고 낙담한 표정으로 고개를 들었다.

"앨리스." 내가 헐떡이며 말했다. "나야."

"알아."

"괜찮네."

그녀가 미소 지었다.

"응."

"그래서," 나는 복도 끝 꺾어진 곳을 바라보았다. 우리 말고는 아무도 없었다. 연구실 문들은 아직 잠겨있었고 앨리스의 열쇠는 내가 가지고 있었다. "여기서 계속 기다릴 거야?"

"아마도."

"여기에 캠프를 차린 거야? 잠복근무라도 하려고?"

"나도 모르겠어, 필립."

"쉬는 건가? 시에스타 같은 거."

"마음대로 생각해."

힘이 쭉 빠졌다. 그녀를 구출하기는 그른 듯했다. 앨리스는 자신의 고독을 방해한 나를 원망하는 눈빛으로 빤히 보았다.

"저기, 우리 이야기 좀 해."

"집에서 하면 되잖아."

"그래서 하는 말이야." 여세를 몰아 대화해볼 생각으로 내가 말했다. "집에서는 이야기를 안 하잖아."

"이야기하러 여기까지 온 거야?"

나는 헐떡이는 숨을 참으며 말했다. "응." 나는 그녀의 맞은편에 털썩 주저앉아 벽에 등을 대고 한쪽 무릎을 세운 채 자리를 잡았다. 만약 그녀가 나와 같은 자세로 앉아있다면 서로 발이 닿을 만한 거리였다. 우리 위에 달린 형광등이 깜빡거렸다. "분명히 해야 할 게 있어."

"뭘?"

"결함을 사랑한댔지. 나를 사랑했던 것처럼. 이제는 아니지만."

그녀가 한숨을 쉬었다. "이미 했던 이야기잖아, 필립."

"진짜라는 거네."

"응. 나는 결함을 사랑해." 그녀는 움찔하지도, 불안해하지도 않았다. 이제 입 밖으로 내기가 편안해진 듯했다.

"나는 당신에게 너무 현실적이었던 건가? 상상 속 존재를 만나고 싶어 하는 줄 몰랐네."

"결함은 진짜야, 필립. 우리를 찾아온 거야. 외계인처럼."

"앨리스, 결함은 하나의 관념일 뿐이야. 당신을 투영해 만들어진."

그녀는 반항기 어린 눈빛으로 나를 보며 말했다. "그렇다면 결함은 내가 생각할 수 있는 그 누군가보다 훨씬 나은 관념이야. 완벽함과 사랑, 완벽한 사랑 그 자체야."

"석류에 대한 사랑, 계산자에 대한 사랑이 완벽하단 말이야?"

"맞아. 결함이 사랑하는 것에 대한 사랑. 순수한 사랑이야."

"그는 물건을 삼킬 뿐이야 앨리스. 그게 다라고. 당신의 추측이 맞더라도, 결함이 그 물건들을 사랑하더라도 도대체 그게 당신이랑 무슨 상관이지? 그게 사랑에 빠질 이유가 돼?"

"생경한 뭔가에 대한 기본적인 반응이야." 그녀가 말했다. "결함은 이곳에 왔고, 소통 창구를 찾고 있고, 완전히 수용적인 태도를 보이는 거야. 나도 그와 똑같이 느껴. 생경함을 포용하고 싶다고. 왜 이해를 못 하는 거야? 매우 고차원적인 생각이라고. 필립, 나는 혁신적인 과학자의 모범 사례야. 당신도 그렇게 될 거고. 당신은 똑똑하니까. 당신이 나와 같은 상황에 있었다면 당신도 사랑에 빠졌을 거야."

"난 사랑에 빠져있어." 내 나름대로 반항이었다.

내 주머니에 열쇠가 있다는 사실을 떠올렸다. 앨리스는 모르고 있었다. 그녀가 원하는 무심한 상대는 어두운 정적 속에 놓인 채 잠들어 있었고, 그녀는 잠긴 문을 열지 못한 채 차가운 복도에 앉아 있었다.

"그래서 혁신적인 과학자로서 이 추운 데 앉아 기다릴 셈이야?" 내가 말했다.

"자정에 첫 번째 교대 근무가 시작돼." 그녀가 나지막이 말했다. "이탈리아 팀이 올 거야. 소프트 교수가 연구실 문을 열겠지. 나는 여기 있고 싶어."

"콘서트 공연장 앞줄에 앉으려고 줄을 서는 십 대 소녀 같네."

그녀는 아무 말도 하지 않았다. 어두침침한 조명 때문에 얼굴을 붉어졌는지는 보이지 않았다.

"당신 연구 시간을 관리 감독해 달라고 내가 부탁받은 거 알잖아. 소프트 교수는 당신이 결함으로 무슨 실험을 할지 걱정하고 있어."

"무슨 말을 하고 싶은 거야?"

"모르겠어. 그러니까, 소프트 교수 말을 완전히 무시할 수는 없다는 거야. 보통 때 같았으면 당신 접근 방식을 더 지지했을 거야. 사랑과 관련이 없었다면."

"그럼 지금 상황에서는 어떤데?" 그녀의 말투가 거칠고 차가웠다.

우리는 서로를 빤히 보았다. 그녀는 매섭게 나를 보았고, 나는 그녀의 눈치를 살폈다.

"나는 당신 친구가 되고 싶어." 내가 말했다.

답이 없었다.

"지나간 일은 잊어버리자." 내가 말했다. "상관없잖아. 당신은 지지해줄 사람이 필요해. 그건 부인할 수 없을 거야."

그녀의 시선은 여전히 냉랭했다. "갑자기 *결함*을 이해했다니 믿음이 안 가는데."

"음, 당신이 테이블을 기어 올라가 사라지려 하는 걸 도울 수 있을지는 모르겠어. 하지만 당신 감정은 이해한다고 할 수 있지."

그녀는 경계심 가득한 눈으로 나를 보았다. 그녀가 머리칼을 뒤로 쓸어넘기자 떨리는 턱이 눈에 들어왔다.

"필립, 나는 지금 엄청나게 스트레스를 받고 있어."

"이해해."

"내가 지금 필요한 친구는 나한테 원하는 게 없는 친구야. 나한테 답이나 변명을 요구하지 않는 친구. 내가 원하지 않을 때는 만나거나 이야기를 할 필요 없는 친구."

"그렇겠지." 내가 말했다.

"지금 내 삶에는 다른 데 신경 쓸 여유가 없어."

"그럴 거야."

내가 결함처럼 눈에 보이지 않는 존재가 되길 그녀가 바라고 있다는 생각을 떨칠 수 없었다. 그녀를 철저히 혼자 내버려 둔다면 그녀는 나를 마음속에서 친구로 *인정하는*

호의를 베풀어줄 것이다. 나도 이론상의 동지가 될 수 있을 것이다.

우리 두 사람은 텅 빈 복도를 묶는 괄호처럼 마주 앉아 있었고, 앨리스를 향해 희미하게 미소 지으며 나는 우리가 행성 사이를 이동하는 우주선 깊숙한 곳에 앉아있다고 상상했다. 수명을 다하고 별들 사이를 떠도는 초현대적인 함선 안에서 앨리스와 나는 통제실을 찾다 길을 잃었다. 어쩌면 결함의 챔버처럼 통제실도 잠겨있었는지도 모른다. 우리의 통제를 벗어나 우주를 떠도는 이 거대한 함선 어딘가에 시동키, 조종키가 숨겨져 있었다. 하지만 우리는 찾을 수 없었다.

머릿속에서 상상이 흐릿해졌다. 예전 같았으면 내가 무슨 상상을 했는지 그녀에게 곧장 이야기해주었을 텐데.

"내가 갔으면 좋겠지? 도움도 안 되고 재미도 없으니까. 혼자 내버려 뒀으면 할 거야." 그녀는 어쩔 수 없다는 듯 고개를 끄덕였다. "나는 절대 이길 수 없을 거야. 결함보다 더 수수께끼처럼 굴 수는 없으니까. 존재하는지조차 알기 어렵게 굴잖아." 앨리스는 붉어진 눈으로 나를 빤히 보았다. "당신은 여기 있어. 나는 갈게. 여기서 혼자 울어. 나는 집으로 돌아가서 거기에서 혼자 울게. 똑같이 처참하지만 멀리 떨어져 있을 수밖에 없는 섬이 되는 거야. 당신은 여기 아래에, 나는 저 위에."

"에반과 가르스가 집에 있잖아." 그녀가 말했다.

나를 놀리려고 하는 말이 아니었다. 그녀는 두 사람이 정말 위로가 되리라고 생각하고 있었다.

"두 사람은……" 신시아 졸터의 이름이 목구멍까지 차올랐다. "상담소에 갔어."

우리는 둘 다 눈물을 흘렸다. 두 장님과 아파트를 떠올리니 우리에게 괴로움을 주는 공허하고 황량한 우주가 아닌 지구 어딘가로 돌아온 것 같은 느낌이 들었다. 침실과 침대가 있는 평범한 장소. 자동차와 우리 집, 결함이 삼킨 소리굽쇠, 도자기, 재떨이와 두 장님의 딱딱거리는 지팡이 같은 일상적인 물건들이 무거운 추가 되어 우리를 공허에서 꺼내 주는 것 같았다.

"필립, 안아줘."

나는 우리 사이 공간을 기어가 그녀를 안았다. 내 팔을 그녀의 어깨에 두르고 얼굴은 그녀의 머리칼에 묻었다. 우리는 함께 울었다. 우리 두 사람의 몸은 하나였다. 빈 곳 없이 서로에게 딱 맞는, 대체할 수 없는 두 개의 조각이었다. 우리는 우리 자체로 하나의 시스템이었고, 우주였다. 그 순간만큼은.

　나는 그녀가 혼자만의 시위를 할 수 있도록 자리를 떴다. 별이 숨은 하늘 아래 안개가 자욱하게 낀 학교 교정을 천천히 걷는 동안 머릿속은 생각들로 오염되었고, 나는 집 주변을 한참 빙글빙글 돌았다. 마침내 집에 도착해 소파에 앉았을 때, 에반과 가르스는 상담소에서 돌아와 평화롭게 잠들어 있었다.

21

"소송을 하실 수는 있을 겁니다." 라디오 토크쇼 호스트 가 말했다. "그럼요. 하지만 아내분에게 소송을 건다면 관계는 깨지겠죠. 법적 분쟁을 이겨내는 부부는 보지 못했네요."

"그렇게 말씀하실 것 같았어요." 전화를 건 사람이 말했다.

나는 어제 옷차림 그대로 소파에 누워있었다. 밤새 담요를 바닥으로 차버리고는 시트를 목까지 잔뜩 끌어당겨 덮고 있었다. 라디오 소리는 손님방에서 흘러나오고 있었다.

두 장님은 주방에서 물을 틀어 놓고 식기 부딪치는 소리를 내며 물풀 냄새가 나는 무언가를 요리하고 있었다. 앨리스가 왜 집에 오지 않았는지 설명을 하고 싶지 않았던 나는 문으로 조용히 걸어가 몰래 집을 빠져나왔다. 집 밖에서 들여다보니 에반이 어리둥절한 얼굴로 소파 위에 널브러진 침구를 손가락으로 찔러보고 있었다. 나는 달리기 시작했다.

날은 차고 맑았다. 잔디를 가로질러 어젯밤 걸어온 길을 돌아갔다. 제대로 잠을 잘 수 없었다. 여전히 어젯밤 일에서 벗어나지 못한 채, 입은 바짝 마르고 눈은 퉁퉁 부어있었다.

나는 물리학과 건물로 돌아갔다. 복도는 학생들로 부산스러웠다. 방금 샤워를 마친 듯 머리가 젖은 학생들은 베이글이나 크루아상을 우걱우걱 씹으며 지난밤의 실험 결과를 확인하기 위해 바쁘게 움직이고 있었다. 전날 밤까지 조용하던 장비들은 나를 향해 삑삑 소리를 내며 불빛을 깜빡였다. 접근 권한이 없는 사람이 들어왔다는 것을 알아챈 듯했다. 새로운 하루가 밝았지만 나는 여전히 어젯밤에서 벗어나지 못하고 있었다. 가르스가 알았다면 나더러 시간여행자라고 했을 것이다.

결함 챔버의 외실 문이 열려있었다. 2단계 연구가 시작된 것이다. 나는 안으로 들어갔다. 관찰실에는 나뿐이었다. 머리 위 스크린은 꺼져 있었다. 코시 스페이스 연구실 쪽으로 난 창문에는 블라인드가 쳐져 있었다. 나는 손잡이를 당겨 블라인드를 걷었고, 중간 영역인 무균실 안에 앨리스가 보였다. 그녀는 내 쪽으로 등을 돌린 채 결함 챔버 쪽으로 난 유리창에 얼굴을 딱 붙이고 있었다.

챔버 안에는 브라시아와 이탈리아 팀이 고가의 카메라, 감지기, 실드, 작업대, 계량기, 장비를 설치하고 있었고 결함이 올려진 작은 테이블은 물건들로 가득했다. 나는 앨리스의 시선을 돌리기 위해 손을 들어 유리창에 가져다 대려다가 멈췄다.

그녀에게 무슨 말을 해야 할까?

그래서 그녀를 지켜보았다. 팀에게 지시를 내리는 브라시아와 팔꿈치에 무게를 실은 채 그를 보고 있는 앨리스, 결함을 향한 그녀의 절대적인 헌신을 지켜보았다. 앨리스는 결함이 이탈리아 연구원들에게 둘러싸인 것을 불쾌해하고 있을 것이다. 우리는 마치 피라미드 같았다. 결함을 관찰하고 있는 브라시아와 브라시와 결함을 관찰하는 앨리스와 그 셋을 바라보는 나. 앨리스가 내 시선을 느끼고 있다면 돌아보리라고 나는 생각했다. 그녀는 돌아보지 않았다. 나는 블라인드를 치고 연구동을 떠났다.

첫 강의는 세 시였다. 샤워와 면도를 해야 했다. 가능하다면 낮잠도 잘 것이다. 하지만 시간을 조금만 더 끌면 두 장님은 집을 나갈 것이다. 그러면 혼자 집을 차지할 수 있었다. 나는 차가운 아침 바람을 막으려 옷깃을 세우고 볕이 내린 인도를 따라 축구장으로 걸어 올라갔다. 축구 연습이 한창이었다.

내가 가르치는 대학원생 하나가 부상 후 경기장 내 선수들의 지리적 위치에 관한 연구를 하기 위해 기금을 신청했었다. 그는 부상당한 선수를 중심으로 주변 인물들이 어떻게 에너지를 사용하는지, 의료진과 코치의 위치나 그들의 반응에 내재된 공감 또는 회의론을 이해하고 싶어 했다. 모든 요소는 부상의 심각도, 부당 당시 경기 성적, 부상당한 선수의 가치 등과 연관되어 있었다. 그 학생이 연구비 지원서를 쓸 때 과장된 추천서를 써줬었다. 연구에는 넉넉한 기금이 지원되었다. 지금 그 학생이 축구장 가장자리에 자리를 잡고 달리기 훈련 중인 선수들을 바라보며 노트를 끄적이고 있었다. 나는 그의 곁으로 다가갔다.

추운 날씨에 반바지를 입고 경기장 가장자리에서 달리고 있는 선수들의 시뻘건 다리에 닭살이 돋아 있었다. 헝클어진 머리칼은 11월 말의 서늘한 볕을 받아 반짝였다. 내 학생의 시선에는 거리낌이 없던 그들이 나를 경계하듯 쳐다보았다. 경기장 라인을 밟고 선 코치가 목청을 높여 지시를 내리면서 훈련에 막 도착한 선수들의 어깨를 툭툭 쳤다.

"팀 동료의 부상에 동정을 표하는 피실험자는 같은 게임에서 치료 가능한 중력과 관련 부상을 입을 가능성이 68% 더 높습니다." 학생이 내게는 눈길도 주지 않고 경기장에 시선을 고정한 채 말했다.

"훌륭한 연구군." 내가 말했다.

"상대 팀 선수가 넘어졌을 때 동정적인 자세를 취하는 피실험자들은 부상 가능성이 그보다 16% 더 높습니다."

"아주 훌륭하군."

우리도 귀가 떨어질 것 같은 바람을 견디며 아무 의미 없는 활동을 완벽하게 수행하는 운동선수가 된 것 같았다. 치료 가능한 중력 관련 부상을 당하고 싶었다. 나는 몰래 내 무게를 실어 절뚝거리는 시늉을 해보았다.

내 학생이 바쁘게 내 가르침을 따르고 있는 모습을 보니 기분이 좋았다. 그는 명백해 보이는 것들에 숨겨진 데이터와 숨겨진 사실들을 찾고 있었다. 경계 영역의 암흑 물질이었다. 그리고 이 똑똑한 학생은 세상에 내가 존재한다는 사실을 확인시켜 주었다. 감사하는 마음이 들었다. 여자에 관한 것이든 뭐든 그에게 조언해 주고 싶었다. 하지만 딱히

할 말이 떠오르지 않았다. 상관없었다. 우리는 위험과는 멀리 떨어진 경기장 바깥에서 안전하니까.

우리는 선수들이 훈련하는 모습을 지켜보았다. 그들은 공을 주고받고, 발끝을 사용해 뒤로 굴리고, 무릎과 이마로 공을 튕기기도 했다. 전속력을 다해 반복적으로 달리기를 하다 속도를 줄였다. 골키퍼들은 좌우로 돌진하며 자기에게 주어진 신성한 공간을 지켰다. 그러다 수비수가 갑자기 공을 위로 쏘아 올리더니 신음하며 땅바닥에 풀썩 쓰러졌고, 주변 선수들은 학생과 나의 흥미를 불러일으키는 자세로 얼어붙었다. 공은 갈 곳을 잃고 혼자 데굴데굴 구르다 멈췄고, 우리는 임무가 주어지기만을 잠자코 기다려온 전문가들답게 숨을 헐떡거리며 경기장으로 돌진해 그들을 자세히 살폈다.

22

사흘 후 정오에 앨리스는 첫 번째 교대 근무를 맡게 되었다. 소프트 교수는 단단히 다짐을 받은 다음에야 그녀에게 연구실 열쇠를 건넸다. 나는 사무실에서 *결함* 관찰 시간을 사용하는 문제를 놓고 소프트 교수에게 먹힐 만한 협박을 연습하며 오전 시간을 보냈다. 그저 그런 제안들을 썼다가 지웠고, 좀처럼 마음에 드는 수가 떠오르지 않았다. *결함*을 상대하려다 내가 결함이 되어가는 기분이었다. 할 말도 없고 실험을 수행할 것도 아니었다. 그저 *결함*의 존재에 무력하게 당황한 이들이 하고자 하는 이야기를 대신 전하고 싶었다. 하지만 나는 나의 지지층과 너무 닮아있었다.

그래서 종이를 몇 장째 구기고 있었다. 문제는 내게는 너무 당연한 인류학적인 접근 방식이 *결함*을 의인화하는 앨리스에게 힘을 실어주리라는 것이었다. 나는 앨리스가 틀렸다고, *결함*은 무생물이며 실수이자 우주에 뚫린 구멍이라고 증명해 보이고 싶었다. 하지만 그건 물리학자들의 일이었다. 그래서 나는 하던 일을 멈추고 펜을 들었던 손을 책상에 떨궜다. 그리고 시계를 올려다보았다.

늦었다.

앨리스의 첫 번째 교대 근무가 시작되는 시간이 지나있었다. 큰일이 날 수도 있을 것 같았다. 그녀가 챔버로 뛰어들길 바라지 않았다 나는 사무실을 뛰쳐나가 교정을 가로질러 물리학과 건물로 질주했다. 겁이 나서 눈이 튀어나올 것 같았다. 나는 엘리베이터를 타고 *결함*이 있는 챔버로 향했다. 문이 잠겨있었다. 나는 문을 힘껏 두드렸다.

훌륭한 구출 작전이 될 수도 있지만, 코앞에서 그녀를 놓치는 비극이 될 수도 있었다.

아무런 인기척이 없었다. 나는 다시 문을 두드렸다.

손잡이가 나를 꾸짖듯 조용하게 돌아갔다. 얼굴이 상기된 브라시아가 모습을 드러냈다.

"안녕하세요." 그가 말했다. "들어오시려는 건가요?"

"네."

"물론이지요, 들어오십시오."

관찰실 불은 꺼져 있었다. 장비들도 조용했다. 브라시아는 불이 밝혀진 *결함* 챔버로 나를 데려갔다. 이탈리아 팀의 모니터들은 방 한쪽 구석에 접혀 있었다. 결함의 테이블은 방 한가운데 홀로 스포트라이트를 받으며 놓여있었다. 결함 옆에는 샌드위치 포장지가 놓여있었고 마트에서 파는 그대로 초록색 바구니에 담긴 딸기도 보였다.

브라시아가 나를 향해 돌아섰고 그림자가 진 그의 얼굴은 다소 위협적으로 보였다.

"전보다 더 나아졌죠? 아닌가요?" 그가 물었다.

"네." 내가 숨을 헐떡이며 말했다. 분명 얼굴이 시뻘게져 있을 것 같았다.

"좋습니다. 음, 찾아오실 줄 몰랐습니다만."

"쿰스 교수의 첫 번째 교대 근무가 시작되는 날이어서요." 내가 말했다. "쿰스 교수는 어디 있죠?"

그가 팔짱을 끼고 평가하는 듯한 시선으로 나를 바라보았다. 그의 입꼬리가 씰룩거리더니 곧 미소가 피어올랐다.

"어디 있죠?" 내가 재차 물었다.

"이미 왔다가 갔습니다." 브라시아가 말했다. "엇갈렸나 보군요."

머리가 혼란스러워지면서 브라시아가 범죄를 저지른 것이 아닐까 상상했다. 결함은 완벽한 살인 무기였다. 나는 나도 모르게 뒷걸음질 치다가 곧 침착함을 되찾았다.

브라시아가 테이블 쪽으로 돌아서서 깨끗하게 잘린 샌드위치를 집어 들었다. 마요네즈가 스포트라이트 빛을 받아 반짝였다.

"그녀를 굉장히 걱정하시는 건 알겠군요."

"앨리스의 근무 시간을 관리 감독해야 해서요."

"그녀를 지키시려는 거죠. 이유는 소프트 교수가 걱정하기 때문이고요."

"네."

"소프트 교수는 저한테도 같은 부탁을 했습니다. 그래서 여기에 있는 거고요. 걱정하실 거 없습니다."

"소프트 교수가 당신한테 앨리스를 지켜보라고 했다고요?"

브라시아가 엉큼한 미소를 지었다.

"예, 교수님. 그렇고 말고요."

그는 반이 잘린 샌드위치의 모서리를 한입 베어 물고 나머지를 다시 포장지에 넣었다.

"그게," 내가 퉁명스럽게 말했다. "소프트 교수는 나한테 당신과 앨리스를 보호하라고 부탁했거든요. 둘 다 지켜보라고요."

브라시아가 허리를 살짝 굽히며 인사하는 체했다.

"그것참 멋지군요." 그가 말했다. "그게 낫지요. 인정합니다. 소프트 교수에게 당신도 감시해도 되겠냐고 허락을 구해야겠네요."

그는 다시 미소 지었다. 나는 그의 상냥함이 불안했다. 내가 숨을 헐떡이는 동안 자리에 서서 경쾌하게 샌드위치를 씹는 그가 못마땅했다.

"음, 무슨 일이 있었나요?" 내가 단호하게 말했다.

"아, 무슨 일이 있었느냐고요. 앨리스 교수가 여기에 와서 혼자 있겠다고 했고, 저는 밖으로 나갔습니다. 5분 정도 지났을까, 그녀가 울면서 나오더군요. 그리고 사라졌습니다. 그게 다예요." 그가 자기 샌드위치를 들어 올려 한 입을 더 베어 물었다.

"당신은 함께 들어가지 않았나요?"

"아뇨, 사생활을 존중하고 싶어서요."

"그래서 무슨 일이 있었는지 모르신다고요."

그는 어깨를 으쓱했다. "짐작 가는 건 있지만 모릅니다."

질투심이 치밀어 올랐다. 이 지하 극장에 앨리스의 보호자 역할을 자청하는 사람이 나 말고도 한 명 더 있다니.

브라시아가 재미있다는 듯 나를 빤히 보았다.

"뭐가 문제죠?"

"아무것도 아닙니다."

"아무것도 아니라고요? 교수님 꼴이 말이 아닌데요. 뭐
가 문젠지 제가 말씀드리죠. 쿰스 교수가, 그러니까 앨리스
교수가 이 위로 올라올 게 걱정되시는 거죠." 그는 테이블
을 탁탁 쳤다. "그리고 모든 게 끝날까 봐. 쿰스 교수가 사
라질까 봐서요."

"네." 나는 인정했다.

그는 다시 미소 지었다. "이리 오시죠."

나는 예상치 못한 두려움을 느끼며 테이블 가까이 다가
갔다. 꿈에서는 더 가까웠던 적도 있지만, 실제로 결함에
이렇게 가까이 있기는 처음이었다.

브라시아가 더 가까이 오라고 다독이듯 내 어깨에 손을
얹었고, 나는 앞으로 다가가서 매끈하고 차가운 테이블 표
면에 손을 올렸다. 브라시아는 딸기만 남겨두고 자신이 먹
던 샌드위치를 옆으로 치웠다.

"보세요." 그가 말했다.

그는 왼쪽 손가락에서 반지를 뺀 다음 주먹 안에 숨겼다.

그리고 반지를 쥔 주먹을 테이블을 따라 앞으로 옮겨 결함이 시작되는 지점을 지나게 했다. 그는 주먹을 제자리로 돌려놓은 뒤 손가락을 펼쳤다. 반지는 손에 그대로 있었다.

"결함은 앨리스 교수를 좋아하지 않고 제 결혼반지도 좋아하지 않는군요. 하지만, 보세요." 그가 딸기 하나를 집어 주먹 안에 넣고 아까 했던 동작을 반복했다. 그가 주먹을 제자리에 놓고 손가락을 펼쳤을 때 딸기는 사라지고 없었다.

"저와 결함은 디저트 취향이 같군요. 하! 재미있는 마술 쇼지만 나머지 딸기는 제 몫으로 남겨야겠어요." 그는 딸기 하나를 입 안에 넣고 깨물고는 꼭지를 비틀어 떼서 샌드위치 포장지 모서리에 올려놓았다.

결함은 결혼제도를 좋아하지 않는 모양이었다. 앨리스와 결혼을 했어야 했다. 그게 우리가 저지른 실수였다. 결함의 방해를 받지 않을 수 있었는데.

"쿰스 교수가 가진 아이디어가 매우 흥미로워요. 아, 아이디어라기보다 감정이라 해야 할까요? 그런 것 같군요. 결함에 자신을 던지다니. 끔찍하다고 생각하시는 건 알겠습니다. 하지만 저는 조금 이해가 가기도 해요. 저도 같은 감정을 느끼거든요." 그는 나와 눈을 맞췄다. "그녀가 무슨 생각을 하는지 내가 몰랐으면 하셨겠죠."

나는 순순히 고개를 끄덕였다.

"여기요." 그가 샌드위치를 가리키며 말했다. "좀 드시겠습니까? 헨 샐러드입니다."

"헨 샐러드요?"

"뭐라고 부르는지 까먹었네요. 루스터던가요?"

"루스터 샐러드요." 내가 말했다. "저는 괜찮습니다."

그는 어깨를 으쓱하더니 샌드위치 한 입을 더 베어 물고는 한쪽 볼 가득 씹었다.

"제가 앨리스 교수를 문제 삼을까 봐 우려하시는군요. 하지만 틀렸습니다. 저는 멋지다고 생각해요. 그녀를 돕고 싶기도 하고요."

"어떻게 말이죠?" 나는 질투하고 있었다. "사라지는 걸 돕는다는 말씀이신가요?"

브라시아는 볼에 가득 찼던 샌드위치를 삼켰다.

"실험 결과를 아시지 않습니까." 그가 말했다.

"그렇죠."

"결함은 마음을 바꾸는 법이 없지요. 한 번 거절한 물건은 영원히 거절합니다. 그 점은 한결같지 않았나요?"

나는 멍청한 기분으로 고개를 끄덕였다.

브라시아는 샌드위치를 내려놓고 결함을 향해 다시 한

번 팔을 뻗었다.

"그는 반지를 받지 않았고, 앨리스도 받아들이지 않을 테지요. 앨리스가 얼마나 열정적이든지, 얼마나 자주 결함에 몸을 던지든지 말입니다. 그러니 만약 앨리스 교수가 다시 시도해보고 싶다고 하면 그렇게 하도록 두는 게 좋지 않겠습니까?" 그는 다시 팔을 물렸다. "딸기 하나 드시죠."

심장에 채워져 있던 가시 돋친 사슬이 풀어지는 것 같았다.

"결함이 절대 앨리스를 받아들이지 않을 거라 생각하시나요?"

"절대 그녀를 받아들이지 않을 겁니다." 브라시아가 샌드위치 한 입을 가득 문 채 답했다.

"그가 받아들이는 사람도 있을까요?"

"잘 모르겠네요. 좋은 질문이기는 하지만 증명하기는 어렵겠군요. 그렇지 않나요? 지원자가 별로 없을 테니까요. 무전기를 차고 테이블 반대편으로 뛰어들 사람이 과연 몇이나 있으려나요."

"어디에서 끝날까요? 반대편에는 뭐가 있을까요?"

"그게 제일 중요한 질문 아닌가요? 우리가 알고 싶은 게 바로 그거죠. 저 안에 작은 우주가 있다고 하지 않던가요?

딸기 하나를 떨어뜨릴 때마다 작은 태양 서너 개가 짓이겨
지고 있을지 누가 알겠습니까! 하지만 또 모르죠. 알아내
려 노력할 뿐."

"그 답을 얻을 사람이 당신이라고 확신하는군요."

"하! 똑똑하시군요. 네. 그렇게 생각합니다. 소프트 교수
는 총기가 전만 못합니다. 지식이 후퇴 중이지요. 쿰스 교
수가 하는 질문은 성격이 많이 다릅니다. 제 생각에는 결
함보다는 그녀 자신에 관한 질문인 것 같더군요."

"대학원생들이 알아낼 수도 있지 않나요?"

"대학원생들이요." 브라시아가 콧방귀를 뀌었다. "그럴 수
도요. 그들의 제안서를 본 적 있으신가요?"

"아니요."

"결함이 받아들인 재료만 가지고 정보를 수집할 수 있는
모니터 만들자고 하더군요. 결함과 호환 가능한 기기를 테
이블 반대쪽으로 보내자는 겁니다. 세상에나!" 그가 결함의
테이블을 손바닥으로 두드렸다. "아주 명석한 생각이지만
어리석은 생각이기도 하지요. 결함은 기기를 받아들이지
않을 거예요. 왜인 줄 아십니까? 그들은 결함이 좋아하는
나무 조각이나 딸기 같은 물건들로 기기를 만들겠지요. 하
지만 결함이 언젠가 더 이상 딸기는 받지 않겠다고 할 수

도 있어요. 게다가 결함은 물건 그대로를 좋아하는 것이지 다른 무언가의 한 요소로 좋아하는 것이 아닙니다. 기기를 만든 물건들은 더 이상 그 물건 자체가 아닙니다. 그들이 만든 기기가 된 거지요. 그들이 만든 기기를 결함이 먹어 치운다면 그나마 운이 좋다고 해야 할 것입니다. 뭔가를 배울 가능성은 없겠지만요." 그는 내 가슴팍을 찔렀다. "당신이 물리학자였다면 아마 내 적수가 되었을 수 있었을 겁니다."

"결함이 형이상학적 현상이라고 생각하시는 것 같군요. 그래서 제가 결함의 의미를 파악할 역량을 교수님만큼 지녔다고 생각하시는 것이고요. 그가 대상이 지닌 관념에 관심이 있는지 파악할 역량이요. 의미 또는 내용이랄까요."

브라시아는 마치 금방이라도 몸이 부풀어 천장으로 떠오를 것처럼 흥분에 찬 눈을 반짝였다. 그는 샌드위치의 마지막 한 입을 들어 올려 입 안으로 밀어 넣었다.

"그렇네요." 그가 말했다. "역시 훌륭하시군요. 교수님과는 이야기가 통하네요. 그래요. 결함은 관념에 관심이 있지만 형이상학적인 현상은 아닙니다. 형이상학적인 점은 하나도 없어요. 우리는 결함 너머에 내재된 물리학을 연구하려는 겁니다. 기억하시겠지만 소프트 교수가 실험을 설계했죠. 그는 이 세상에 없는 무언가를 발견할 물리학 실험을 하려고 했습니다. 성공했더군요. 하! 그래서 우리가 요놈을 관찰하게 된 거지요. 내용이라고 하셨는데, 맞습니다. 내용, 좋은 단어군요. 소프트 교수는 새로운 내용을 창조해냈어요. 하지만 그 내용은 물리학적이지요. 물리학에서 탄생한 물리학적 내용이요. 제가 교수님께 개인적으로 증명하겠습니다."

"기대하겠습니다."

"아, 교수님 연구를 중단하지는 마십시오. 절대요. 교수님 식으로 내용을 해석해주세요. 교수님의 연구를 열정적으로 따르겠습니다. 그리고 교수님이 내용을 해석하는 동안 내용이 담긴 책이 어떻게, 왜 존재하게 되었는지를 제가 이야기해드리지요. 책이 꽂힌 책꽂이가 어떻게 거기에 있는지와 책꽂이를 둘 집이 어떻게 생겼는지도요."

"죄송합니다." 내가 말했다. "무슨 말씀인지 이해가 안 가네요."

"교수님, 들어보세요. 저는 우주를 연구하고 있습니다. 결함은 그 일부, 힌트일 뿐이에요. 제가 결함을 설명해드리고 나머지도 설명해드리죠. 모두 다요. 그게 제가 할 일이니까요."

"교수님은 뭔가를 얻어내고 계시군요. *결함*에 대해서 알아가고 계신가 봅니다."

그는 이마를 찌푸렸다.

"엥스트랜드 교수님, 들어보세요. 여기 제 사람들이 12명 있습니다. 어리고 명석한, 물리학 말고는 아무것도 생각할 수 없는 학생들이죠. 10년 전의 소프트 교수나 나처럼요. 내가 지시하는 대로 하고 내 곁에서 온 힘을 다해 일하죠. 우리는 *결함*에 음파 탐지기이든 방사능이든 자기 소거 입자든 타키온(가설에서 광속보다 빠르다고 여겨지는 소립자 — 옮긴이)이든 시도해 볼 만한 것들을 다 시도할 생각입니다. 나는 인내심이 강해요. 결국 *결함* 안에서 반사되어 나올 신호를 찾을 거고, 그러면 *결함*이 입구인 세계를 설명할 수 있겠죠. 믿어도 좋습니다."

"하지만 아직은 아무것도 발견하지 못했죠."

"딸기가 들어갈 수 있다는 사실은 알죠."

"그동안 교수님은 앨리스를 지켜보고, 제가 연구를 하게 된다면 제 연구도 지켜보고, 나이 든 소프트 교수가 허덕이는 모습까지 지켜보시겠다는 거네요."

브라시아는 즐거워하는 듯했다.

"그렇지요." 그가 말했다. "정확합니다. 교수님이 벌써 마음에 드는군요. 교수님에게 주어진 시간을 누리세요. 환영합니다. 제가 여기 온종일 있고 싶어 하는 줄 아시겠지만, 아닙니다. 이번 주말에 저는 소노마에 방문할 생각입니다."

"멋지네요."

"네. 게다가 제가 역사적 순간을 맞이할 때 교수님이 계셨으면 좋겠군요. 제 발견을 기록하셔도 좋습니다."

"좋아요." 내가 말했다. "성과를 거두시죠. 저는 기록을 할 테니."

겉만 번지르르한 그의 언변에 이골이 날 지경이었다. 챔버를 나가려고 뒤를 돌았다. 브라시아와 결함이 마음껏 딸기와 시간을 보낼 수 있도록 해줄 생각이었다. 밖에는 따스한 볕이 들고 맑은 하늘이 펼쳐져 있을 테니까.

하지만 문에 다다르기 전에 브라시아 교수가 나를 불렀다.

"말했어야 하는데," 그가 말했다. "앨리스 교수가 챔버에서 나올 때 셔츠를 입고 있었는데, 뭐라고 하더라? 아, 거꾸로 입고 있더군요."

그는 내가 어떤 반응을 보이는지 뚫어지라 살폈다.

나는 아무 반응도 보이고 싶지 않았다.

"앨리스 교수가 교수님 애인 아닙니까?"

"네, 브라시아 교수님. 앨리스가 제 애인이죠. 애인이었거나."

"그거 아십니까? 결함의 비밀을 풀면 앨리스 교수를 치료해서 당신에게 돌려줄 수 있을 겁니다."

"그러길 바랍니다." 마음에서 우러난 답이었다.

23

결함에게 두 번째 거절을 당한 후 앨리스는 북쪽으로 한 시간 거리에 있는 부모님 댁에서 추수감사절 동안 머무르겠다며 도망치듯 떠나버렸다. 집에 와보니 앨리스가 단거리 여행용 짐가방에 속옷을 쑤셔 넣고 있었고 에반과 가르스는 지팡이를 들고 한쪽에 꼿꼿하게 서 있었다. 그녀는 떠나면서 내 눈을 단 한 번도 마주치지 않았다. 두 장님과 나는 그녀의 차가 쿨럭거리며 시동을 걸고 서둘러 도로로 나가는 소리를 들으며 서 있을 수밖에 없었다.

"허 참," 가르스가 씁쓸하게 말했다.

그 주 주말 동안 비가 왔다. 에반과 가르스와 나는 부슬비 속을 걸으러 나갔다. 날씨 때문인지 두 사람은 조용히 걷기만 했다. 비가 주변 환경에 장막을 드리우는 바람에 두 사람은 더 이상 지형지물로 환경을 구성할 수 없었다. 축축한 얼굴을 위로 치켜든 그들은 진흙 범벅이 된 캠퍼스 안 인도에 신발이 더럽혀지고 난 후에야 비로소 말로 날씨를 설명할 필요가 없다는 사실과 두 사람 주변에 펼쳐진 세상이 흐릿해졌다는 사실을 인정하는 듯했다.

나는 브라시아가 얼마나 확신에 차 있었는지 생각했다. *결함*이 앨리스를 받아들이지 않는다면 나는 그녀의 육체가 아니라 그녀의 정신과 영혼을 차지하기 위해 *결함*과 경쟁을 벌이고 있는 것이었다. 승산이 있을 것 같은 싸움이었다. 나는 *결함*에게는 불리하고 나에게는 유리한 논점들을 정리했다. 앨리스를 내가 얼마나 사랑하는지와 앨리스가 *결함*을 얼마나 사랑하는지, 어느 쪽이 더 간절한지, 어느 쪽이 더 확고한지 생각했다. 답을 확신할 수 없었다.

다시 한번 그녀를 사로잡아야 했다.

추수감사절에 나는 맹인 학교에서 주최하는 저녁 식사에 에반과 가르스를 데려다주었다. 맹인 학교는 잔디가 깔린 교정 위에 놓인 납작한 공장 같은 건물이었고 야구장과 주차장, 얕고 파란 수영장에 둘러싸여 있었다. 겨울이라 수영장 안은 물이 빠진 상태였고 물 대신 마른 낙엽과 여름

곤충들의 사체만 가득했다. 두 사람은 함께 들어가자고 제 안했지만 나는 거절했다. 오후 내내 자동차로 도시가 내려다보이는 언덕 위를 달렸다. 도로에는 아무도 없었고 라디오에서는 멀리서 벌어지고 있는 퍼레이드를 중계 중이었다. 정치인과 운동선수들이 화려하게 장식한 퍼레이드 차량 위에서 군중에게 인사하고 있는 모양이었다. 해가 저문 다음에는 단골 식당인 실버라이닝으로 차를 몰았다. 하지만 식당 문이 닫혀 있었다. 나는 창문을 통해 안을 들여다보았다. 가게를 운영하는 그리스인 대가족은 가장 큰 부스 테이블에 앉아 이해할 수 없는 그리스어로 떠들며 청교도식 만찬을 즐기고 있었다. 황금빛으로 구워진 거대한 칠면조와 여러 가지 음식들이 테이블 가득 올려져 있었다.

집으로 돌아왔을 때 놀랍게도 앨리스가 돌아와 있었다. 그녀는 침실을 화실로 꾸미는 중이었다.

앨리스는 그림을 잘 그리지 못했다. 적어도 내가 아는 한, 그녀가 손을 놓아버린 우리 관계가 시작할 때는 그랬었다. 어쨌든 그녀의 부모님 집 창고에 처박혀 있던 먼지 쌓인 미술 도구들은 다시 세상 밖으로 나오게 되었다. 물감이 튀어 있는 이젤과 바닥에 까는 천, 젯소 통과 토끼 가죽 아교가 눈에 들어왔다. 가장자리에 테이프가 붙은 두

꺼운 정사각형 거울도 보였다. 책장은 거실로 옮겨져 북쪽
벽이 텅 비어있었다. 깨끗한 캔버스 천 두루마리가 문틀에
비스듬히 기대어져 있어 방으로 들어갈 수 없었다. 앨리스
는 주방 싱크대에서 오래된 붓들을 씻고 있었다.

"앨리스, 돌아왔네."

답이 없었다.

"당신 근무 시간이 없어졌어. 소프트 교수가 넘겨받았
어. 다음 주까지 기다려야 할 것 같아."

여전히 답이 없었다. 싱크대에서 물 흐르는 소리만 들릴
뿐이었다.

나는 숨을 한 번 크게 들이쉬며 비에 씻겨 나간 기운을
되찾으려 노력했다.

"변화가 좀 있었나 보다." 내가 제안하듯 물었다. "이 모든
것에 확신이 안 들었겠지. 감당하기 힘들었던 거야. 한 발짝
물러서서 새로운 관점에서 *결함*을 보려고 하는 거구나."

냉랭한 정적이 흘렀다.

"앨리스?" 나는 그녀에게 조금 더 다가섰다. 그녀는 뻣뻣
해진 붓 솔기를 부드럽게 주물러 다시 생명을 불어넣고 있
었다.

"아직 *결함*을 사랑하는지도 모르겠다." 내가 말했다. "당

신은 심지가 곧은 사람이고 아무것도 당신을 멈출 수는 없으니까. 당신은 *결함*을 위해 변하려는 거야. 그래서 갑자기 그림을 그리기로 한 거고."

그녀는 붓을 털어 물기를 뺀 다음 커피 캔에 옮겨 담았다.

"들어 봐." 내가 말했다. "접근 방식을 바꿀게. 마음을 비울 거야. 가볍고 유쾌한 대화를 하자. 옛날 영화처럼 말이야. 「연인 프라이데이」에서 캐리 그랜트랑 로잘린드 러셀이 애인 사이였는데 로잘린드 러셀이 다른 사람과 결혼하기로 했었잖아. 그때 캐리 그랜트는 유쾌했어. 농담도 하고 말이야. 하지만 한편으론 굉장히 수완 좋은 설득력을 발휘하기도 했지."

묵묵부답이었다.

"혹시 당신이 농담하기 싫으면 영화 「현기증」에 나오는 제임스 스튜어트가 되면 되겠다. 처음 킴 노박이 떠난 다음 긴장성 우울증에 빠졌었지. 그래서 바버라 벨 게디스가 웃겨주려고 노력했었어. 가벼운 농담으로 말이야. 한쪽은 가벼운 농담을 하고 다른 사람은 듣기만 할 때도 많아. 그것도 괜찮지."

나는 그녀를 따라 침실로 들어갔다. 우리 둘 다 캔버스 두루마리를 지나느라 고개를 숙여야 했다.

"알겠어. 당신 아무 말도 하지 않을 거구나. 한 마디도. 내가 온 이후로 한 마디도 하지 않았잖아."

그녀는 캔버스를 펼쳤다.

"거울이 생겼네." 내가 말했다. "알 것 같아. 당신 다시 자화상을 그리려고 하는구나. 그리고 결함에게 주려는 거야. 당신에게 차츰 익숙해지라는 뜻으로 말이야. 그럴 생각이지? 아주 현명한걸. 만약 그럴 생각을 못 했다면 나한테 감사해야겠어."

역시 묵묵부답이었다.

"알겠다. 말을 안 해서 *결함*이랑 비슷해지려고 하는 거구나?"

침묵이 꼭 내 질문을 확인해주는 것 같았다.

"좋아. 당신이 알았으면 하는 게 하나 있어서 이야기할게. 이건 가벼운 농담은 아니지만, 이것만 이야기하고 앞으로는 가벼운 이야기를 할게. 사랑해, 앨리스. 이것만은 당신이 꼭 듣고 알아 둬야 해."

방 안에 버티고 있는 침묵이 죽은 동물 사체 같았다. 꽁꽁 얼었다 녹는 중인 썩은 맘모스의 사체. 밖에서 자동차 문이 닫히는 소리가 난 후 지팡이를 탁탁거리며 현관 계단을 오르는 두 장님의 발걸음 소리가 들렸다. 앨리스는 가위로 캔버스를 자르기 시작했다.

"내 목소리가 싫어질 지경이야." 내가 말했다.

24

"환자로 왔습니다." 내가 말했다. 관계를 분명히 정의하고 싶었다.

신시아 졸터의 상담실은 비첨 번화가 근처의 볕이 잘 드는 현대식 건물 안 공동 진료실에 있었다. 접수 담당 직원과 대기실, 뻔한 사무실용 음악을 개빈 플랩클로스라는 의사의 진료실과 공유하고 있었다. 그녀의 집에 있는 비공식 상담실보다는 훨씬 밋밋하게 꾸며진 공간이었다. 커튼과 전등 갓, 티슈, 책상 위에 걸린 작은 유화 속 하늘색이 모두 차분하고 쨍하지 않은 노란색으로 맞춰져 있었다. 색은 아마도 담황색 또는 새조개 색일 것이다. 사무실에는 창문이 없었다. 액자 때문에 마치 사무실이 미지근한 에그노그 술

속에 빠져 있는 것 같았다.

반면 신시아 졸터는 우아한 모습으로 완전히 준비되어 있었다. 검은 머리가 뒤로 넘겨져 있어 미간에 모여 있는 눈썹이 도드라졌다. 그녀는 내가 만나본 여자 중에서 가장 금발과 멀었다.

"당신을 환자로 받을 수는 없어요." 그녀가 말했다. "진료실 밖에서부터 이미 아는 사이였으니까요."

"그 관계는 잊어버릴게요." 내가 말했다. "저를 해부해주셨으면 좋겠어요. 제 삶을 연구해주세요."

그녀가 웃었다. "과거를 되돌릴 수는 없어요. 그런 식으로 넘어갈 문제가 아니에요."

"연결성과 관련된 문제예요." 내가 말했다. "전문가의 조언을 구하고 싶어요."

"당신과 나, 우리는 바에서 만났어요. 당신이 나한테 술을 샀고요."

"현장 연구였다고 생각하죠." 내가 말했다. "당신은 내가 트로피즘(생물이 외부로부터 받는 자극에 대하여 행하는 무의식적인 행동 ── 옮긴이)을 표출하는 모습을 보고 싶었던 거예요. 내가 얼마나 연결성을 필요로 하는지도요. 일상생활 시나리오 테라피라고 부르면 어떨까요."

"외로운 두 사람이 바에서 만났을 뿐이에요."

나는 벽에 걸린 그림을 쳐다보고 있었다. 친숙한 그림의 복제본은 색이 바래가고 있었다. 누구의 눈에도 띄지 않은 채 추락하는 이카루스를 그린 브뤼헐의 작품이었다.

"당신 도움이 필요해요." 내가 말했다. "당신이 말한 게 잊히지 않아요. 망상이나 주관적 세계, 이중 인지 시스템이라든가, 서로 다른 성장 속도 같은 것들요. 그런 것들이 저에게도 해당이 될까요? 이해를 하고 싶어요."

그녀는 한숨을 쉬었다.

"목표가 뭔가요? 다시 관계 속으로 들어가는 것? 제가 알기로 당신은 지금 비연결 상태인데요."

"제가요? 자, 보세요. 이미 저를 돕고 계시잖아요. 제가 완전히 모르고 있던 걸 알려주셨거든요. 제 상황에 맞는 단어 말이에요. 비연결 상태라니. 바로 그거예요. 신시아, 제 일상에 문제가 있다고 생각하지 않나요? 제 주변 사람들은 모두 자기만의 이론이 있거나 집착에 사로잡혀있어요. 이렇게 가다가는 저도 하나쯤 생길 것 같단 말이죠."

신시아 졸터는 고개를 숙이고 혼자 미소 지었다. 그녀는 책상 위에 서류철을 놓고 다리를 꼬았다.

"앨리스의 실험에 발을 들이셨던데요." 그녀가 말했다.

"*결함*에서는 어떤 체계도 찾을 수 없어요. 당신은 *결함*을 그저 장막으로 이용하고 있을 뿐이죠."

"그게 무슨 뜻인가요?"

"제 도움이 필요하다 하셨지만 저는 당신이 자신을 속이고 있다고 생각해요. 당신은 당신 자신이 다른 사람에게 영향을 미친다는 사실을 인정하고 싶지 않은 거예요. 책임을 피하기 위해서요."

나는 멍하니 그녀를 바라보았다. 배경음악 소리가 커졌다.

"당신이 전화했을 때 무슨 생각을 한 줄 아세요?"

답을 생각해내는 동안 아무 말도 할 수 없었다.

"솔직하게 말할게요, 필립. 나는 당신이 앨리스와의 관계에서 생긴 문제 때문에 내 진료실에 온다면 아무런 관심이 없어요. 두 사람이 관계가 있다고도 생각하지 않아요. 앨리스는 떠났어요. 내가 관심 있어 할 만한 건 트로피즘을 드러내는 당신이죠."

나는 얼굴이 붉어지고 손이 축축해지는 것을 느꼈다. 부담스러울 정도로 매력적인 여성이 솔직한 마음을 보였을 때 나타날 만한 일반적인 공황 증상이었다.

"저는 당신 상담사가 될 생각이 없어요." 그녀가 말했다. "당신 잠자리 상대라면 모를까."

그녀는 의자 깊숙이 몸을 묻었다. 그녀의 뺨도 살짝 붉게 물들어 있었다. 구애를 받은 것 같아 머리가 어지러웠다. 이렇게 간단한 일이었나? 이렇게 앨리스와는 끝일까? 신시아 졸터가 직소 퍼즐 조각을 떼어내듯 나를 들어 올려 자기 퍼즐 속에 옮겨놓을 수 있을까?

머릿속으로 답을 찾는 동안 내 속에서 공허, 결핍이 느껴졌다.

"내담자의 비밀을 남용하실 생각인가요?" 직접적인 답을 피하며 내가 말했다. "불만을 접수해도 되나요? 소송을 걸 수도 있으려나?"

"나는 돈을 받은 적도 없고 전문가로서 당신을 만나겠다고 구두로라도 약속한 적 없는데요." 그녀가 말했다. "우리는 이 사무실에서 만난 두 사람일 뿐이에요. 상담사와 환자가 아니라."

"좋아요. 악감정은 없어요. 그냥 확실하게 해두고 싶었을 뿐이죠."

"이해해요. 게다가 이게 고급 치료 과정의 일부일 수도 있고요. 뭐라고 하셨죠? 일상생활 시나리오 테라피요."

나는 어떻게 반응해야 할지 몰라 희미하게 미소만 지어 보였다. 신시아 졸터가 의자에서 일어나더니 책상을 돌아

나오며 내 시야 밖으로 사라졌고, 곧 내 의자 뒤에서 다시 나타났다. 그녀는 팔을 내가 앉은 의자 등받이에 올리고 손가락을 내 어깨 위에 가볍게 얹었다.

"긴장 풀어요." 그녀가 말했다.

"긴장한 게 아니에요. 불신과 공포에 가려 보이지 않겠지만. 저는 아주 편안하다고요."

"필립."

"게다가 당신이 매력적이라고 생각해요. 하지만 사람들끼리 접점이 생겼을 때 어떤 문제가 생기는지를 전문적으로 연구하는 여성에게 어떻게 다가가야 하는지 모르겠네요."

"걱정하지 말아요."

"게다가 당신 사무실은 다른 세계에 텔레비전 토크쇼 호스트를 보내기 위해 만든 우주 캡슐의 숙소처럼 생겼다고요."

"나가서 좀 걸을까요?"

"그러죠."

그녀는 접수 담당 직원과 잠깐 이야기를 나눴고 우리는 밖으로 나갔다. 쌀쌀하지만 화창한 오후였다. 그녀가 내 손을 잡고 길모퉁이를 돌아 진료실 건물 뒤 잔디가 깔린 뒷마당으로 데려갔다. 뒷마당은 얇은 벽돌 담으로 도로와 분리되어 있었다. 룩앤라이크의 주차장이 보였다. 노란 방수포 천막 아래에서 쇼핑객들이 솔방울과 전나무로 만든 크리스마스 리스를 구경하고 있었다. 나는 고개를 들어 진료실 건물의 엠보싱 유리창 뒤에서 움직이는 형체를 발견했다.

나는 손가락으로 가리키며 말했다. "플랩클로스 씨인가요?" 신시아 졸터는 끄덕였다. "저분도 커플 상담을 하시나요?"

"질 생태학자세요."

"네?" 그녀는 다시 한번 말해주었다. "부인과 전문의 말이군요."

"맞기도 하고 아니기도 해요. 개빈은 단어를 뿌리 단위로 쪼개서 자신이 하는 일의 의미를 제대로 표현하고 싶어했어요. 질의 생태계, 질을 텅 빈 곳이 아니라 환경으로 보는 거죠."

"그럼 자신을 뭐라 소개하나요? 환경보호국장?"

신시아 졸터가 웃었다. 바람이 불어 머리칼 한 가닥이 입 안으로 들어갔고 그녀는 손가락으로 머리칼을 정리했다.

나는 결함이 우주의 질이고 검사를 받기 위해 차가운 철제 테이블 위에 누운 것이 아닐까 생각했다. 다리를 강제로 벌린 채 흰 연구실 가운을 입은 전문가 열댓 명에게 검사를 당하고 있는 게 아닐까. 어쩌면 앨리스는 결함의 질을 보호하려 했는지도 모른다.

신시아 졸터가 내 손을 꽉 쥐었다. 바람 때문에 머리칼이 얼굴을 세차게 때리자 그녀는 눈을 깜빡였다.

"계속 앨리스와 함께 있을 필요 없어요." 내 생각을 읽기라도 한 듯 그녀가 말했다. "이 정도면 할 만큼 했어요. 당신 잘못이 아니에요. 이제 당신이 원하는 대로 해도 괜찮아요."

날은 추웠지만 꼭 잡은 우리 두 사람의 손 사이에 땀이 맺히기 시작했다.

"내가 앨리스와 함께 있고 싶다면요?" 내가 말했다.

그녀가 미소 지었다.

"다른 선택지가 있다는 것만 잊지 말아요. 당신 인생을 바꿀 수 있는 선택지요. 사람들은 그걸 잘 잊어버려요."

그녀가 내 손을 당겼고, 우리는 키스할 수 있을 만큼 가까워졌다. 그녀의 입술은 건조하고 차가웠다. 내 입술로 그녀의 미소를 느낄 수 있었다.

아주 잠깐이었다. 하지만 내가 신시아 졸터에게서 아무것도 느끼지 못하는 것처럼 앨리스도 나에게서 아무것도 느끼지 못할지 생각하기에 충분한 시간이었다. 우리 세 사람은 사슬처럼 얽혀 있는 걸까?

더 중요하게는 내가 신시아 졸터의 감정을 깨웠다면, 그녀의 품으로 들어간다면, 그 또한 연쇄 반응을 일으켜 결함이 앨리스를 받아들이도록 만들 수 있을까?

수수께끼를 풀기도 전에 키스는 끝났다. 우리가 떨어질 때 입술이 살짝 달라붙어 있었다. 어쨌든 내게 작은 비밀이 생겼다. 이 키스는 내 머릿속에 새겨질 것이고, 우리 집으로 돌아가서도 보이지 않는 표식이나 흉터로 남아 있을 것이다.

나는 눈을 떴다. 머리 위로 작은 비행기 모양 드론 한 대가 꼬리에 '셀레스트, 나랑 결혼해줄래?'라는 배너를 단 채 몽실몽실한 구름을 등지고 날고 있었다. 짧은 문장이 아주 먼 공간까지 전달되고 있었다. 경이로운 방법이라 생각했다. 답은 당연히 '좋아'일 것이다. 드론은 건물 뒷마당 위에서 둥근 원을 그리며 날다가 사라졌다.

나는 신시아 졸터를 바라보았다.

"생각할 시간이 필요해요." 내가 말했다. "나는 앞을 볼 수 없는 남자 두 사람과 말을 하지 않는 여자 한 명과 함께 살고 있어요. 그 여자는 지금 자화상을 그리고 있어요. 구운 식빵만 먹으면서요. 거길 나오는 선택지가 있다는 건

멋지지만 그럴 수 없어요. 결함은 이제 내 삶의 일부가 되었죠. 끝을 봐야 해요. 앨리스만큼 나도 연관이 되어있다고요."

신시아 졸터는 내 어깨를 잡아 내 입가에 다시 한번 재빨리 입술을 가져다 댔다. 나는 어떤 반응도 하지 못하고 입술을 오므린 채 서 있었다.

"이해해요." 그녀가 말했다. 그녀는 자신감에 차 보였다.

그녀는 내가 모르는 무엇을 알게 되었을까?

"긴장 풀어요." 그녀가 말했다. "시작이 조금 느리고 어색하다 해도 괜찮아요. 관계의 전체적인 맥락과 지속될 믿음은 첫 만남 몇 번 동안 발전하죠. 감정의 소용돌이에 빠져 서로 밀고 당기면서 말이에요. 이런 재료들이 많을수록 관계는 더 나아져요."

나는 아무 말도 할 수 없었다.

"우리 되게 예쁘게 앉아있네요." 그녀가 말했다.

내 무릎은 오므려져 있었다. 나는 목소리를 잃은 사람처럼 입을 다물고 있었다. 신시아 졸터의 머리카락들이 흩날리며 내 뺨을 쓸었다. 나는 머리칼을 그녀의 귀 뒤로 넘겨주고는 그녀에게 딱 달라붙어 그녀를 붙잡고 다시 한번 키스할 뻔했다. 하지만 충동은 곧 매듭지어졌다. 키스 대신

나는 손을 들어 주차장에 세워진 내 갈색 닷선 자동차를
가리켰다.

"가셔야겠네요." 그녀가 말했다.

나는 손으로 운전대 같은 동그라미 표시를 만들어 보였다.

25

조지스 디 투스는 학교에서 해체주의자로 통했다. 말처럼 길고 작은 얼굴에 흠잡을 데 없는 핀스트라이프 정장을 입고 다녔고, 꾸며낸 것 같은 근본을 알 수 없는 유럽 억양을 사용했다. 머리에 너무 커서 잘 맞지 않는 백금발 가발이 얹어져 있었다. 영문학과와 그의 차 사이에서 맨홀 뚜껑을 들듯 양손으로 커다란 가죽 서류가방을 쥐고 허둥대는 그의 모습이 목격되곤 했다. 또는 교수 회의에서 사색에 잠긴 채 아무 말 없이 빈 담배 파이프 구멍을 옆이나 아래로 향하게 쥐고 파이프를 질겅질겅 씹는 모습을 볼 수 있었다. 도서관에는 얄팍한 두께에도 불구하고 도무지 읽기 힘든 그의 작품 몇 권과 그의 반대자들의 신랄한 비판이 담긴 두꺼운 비평집이 꽂혀 있었다. 그는 YMCA 건물에 살고 있었다. 벌써 15년째였다.

내가 아는 한, 내가 디 투스를 소프트 교수의 사무실로 안내했을 때가 적어도 두 거장의 첫 만남이었다. 좋은 조짐이 보이지는 않았다. 두 사람은 대번에 서로의 손을 맞잡고 같은 톤으로 알아들을 수 없는 말을 웅얼거리더니 곧 입을 다물어버렸다. 나는 디 투스에게 의자를 권했고 그는 서류 가방을 세워 무릎에 올리며 자리에 앉았다. 서류 가방 위로 그의 코와 가발이 삐죽 나왔고, 바닥에 닿지 않은 발은 앞뒤로 덜렁거렸다. 소프트 교수는 의자에 등을 기대고 앉아 내 눈을 바라보고는 눈썹을 찌푸렸다. 나는 그에게 미소로 답했다.

디 투스는 내가 데려온 브라시아였다. 유럽에서 온 아군이자 비장의 카드였다. 나는 지난주 내내 그의 환심을 사 그가 *결함*에게 관심을 가지게 하려고 애썼다. 그가 관심을 보이자 나는 이 만남을 주선하려고 그를 구슬리기 시작했다. 이 만남은 나만의 미립자 충돌이자 서로 공통점이 없는 분야를 만나도록 만들 가능성이었다. 그리고 드디어 이 이벤트를 관찰할 수 있게 되었다.

"디 투스 교수님과 저는 *결함*에 접근할 방법을 고민해왔

습니다." 내가 말했다. "전화로 말씀드렸다시피, 교수님께서
실행에 옮겨주셨으면 합니다. 그것 말고 다른 준비는 모두
마쳤습니다. 단지 연구실을 사용할 시간을 좀 주셨으면 좋
겠습니다."

"내가 필립 교수를 지지하는 걸 잘 아시지 않습니까. 얼
마든지 연구실을 사용하셔도 됩니다."

"네, 그렇죠. 저희 제안은 좀 비정통적이지만 굉장히 재
미있어요. 다른 팀을 방해하지는 않을 겁니다. 문제가 생기
지는 않을 거예요."

"비정통적이라."

"네." 나는 디 투스 교수를 향해 고개를 돌렸다. 그는 서
류가방을 미끄러뜨려 무릎에 올려 두었지만 여전히 두 손
으로 손잡이를 꼭 쥐고 있었다. 그는 소프트 교수를 관찰
하는 중이었다. "현대적 비평을 활용한 접근 방식입니다."
내가 말을 이었다. "굉장히 창의적이죠. 우리는 결함을 자
립적인 글로 보려고 합니다. 표지판이랄까요. 결함을 읽어
보려고 합니다."

소프트 교수의 얼굴이 점점 창백해졌다.

"여기에서 우리가 이야기하는 글이란, 결함의 경우에는
말이죠, 독립적인 삶을 소유하고 있다는 뜻입니다. 어느 환

경에도 얽매이지 않은 채로요." 내가 말을 이었다. "설명할 수 있는 기준, 비판적 언어를 대상으로부터 끌어내는 거지요. 그 대상이란 역시 결함이고요. 편견 없이 접근하기만 한다면 모든 글에는 자체적인 해독방식이 있다고 보는 겁니다."

"흥미롭네요." 소프트 교수가 말했다. 그는 눈을 질끈 감았다.

"혹시 들어보신 적 있으신가요." 디 투스 교수가 말했다. "작가의 종말을 말이지요." 그가 말하면서 치켜올린 눈썹이 노란 가발 속으로 사라졌다.

소프트 교수는 디 투스 교수를 바라보았다. 두 사람 사이 공간에 마치 간섭 줄무늬(빛이 간섭된 결과로 암색대와 명색대가 번갈아 연속되는 무늬 — 옮긴이)가 생긴 것 같았다. 잘못된 만남이었다.

"들어본 적 있는 것 같은데요." 소프트 교수가 말했다.

"간단합니다." 디 투스 교수가 말했다. "작가도, 전작도, 장르도 없다고 인정하는 겁니다. 글은 독립적으로 존재하죠. 전기도, 심리학도, 역사주의도 버린다는 뜻입니다. 이런 것들은 대상을 올바른 시선으로 볼 수 없도록 만드니까요. 글 밖에 있는 것들은 아무것도 인정하지 않습니다. 결함도 마찬가지지요. 관련 없는 장르는 물리학이고 관련 없는 작가는 당신입니다. 결함의 작가가 결함 자신인 것처럼 연구할 생각입니다."

소프트 교수는 희미하게 미소 지었다.

"그렇다면 당신 연구에 포함되는 건 뭐죠?"

"더 많은 글이요." 디 투스가 말했다. "유일하게 얻을 수 있는 답이죠."

"디 투스 교수님이 상응하는 인공물을 만들 겁니다." 내가 설명했다.

"결함처럼 밀도 있으면서 일관성과 독창성을 갖춘 글에 올바르게 접근하는 방식은 그에 걸맞은 수준으로 비판하는 것입니다."

"챔버에 앉아서 글을 쓰시겠다는 말입니까?" 소프트 교수가 불편한 기색을 비치며 말했다.

디 투스 교수는 어깨를 으쓱했다.

"챔버 안이든 밖이든 글을 쓰겠죠. 결함 자체를 언급하지 않을 수도 있습니다. '결함'이라는 단어만 언급될 수도 있어요. 그리고 내 학생들은 내 글을 연구할 겁니다. 결함에 접근할 필요 없어요. 당신의 소중한 시간을 최소한으로 사용하도록 할 수 있죠."

"송구스럽지만" 소프트 교수가 말했다. "*결함*은 예술이 아닙니다."

"그건 제가 판단하도록 하죠. 예상치 않은 곳에서 의미를 찾을 수도 있으니까요. 예를 들어 당신의 물리학은 충분한 의미를 찾지 못하지 않았습니까."

나는 갑자기 영감이 떠올랐다. "우리가 *결함*에 새로운 글을 제공할 수도 있겠네요. *결함*이 받아들이는지 보죠."

"*결함*은 물리학이 맞습니다." 소프트가 힘없이 저항했다. "*결함*과 물리학은 서로 분리할 수 없다고요."

"소프트 씨, *결함*은 말이지요, 어떠한 진부한 설명도 뛰어넘는 유일무이한 기념물입니다. *결함*은 의미를 찾으려는 경향이 엄청나게 강합니다. 피뢰침처럼 의미를 끌어모으는 듯해요. 나처럼 의미를 사랑하는 사람에게는 거부할 수 없는 현상이지요. 순수한 기표랄까요. *결함*은 능동태 동사이기도 하고 수동태 동사이기도 합니다. 오브제와 공간을 동시에 상징하지요. 그는 한 가지로 정의할 수 없습니다. 물리학은 표면을 분해하고 그 너머에 있는 입자로 구성된 진실을 찾으려고 하지요. 얼마나 깊이 파고들든 나는 그 깊이에 반대합니다. *결함*이 가진 의미는 모두 표면에서 찾을 수 있고 그의 표면은 무한한 것처럼 보입니다. 당신의 접근 방식은 무용지물이지요."

디 투스 교수는 계속해서 부은 입술을 덜덜 떨며 귀에 거슬리는 문장을 내뱉었다. 소프트 교수는 시든 완두콩처럼 노랗게 질렸다. 그를 보호해야 할 것 같았다. 디 투스를 얼른 내쫓고 싶었다. 어쨌든 우리 의도는 전달했으니까. 하지만 이 작은 남자는 가느다란 손가락 관절이 하얘지도록 서류가방 손잡이를 움켜쥔 채 쉬지 않고 입을 놀리고 있었다.

"아마도 제 글과 당신의 방식이 서로를 무효로 할 수도 있겠어요. 아시다시피 그런 경우가 많지요. 결함이 아직까지 답을 얻어내지 못한 주장일 뿐일 수도 있습니다. 아니면 결함이 도구나 방법인데 아직 어디에 사용할지 발견하지 못한 걸 수도 있고요. 사실 결함은 이 모든 것일 수도, 그보다 더한 무언가일 수도 있죠. 결함은 필연적으로 빈 표지판입니다. 어떤 독자에게나 무슨 의미든 전달할 수 있는 표지판이요."

소프트 교수는 그의 창백하고 축축한 이마를 손으로 짚었다.

"조금 덥지 않나요?" 아무 답이 없었다. 소프트 교수는 넥타이 매듭을 잡아당겼다. "계속하시죠." 그가 마침내 말했다. "방해하려던 건 아니었습니다."

"아마도 결함이 존재하지 않는다는 것을 증명해야 할 수도 있습니다." 디 투스 교수가 말했다.

소프트 교수는 자신의 이마를 짚은 손바닥 밑에서 도움을 청하듯 나를 바라보았다.

"그리고 어쩌면 우리 자신이 존재하지 않는다는 것을 증명해야 할 수도 있지요. 어쩌면 결함이 진정으로 존재하는 것과 존재하지 않는 것들을 분리해서 세상을 고치는 중인지도 모르죠. 존재하는 데 실패한 사람은 건널 수 없는 현실 세계와의 경계 너머에 있는 과거를 추억하게 될 수도 있어요."

소프트 교수는 창문을 열기 위해 의자에서 일어났다. 그는 입으로 숨을 쉬고 있었다.

"괜찮으세요?" 내가 묻자 소프트 교수는 고개를 저었다.

나는 일어서서 그의 어깨를 붙잡고 문밖으로 나가 복도로 향했고, 그는 벽을 짚고 무너져내렸다. 그는 두려움에 찬 눈에서 입가까지 손으로 쓸어내린 다음 입을 가렸다. 그의 얼굴이 초록색 연못처럼 변했다. 디 투스 교수는 의자에서 폴짝 뛰어내려 서류 가방을 끌고 우리가 서 있는 복도로 나왔다.

"아마도 결함이 우리 꿈을 꾸는 중인데 과학적 실수 때문에 꿈의 주인과 눈을 맞추게 된 건지도 모르지요."

소프트 교수가 켁켁거리며 몸을 웅크리자 셔츠 주머니에서 연필이 쏟아져 나와 바닥에 흩어졌다. 그가 몸을 바로 폈을 때 그의 손가락 사이사이에는 침방울이 맺혀 있었다.

"미안합니다." 그는 숨을 헐떡였다. 그러고는 다리를 절며 복도를 걸어가 남자 화장실로 들어갔다. 화장실 타일 벽을 타고 희미하게 울려 퍼지는 헛구역질 소리가 들렸다.

나는 디 투스 교수를 쳐다보았다. 그는 가발 아래로 숨겨질 만큼 눈썹을 한껏 치켜올리고 있었다.

26

사흘 후 앨리스는 휘갈기듯 그린 그림 15점인지 20점인
지를 자신의 토요타 자동차에 싣고 물리학과 건물로 차를
몰았다. 그녀는 직원용 주차장에 차를 대고 건물 로비에서
그림들을 내린 후 엘리베이터까지 옮겼다.

나는 닷선 자동차를 타고 일정 거리를 유지하며 그녀 뒤
를 따라가서 차에서 내려 걸었다. 그녀는 나를 보지 못했다.

캔버스에는 불안정하고 서툰 붓놀림으로 그린 진흙탕에
서 꺼내 온 것 같은 자화상이 그려져 있었다. 추상화 몇 점
과 정물화 몇 점도 있었다. 에반과 가르스를 그린 그림도 한
점 있었다. 사실 나는 그녀가 요즘 그리는 그림들이 좋았다.
예전에 그리던 그림들보다는 훨씬 나았다. 어쩌면 감정적인

상황이 그녀를 옭아매던 족쇄를 풀었고, 예술성의 경계로 그녀를 밀어냈을지도 모른다고 생각했다. 그녀의 그림은 적대적이고 무뚝뚝하며 마약에 취해 그린 듯한 1950년대 스타일을 그대로 재현하고 있었다.

하지만 과연 결함이 그림들을 좋아할까?

곧 알게 될 것이다.

엘리베이터 문이 닫히자 나는 스파이가 된 것 같은 기분으로 계단으로 향했다. 콘크리트가 드러난 계단실 벽과 방사성 낙진 지하 대피소 표지판, 철장 안에서 빛나고 있는 알전구 덕분에 스파이 영화 안으로 들어온 것 같았다. 나는 계속 발걸음을 옮겼다. 숫자로 표시된 층마다 층계참이 세 개 있었고 계단 방향도 세 번 바뀌었다. 건물에는 엘리베이터가 서지 않고 지나치는 층들이 있어 보기보다 훨씬 깊었다. 건물 안에 반건물이 존재하는 게 아닌지 궁금했다. 반미립자 충돌 실험을 하는 반물리학자들이 있는 반건물이 존재하지 않을까? 바닥과 천정에서 들리는 이상한 소리에 어리둥절해 하는 반인간들이 있을지도 모른다.

결함이 있는 층에 도착해 비상구 문을 열었다. 복도에는 나뿐이었다. 앨리스도 모습이 보이지 않았다. 관찰실로 들어가니 연구실 가운을 입고 입을 벌린 채 사과를 씹고 있는 브라시아가 보였다.

그는 고개를 까딱하며 챔버를 가리켰다.

"혼자 있고 싶답니다." 그가 말했다.

"그림들을 가지고 들어갔나요?"

그는 고개를 끄덕였다.

앨리스가 결함과 단둘이 있다. 바로 이런 상황이었다. 거의 막을 수 있었는데. 브라시아가 방에 있는 게 못마땅했다.

"결함에게 그림을 주고 싶다네요." 내가 말했다. "자화상이요. 자기 대신 말이죠."

브라시아는 미소를 짓더니 사과를 씹어 삼켰다.

"물리학 같네요. 자화상을 그리는 것 말입니다. 보려 하는 대상은 움직이죠. 묘사하려 하면 변하고요. 곁눈질로 보면 피하고, 똑바로 쳐다보며 눈을 부라리면 얼굴을 일그러뜨리죠."

나는 브라시아의 무릎에 시선을 고정한 채 챔버 입구 맞은편 벽에 등을 털썩 기댔다.

"좋습니다." 그가 말했다. "대화하기 싫으시군요, 아무리 재미있는 이야기라도 말이지요. 걱정하며 심각한 얼굴로 계시고 싶으시겠죠. 이해합니다. 하지만 여기 계시면서 걱정하실 거라면 저는 집에 가서 낮잠이나 좀 자야겠습니다.

저라고 밤새 여기 있고 싶겠습니까? 텔레비전이나 보러 가야겠어요."

"제가 있을게요." 내가 말했다.

"오래 걸릴 수도 있어요." 그가 말했다. "저녁을 드시고 다시 오실래요? 기다리죠."

"괜찮습니다."

브라시아는 어깨를 으쓱하더니 밖으로 나갔다. 잠시 후 브라시아를 태운 엘리베이터가 로비로 올라가며 내는 그르릉 소리가 들렸다.

그는 앨리스를 감시하는 일을 나에게 오롯이 맡기고 떠나버렸다.

나는 다리를 쭉 펴고 시간을 확인한 다음 숨을 들이쉬었다. 바로 이렇게 그녀를 나의 보호 아래 두길 원해왔다고 생각했다. 나는 그녀를 기다리기 위해 자리를 잡았다.

집중해서 귀를 기울였지만 아무것도 들리지 않았다.

움직여볼까 하고 몸에 힘을 주었다. 그러다 힘을 풀었다. 딱히 할 일이 없었다.

머릿속으로 밝은 대화 주제를 생각해냈다. 하지만 앨리스는 어차피 내가 재치 있는 농담을 던질 만한 기회를 주지 않을 것이었다.

앨리스가 결함과 단둘이 있다. 나는 혼자였다. 그녀는 이 시간을 나보다 흥미롭게 보내고 있으리라는 생각이 들었다. 그녀는 마음을 사로잡은 대상과 함께였고 나는 지루하게 혼자 시간을 보내고 있으니까. 지루하고, 배고프고, 외로운 채로.

누구라도 보고 싶었고 사람 목소리가 그리웠다. 신시아 졸터라면 어떨까. 아니면 에반이나 가르스라도 좋다. 어찌나 외로운지 브라시아가 돌아와서 시답지 않은 이야기를 해줬으면 좋겠다고 생각할 정도였다.

복도 모퉁이를 돌면 바로 공중전화가 있었다. 음식을 주문할 수 있었다. 앨리스와 떨어져 있는 시간은 어차피 잠시뿐일 것이다. 나는 전화기로 갔다. 전화번호부는 딱딱한 겉장이 벗겨져 너덜거리고 있었지만 나는 학교 근처에 있는 피자가게 전화번호를 찾아냈다.

"작은 사이즈 피자 한 판이랑 맥주 한 병이요." 나는 수화기 너머 피자가게 종업원의 소년처럼 앳된 목소리에게 주문했다. "하지만 치즈는 빼주세요. 치즈 빠진 피자를 만들어 주실 수 있나요?"

"일반적인 주문은 아니라서요." 종업원이 말했다. "확인해 볼게요. 잠시만 기다려주시죠." 그가 돌아왔다. "피자 작은 사이즈 하나, 치즈 없이요. 원하시는 특선 재료 있으신가요?"

"특선 재료요?"

"특별히 원하시는 재료요. 버섯, 마늘, 파인애플 같은 것들요."

"버섯으로 할게요."

"하나만요? 세 개 선택하시면 할인받으실 수 있는데요."

나는 잠시 고민했다. "특별히 치즈를 얹지 않기로 했다고 치면 어떤가요?"

"음, 알겠습니다. 그럼, 작은 사이즈 피자에 버섯, 치즈는 빼고요. 하나 더 골라주세요."

"파인애플도 빼고요. 어떤가요?"

잠시 정적이 흘렀다. "잠시 확인해 볼게요."

"됐습니다." 그가 돌아왔을 때 내가 말했다. "피자 주문은 없던 걸로 해주세요. '치즈 없이'를 특선으로 쳐달라는 건 장난이었어요. 그냥 맥주만 가져다주시죠. 피자 주문을 하다 보니 목이 마르네요."

"그렇게는 안 될 것 같은데요. 맥주만 배달하는 건 규정에 어긋나는 데다 위법일 수도 있어요. 제가 해고되거나 체포될 수도 있고요."

"확인해 보세요." 내가 말했다. "기다릴게요."

"그렇게 하겠습니다."

복도에 엘리베이터로 향하는 발걸음 소리가 울려 퍼졌다. 나는 깜짝 놀라서 수화기를 떨어뜨리고 발걸음 소리를 확인하기 위해 달려갔다. 여자 한 명이 모퉁이 뒤로 사라졌다. 키가 앨리스만 하고 머리도 금발이었지만 두피가 보일 정도로 짧은 길이였다. 아마추어 미용사가 누덕누덕 자른 스포츠머리 같았다. 앨리스가 아니라 다른 사람이었다. 하지만 그 여자가 어디에서 나타났을까? 당황한 나는 쏜살같이 챔버로 달려갔다.

문이 열려있었다. 나는 안을 확인했다. 앨리스가 없었다. 결함이 놓인 테이블에 스포트라이트가 반사되어 눈이 멀 것 같은 광을 내고 있었다. 챔버는 마치 새뮤얼 베케트(희곡 『고도를 기다리며』의 작가 — 옮긴이)의 연극 무대 세트장 같았다. 가위와 앨리스의 그림 더미들이 저쪽 벽에 기대어 세워져 있었다. 챔버의 다른 공간은 텅 비어 있었다. 나는 그림에 가까이 다가갔다. 앨리스가 고문 같은 짝사랑에 길든 자신을 그린 자화상들이었다.

정물화와 추상화, 에반과 가르스의 그림들은 사라지고 없었다. 결함이 받아준 모양이었다.

*결함*이 앨리스가 그린 다른 그림들은 좋아했던 게 분명하다. 하지만 그녀의 자화상은 아니었다.

가위 옆으로 노란 그림자가 바닥에 흩어져 있었다. 앨리스의 머리카락이었다. 한때는 내가 베고 자기도 했던 그녀의 금발 머리카락, 내 눈물로 얼룩졌던 그 머리카락이 이제는 연구실 바닥에 널브러져 있었다. 나는 아래로 손을 뻗어 머리카락을 한 줌 쥐고 코에 가져다 댔다. 앨리스의 향기가 배어있었다. 그녀의 얼굴을 내 가슴에 묻고 머리칼을 쓸어 넘겨주던 기억이 났다. 격렬히 섹스하며 그 머리카락들을 쥐고 당기던 기억이 났다. 이제 그 머리카락들은 난도질당한 뒤 *결함*에게 바쳐졌다가 거절당했다. 나는 머리카락을 떨어뜨리고 복도로 뛰쳐나갔다. 앨리스는 사라지고 없었다.

27

"암흑 물질(우주에 존재하는 물질 중 아무런 빛을 내지 않
는 물질 — 옮긴이)에 관해 읽고 있었어요." 에반이 말했다.

우리는 도서관 앞 볕이 드는 잔디밭 위에 앉아 있었다.
땅은 시원하고 축축했고 거대한 덩어리 같은 학교 건물이
멀리 아른거리는 신기루처럼 보였다. 에반은 내 오른쪽에
십 대 소녀처럼 다리를 옆으로 포개고 머리를 한쪽 어깨로
기울인 채 앉아있었다. 가르스는 내 오른 쪽에 야구 포수
처럼 쭈그리고 앉아 혀를 내밀고 양손 가득 잔디를 움켜쥐
고 있었다. 들판 저 끝에 발을 맞춰 자리를 옮기는 악단 단
원들이 보였지만 튜바나 케틀드럼 같은 악기 소리는 들리
지 않았다.

"암흑 물질이요?" 내가 말했다.

"우주에 있는 물질의 90퍼센트는 감지할 수가 없답니다. 하지만 암흑 물질이 존재한다는 사실을 알지요. 수식의 균형을 맞추려면 암흑 물질이 필요하니까요. 다른 것들을 지지하는 역할이죠."

가르스는 잔디 한 줌을 뜯어 코에 가져다 대며 눈썹을 일그러뜨렸다.

"우리한테는 세상이 그렇죠." 에반이 말했다. "모든 것이 암흑 물질이에요. 우리는 항상 실험을 설계하고 암흑 물질들의 존재를 확인하려 하죠. 하지만 결코 확인할 수는 없어요. 우리는 그냥 거기에 그것이 존재한다는 사실을 믿을 수밖에 없죠."

가르스는 지팡이를 집어 들고 지팡이 끝으로 땅을 쑤셨다.

"그래서 저는 궁금합니다." 에반이 말했다. "가르스와 제가 잘못된 우주에 있는 게 아닌가 싶어요. 다른 우주에서는 우리 눈에 보이는 유형의 물질이 있을 수도 있잖아요. 우리가 훨씬 작아지면 말이죠. 아원자처럼."

"하," 가르스가 갑자기 끼어들었다. "나는 미립자를 볼 수 있다고 했는데, 아무것도 보지 못했어."

가르스는 언제나처럼 나와의 대화에서 에반을 끌어내

평소처럼 강박적으로 꼬리에 꼬리를 무는 자신과의 만담 속으로 이끄는 중이었다. 에반은 망설였다. 그는 답을 하지 않을 수 없게끔 만드는 가르스의 빈정거림에 반응하고 싶어 하지 않는 것 같았다. 하지만 그는 습관이 이끄는 대로 할 수밖에 없었다.

가르스는 땅을 쑤시던 것을 멈추고 콧구멍을 넓히며 에반의 답을 기다렸다.

"하지만 우리가 볼 수 있는 것도 있잖아." 에반이 나를 향해 말했다. "우리 둘만 있을 때 하는 이야기예요. 망막 패턴이요. 아시겠지만 항상 보인답니다. 눈을 감는다고 해도 사라지지 않아요. 그게 암흑 물질인지도 모르죠. 당신들은 10%의 현실을 보고 가르스와 내가 90%를 보는 거예요."

"하." 가르스가 말했다.

"신시아는 그걸 모양과 색이라고 부릅니다." 에반이 말했다. "우리가 보는 걸 그렇게 불러요."

"어떤 게 모양이고 어떤 게 색인지 알지도 못하잖아." 가르스가 말했다.

"나도야. 신시아가 했던 말을 떠올려 봐. 모양은 소리 같은 거고 색깔은 냄새 같은 거랬어. 그래서 예를 들면 붉은 구름은 특정한 냄새와 결합된 특정한 소리일 수 있지."

"하지만 알 수 없잖아. 신시아는 네가 보는 걸 못 보니까."

에반이 목소리를 가다듬었다. "상관없어."

"하지만 알 수 없잖아." 가르스가 땅을 쿵쿵 치며 말했다.

갑자기 가르스가 싫어졌다. 그가 지구의 숨통에 휘감긴 무게 추처럼 느껴졌다. 어쨌든 에반의 목을 휘감고 있는 것만은 확실했다. 신시아가 두 사람을 강제로 떼어놔야 한다.

우리는 아무 말도 하지 않았다. 에반은 맥이 풀린 채 앉아 있었다. 가르스는 지팡이 끝으로 단호하게 축축한 땅을 쑤셔댔다. 나는 겨울 하늘에 뜬 구름을 바라보았고 생각은 앨리스에게로 향했다.

"보인다는 건 뭘까?" 가르스가 말했다.

"뭐라고?" 에반이 말했다.

"보인다는 게 뭘까? 보인다는 게 뭐냐고?"

악단이 여전히 연주하는 시늉을 하며 대형을 유지한 채 우리에게 다가왔다. 에반과 가르스는 하늘을 올려다보며 소리가 들리는 쪽으로 귀를 기울였다. 악단은 우리를 지나쳐 갔고 단원들이 일제히 잔디밭에 발을 구르는 소리와 나팔 연주자가 밸브를 여닫는 딱딱 소리 말고는 아무 소리도 들리지 않았다.

"보인다는 건 눈에 영화를 트는 거야." 가르스가 말했다.

"세상에 존재하는 게 아니라."

"영화?"

"밖에 있는 무언가나 암흑 물질 같은 게 아니라는 거야. 눈 안에서 일어나는 일이라고. 영화처럼. 차이가 있다면 우리 말고 다른 사람들에게는 모두 같은 영화가 상영된다는 거지. 신시아, 필립, 앨리스는 모두 같은 영화를 보고 있어. 그러니까 그들은 볼 수 있는 거야. 너와 나는 다른 영화를 보고 있으니 장님인 거고."

에반과 나는 아무 말도 하지 않았다.

"보인다는 건 꿈을 꾸는 거야." 가르스가 말했다. "볼 수 있는 건 존재하지 않아. 실재하는 건 한 번에 하나씩 가질 수 있지. 손에 들어왔다가 사라져. 흠." 그는 지팡이 끝을 만지다 말고 턱을 쓰다듬었고 그 바람에 턱에 진흙이 묻고 말았다. "보인다는 건 영화 같은 거야. 하지만 영화에 뭐가 잘못되거나 이상한 점이 있어도 자신을 의심하지는 않지. 누구도 '이런, 연구실에서 물건들이 사라지고 있어. 내 눈이나 뇌가 이상한 것 같아. 내가 장님이 되었나 봐'라고 말하지 않아. 그들은 자신 밖에서 원인을 찾지. '이런, 세상이 이상하게 돌아가고 있어. 결함이 생긴 것 같아'라고 말한다고. 음, 우리는 장님이 아닌 것 같아. 세상이 잘못된 거야.

사람들은 있지도 않은 것들에 관해 이야기하는 거고. 자기가 가진 것들에 대해서는 이야기하지 않아."

"내가 말했던 게 그거잖아." 에반이 말했다.

"정확해." 가르스가 말했다.

"그런데 내 말에 동의하지 않았잖아."

"하지만 이제 동의하잖아."

나는 에반을 쳐다보았다. 그가 볼 수 있는 눈을 가졌다면 나와 눈을 마주쳤을 것이다. 가르스의 시선을 피해 그럴 줄 알았다는 듯한 표정으로 나를 봤겠지. 하지만 그는 나와 눈을 맞출 수 없었다. 그의 시선 밖에 있는 사람은 가르스가 아니라 나였다. 에반과 가르스는 함께 둘만의 세상에 있었다.

두 사람이 서로의 세상에 속해 있다는 사실을 나는 그제야 깨달았다. 신시아는 두 사람이 그걸 이해하도록 도와야 한다.

"내가 특정한 물건의 정확한 위치를 일부러 잘못 말했으면 어떻게 할 거냐고 물었던 거 기억나?" 가르스가 말했다.

"응." 에반이 답했다.

"음, 걱정할 필요 없어." 가르스가 말했다. "나도 그것들이 어디 있는지 모르는 건 마찬가지니까."

28

다음날, 대학원생들이 직접 만든 *결함* 탐사선을 선보이기로 되어 있었기 때문에 나는 다시 연구실을 방문했다. 브라시아, 소프트, 디 투스, 그리고 나까지 주요 교수진들이 모두 참석했다. 앨리스만 자리에 없었다. 대학원생들이 상기된 얼굴로 우리 주위에 테이프로 케이블과 전선을 바닥에 붙이고 무전기와 녹음 장비를 테스트하며 실험 준비를 하고 있었다. 마지막 순간에 그들은 자신들이 만든 탐사선을 선보였다.

처음에 나는 탐사선이 *결함*에 비해 너무 크다고 생각했다. 하지만 그들은 입자 선별기 충돌수를 바탕으로 *결함*의 크기를 측정해둔 모양이었고, 따라서 탐사선은 *결함*에 들어갈 수 있다고 했다. 쓰레기를 한데 뭉쳐 만든 큐브 또는 괴짜 미술 선생님이 낸 과제물 같은 모양이었다. 1루수용 글러브, 2달러 지폐, 프렌치 혼, 야채 탈수기, 면봉 같은 재료들로 행성간 탐사선을 만든 셈이었다. 탐사선에는 월면차처럼 착륙을 위한 접지면이 있었고, 수평을 조절하고 물건을 집을 때 사용하는 로봇 팔도 달려 있었다. 잡히는 신호가 있길 바라며 달아 둔, 어느 방향으로나 뻗을 수 있는 접시형 안테나와 일반 안테나도 보였다.

그들은 탐사선을 가지고 들어와 특별히 마련한 철제 테이블에 올렸다. 탐사선은 *결함*에 대한 답이자 *결함* 속 부재를 채울 존재이자 투명 인간을 제압할 프랑켄슈타인'괴물 같았다. 탐사선 안에서 팬이 돌아가는 불길하게 웅웅대는 소리가 들렸다. 학생들은 철제 테이블을 *결함*이 올려진 테이블 쪽으로 밀었다가 다시 물렀다. 누덕누덕 붙여 만든 발명품을 들고 어쩔 줄 몰라 하는 자신들의 모습에 도취한 듯했다.

소프트 교수가 가장 낙관적이었다. 그가 가르치는 학생들이 만든 작품이니 당연했다. 그들이 성공한다면 물리학과의 명예를 되찾을 수 있었다. 그는 마치 큰형처럼 학생들 무리에 바짝 붙어 서 있었다. 반면 브라시아는 한쪽에 팔짱을 낀 채 뚱한 표정을 하고 서서 자신이 실패를 점치고 있다는 사실을 가감 없이 드러내고 있었다. 결함의 연구 시간을 낭비하는 것도 모자라 귀하신 몸인 자신의 시간까지 낭비하다니 모욕적이라는 표정이었다.

디 투스 교수도 자리에 있었다. 챔버에 프랑켄슈타인 박사들이 드글드글했다. 모두 자신의 괴물들과 함께였다. 소프트 교수는 결함과 브라시아와, 학생들은 엉망진창 탐사선과, 나는 디 투스 교수와 함께였다. 해체주의자 디 투스 교수가 서류 가방을 열어두는 바람에 그의 주변에 서류들이 흩어져 있었다. 그는 의심스러운 시선으로 주변을 훑어볼 때 빼고는 무릎 위에 아슬아슬하게 놓인 노트 위에 무언가를 정신없이 적어댔다. 이틀 전 나는 그에게서 편지 한 장을 받았었다. 나와는 별개로 혼자서 결함을 연구하겠다고 선언하는 일종의 성명서였다. 편지에서 그는 나를 '가짜 영화감독'이라 칭했다. 그는 우리가 소통하는 데 빠진 부분이 있었다고 주장했다. 나와 눈이 마주치자 그는 마치 내 시선에 종이가 오염되기라도 한 것처럼 얼굴을 찌푸리면서 무릎 위에 놓인 종이를 구겨 옆으로 휙 던져버렸다.

앨리스는 프랑켄슈타인 박사 겸 자신의 괴물이기도 한 것 같았다. 소프트 교수가 시작한 프로젝트를 활기차게 이끄는 동안 그녀는 창조자였다. 말없이 고뇌에 차서 머리까지 밀어버린 지금의 그녀는 괴물이었다. 그리고 결함이 그녀의 창조자가 되었다.

마지막 점검과 신호 송수신 테스트, 어설픈 발표회가 끝없이 계속되었고, 학생들은 자기들이 만든 기계를 보이지 않는 쌍둥이 형제와 마주 보도록 놓고 나란히 붙어 있는 테이블에서 멀어졌다. 조용한 카운트다운 후 탐사선은 교접을 위해 뒤뚱뒤뚱 걸음을 옮겨 자신의 형제에게 다가갔다. 나는 두려웠다. 이 기기도 결함 만큼이나 과학적 일탈이 아니던가? 저 둘은 확실히 형제였다. 미스터리한 탐사선을 조사하기 위해 결함을 사용한다 해도 이상하지 않았다.

탐사선은 두 테이블이 맞닿은 지점에서 위태롭게 허우적댔다. 우리는 모두 숨을 죽이고 그 광경을 지켜보았다. 곧 탐사선 안에서 다리가 내려와 균형을 잡고 다시 걸을 준비를 마쳤다. 탐사선은 계속 나아갔다. 우리는 참았던 숨을 몰아쉬었다. 학생들은 결함 안에서든 뒤에서든 잡히는 신호를 포착할 준비를 마치고 반대쪽에 서 있었다. 역-결함으로부터 온 신호랄까. 우리는 모두 결함의 입구를 향해 느릿느릿 걸어가는 탐사선을 뚫어져라 보았다. 다들 자신의 입장은 잊고 탐사선이 성공하길 바랐다. 브라시아조차도 그런 것 같았다. 사라져야 할 시점이 한참 지날 때까지 테이블 위에 남아있는 탐사선을 우리 모두 너그럽게 기다려주었다.

결함을 한참 지나쳤을 때까지도 탐사선은 연구원들이 열심히 노력한 결과물이었다. 하지만 가장자리에 가까워질수록 탐사선은 잘못된 지시를 받은 용사이자 아름다움의 대상이자 완전무장한 돈키호테가 되었다. 탐사선의 다리가 테이블 가장자리 밖으로 우스꽝스럽게 튀어나왔을 때, 특히 테이블 아래 타일 더미에 떨어진 후 절망적으로 다리를 허우적거리고 너덜너덜해진 팔로 애타게 허공을 더듬으며 방향을 찾았을 때 탐사선은 골칫거리가 되었다. 학생들은 자신들의 모니터를 외면하며 장비를 끄고 엄지를 바지 벨트 고리에 걸치거나 안경을 고쳐 썼다. 하지만 아무도 부서진 탐사선에 다가가는 사람은 없었다. 소프트 교수는 헛기침을 했다. 브라시아는 손으로 턱을 문질렀다. 디 투스는 계속 종이에 뭔가를 끄적이는 중이었다. 나는 연구실을 빠져나왔다.

29

이튿날 밤, 앨리스는 집에 혼자 남아 있었다. 두 장님은
신시아 졸터의 상담소에 있었다. 앨리스는 다리를 꼬고 침
대 한가운데 앉아서 용수철 공책에 그림을 그리고 있었다.
그녀는 그림 도구들을 모두 정리했다. 침대 옆에 있는 전등
말고 집 안 불이 모두 꺼져 있었다. 앨리스의 보이시한 짝
짝이 스포츠머리는 아주 불규칙하게 자라고 있었고, 나는
그녀의 목에서 머리로 이어지는 곡선이 중성적인 매력을
풍긴다고 생각했다.

집은 조용했다. 우리도 조용했다. 나는 문가에 섰고 그녀
는 고개를 들어 나를 바라보았다. 내가 아무 말도 하지 않
는다면 그녀의 침묵은 이상한 게 아니었다. 서로의 몸을 만

지기 직전처럼 보일 수도 있었다. 내가 애정 어린 침묵으로 그녀를 바라보고 그녀도 똑같이 나를 마주 보던 시절을 떠올렸다.

미치광이 과학자가 내면의 화학작용을 강제로 조종하는 느낌이었다. 내 심장에 '냉정한 현실'이라는 딱지가 붙은 액체와 '희망찬 망상'이라는 부글부글 끓는 액체를 번갈아 가며 점점 빠르게 부어서 넘친 액체로 내 인생의 바닥이 흥건하게 젖도록 만들고 있는 듯했다.

"커피 마실래?" 내가 말했다.

그녀는 나를 빤히 보았다.

"커피로 당신 묵언수행을 깰 수 있을 거라 생각했다니 좀 순진했네. 방금 마셨을 거 같은데."

그녀는 여전히 나를 빤히 쳐다보기만 했다.

"차는 어때?" 내가 말했다. "차를 마시면 좋을 것 같아. 누가 그러는데 차는 사람들 사이에 유대를 쌓아 준다더라. 커피는 좀 더 개인적인 사람들을 위한 거고."

앨리스가 싱긋 웃었다. 머리 꼭대기까지 붉게 물드는 기분이었다.

"그럼 차를 준비할게. 나가서 사 오지 뭐. 당신은 거기 앉아있어. 계속 웃으면서."

"필립." 그녀가 말했다.

"말을 하네."

"그만 얘기해도 돼." 그녀가 말했다. "잠깐 말을 멈춰 봐." 나는 고개를 끄덕였고, 그녀는 나를 보지 못했다. "필립, 왜 자꾸 나한테 말을 걸려 하는 거야?"

"그게 다야? 겨우 입을 열었는데 왜 말을 거냐고 묻는다고? 하고 싶은 말이 그거야?"

그녀는 고개를 끄덕였다.

미치광이 과학자는 이제 시험관들을 바닥에 내던져 '원통함'이라는 표시가 붙은 하수구로 액체들이 흘러가도록 두었다.

"믿거나 말거나 나도 입을 닫을까 했었어. 하지만 말을 줄이기보단 늘리는 게 해결책인 것 같았어. 복화술을 배울 수도 있을 것 같더라. 혼자 질문을 하고 답을 하는 거지. 에반과 가르스가 집을 나가고 나면 개랑 강아지를 입양해서 웃긴 목소리로 그들의 이야기를 대신 해줄 수도 있고"

반응이 없었다.

"당신에게 선택지가 있다는 사실을 알려주려고, 나는 결함이랑 다르다는 의미에서 말을 하는 거야. 나는 말을 하고 결함은 못하잖아. 존재론적 분열 전문가와 상담을 해왔는데 이야기를 하라는 처방을 받았어. 의사 처방대로 하는 거야. 나라고 이게 좋겠어? 악몽 속에 사는 것 같다고. 당신한테 커피를 권하는 내 목소리가 꿈에서도 들려. 엄청난 의리고 극진한 간호라 할 수 있지. 환자는 내게 호흡기를 떼달라고 부탁하고 있고."

발걸음 소리가 들렸다. 집 밖에서 지팡이를 두드리는 소리도 들렸다. 차 문이 쿵 닫혔다. 두 장님이 돌아온 것이다.

"내가 말을 거는 이유는, 그러니까, 두 사람이 들어오기 전에 당신에게 묻고 싶어. 가르스가 블루스를 잘 부를 것 같지 않아? 인종차별적인 발언인가? 크리스마스 선물로 기타를 사줄까 하는데. 당신 생각을 종이쪽지에 적어줘도 좋아."

두 장님이 달그락거리며 현관을 지나 어두운 집 안으로 들어왔다. 앨리스는 내게서 시선을 거뒀다. 가르스가 부산스럽게 곧장 주방으로 들어가서 윙윙거리는 냉장고를 열었고, 냉장고에서 쏟아져 나온 빛이 거실 비췄다. 에반은 문 앞에서 작은 원을 그리며 뒤로 돌아 내 쪽을 바라보고 섰다.

"필립?" 그가 말했다. "신시아가 당신과 이야기를 하고 싶다는군요. 밖에서 기다리고 있어요."

나는 다시 앨리스를 바라보았다. 그녀의 눈빛이 차가웠

다. 소통의 시간은 끝났다. 그런 시간이 진짜 있기는 했던 것일까. 조금 전에 뱉은 '앨리스'라는 단어는 원래의 용도가 희미해진 채 내 기억 속에 더 진하게 존재하는 듯했다.

"거기에 있어." 내가 앨리스에게 말했다. "조금 있다가 더 이야기하자. 내가 없는 동안 입술과 혀를 움직이는 연습을 좀 해 봐."

자동차 경적이 들렸다. 신시아가 그르렁거리며 성을 내는 폰티악 안에 앉아 있었다. 나는 조수석 창문으로 다가 갔다. 그녀는 자리에 앉은 채 창문이 바퀴까지 내려갈 만큼 세게 열림 버튼을 눌렀다.

"타요." 그녀가 말했다.

나는 그녀 옆자리에 탔다. "깡패예요?"

"문 닫아요."

그녀는 창문을 올리고 머리 위 전등을 켰다. 우리 숨 때 문에 창문에 김이 서렸다. 신시아 졸터는 키가 거의 나만 했고, 그녀의 긴 다리가 운전석 대시보드 아래 구겨 넣어 져 있었다. 차 안은 널찍했지만 그녀와 함께 있으니 좁은 공간에 웅크리고 있는 듯한 느낌이 들었다. 마치 한껏 들떠 서 커다란 상자 안으로 들어간 아이들이 된 것 같은 기분 이었다.

그녀는 지갑을 뒤적거렸다.

"여기요."

고개를 돌렸을 때 그녀는 직접만 얇은 담배를 문 채 손에는 라이터를 들고 있었다.

"뭐 하시는 거죠?"

"마리화나요." 그녀가 맞물린 입술 사이로 웅얼거리며 답했다.

그녀는 마리화나에 불을 붙였다. 마리화나 개비의 빈 부분에 불이 붙었다가 꺼지더니 곧 끝부분이 주황빛을 내며 타 들어가기 시작했다.

"머리에 불 안 붙게 조심해요. 차 안에서 여자가 불에 타고 있을 때 불을 어떻게 끄는지 잊었거든요. 그걸 뭐라 하더라, 라이프니츠 기법? 어쨌든 잊었다고요."

"이리 와요." 그녀가 연기 머금은 채 말을 뱉었다. 그녀는 구부린 손가락으로 눈을 비볐다.

"여기 있잖아요. 저기, 나는 곧 들어가서 굉장히 중요한 양방향 소통을 계속해야……"

신시아 졸터가 한 손을 내 목 뒤로 가져다 대고 벌어진 입에 격렬하게 키스하면서 내 목구멍에 연기 한 모금을 가득 내려보냈다. 나는 목을 꿀꺽해 연기 중 일부를 코로 내

보내고 나머지는 숨과 함께 들이켰다.

"당신은 다시 안 들어갈 거예요." 그녀가 말했다. "나랑 같이 가요."

그녀는 뿌연 앞 유리창을 손으로 동그랗게 문질러 닦고 중립 기어를 풀었다.

나는 연기를 내뿜어서 좁은 차 안을 완벽하게 연기로 채웠다.

"무서운 사람인 줄 진즉에 알아봤어요. 나는 당신한테 찍힌 거죠."

"네."

"코트도 안 가지고 나왔어요." 나는 딸꾹질을 하며 연기를 마저 뿜어냈다.

"괜찮아요."

그녀는 마리화나를 한 모금 빨며 집 앞 차도를 벗어난 뒤 나에게 개비를 넘겼다. 나는 내가 견딜 수 있는 정도로 짧게 한 모금을 들이켰다. 숨을 참아서 그런지 이미 물속에 들어와 있는 것 같은 느낌이었다. 내가 서툴게 연기를 내뿜자 밀폐된 차 안은 점점 짙은 연기로 가득 찼다. 마치 자동차가 거대한 폐가 된 것 같았다.

"어디 가는 거죠?"

"사무실이요. 나한테 줘요." 그녀는 시선을 도로에 고정한 채 급하게 한 모금을 빨았다. "받아요."

그녀가 다시 내게 마리화나 개비를 넘겼다.

"이걸 왜 피우는 거죠?" 숨을 뱉은 후 내가 말했다.

"긴장을 풀려고요."

"왜 긴장을 풀죠?"

그녀는 답하지 않았다. 우리는 그녀의 사무실 건물 바깥에 차를 댔다. 차는 작은 폭발이 일어난 것 같은 꼴이 되어 있었다. 비쳄의 길거리가 이상하리만치 조용했다. 신시아 졸터는 건물로 걸어 들어가며 차 문을 잠갔다.

그녀가 사무실 조명을 밝히자 깜짝 놀랄 만큼 큰 소리로 사무실용 음악이 흘러나오기 시작했다. 음악이 얼마나 복잡하고 정교하게 연주되었는지 알 수 있었다. 신시아 졸터는 사무실 문을 열고 나를 안으로 들였다.

"기다려요." 내가 말했다. "이 소리 좀 들어 봐요."

"미안해요. 어떻게 끄는지 몰라요."

"아름다운 음악이네요."

그녀가 웃었다. "따라와요."

"진짜 사람들이 진짜 악기로 진짜 시간을 내서 연주한 음악이에요." 내가 말했다. "생각해 봐요. 진짜 음악가들이 연주하는 진짜 음악. 녹음 스튜디오에서 말이죠. 재떨이와 커피도 있었겠죠. 열댓 번은 녹음했을 거예요. 지금 흘러나오는 이 음악은 여섯 번째 녹음본일 수 있어요. 저장해 둔 거죠."

"아마 대부분 첫 녹음에 성공할 거예요."

"사무실용 음악 아웃테이크(최종 편집과정에서 잘려 나간 필름을 일컫는 용어 — 옮긴이)의 해적판이 있을까요? 리듬이 너무 신이 나서 가끔 틀릴 수도 있잖아요. 그럼 제작자가, '좋아요 여러분, 이번 것도 괜찮았지만 제대로 끝내고 집에 가자고요'라고 하겠죠. 그런 일은 항상 있지 않겠어요?"

"들어와요." 그녀가 말했다.

그녀는 등 뒤에서 문을 닫아 위험할 정도로 안락한 그녀의 사무실에 우리를 가뒀다. 나는 소파에 앉았다. 사무실용 음악이 떠올랐다. 음악과 소파 모두 전에 그랬던 것처럼 에그노그를 생각나게 만들었다.

에그노그가 마시고 싶어졌다.

신시아 졸터는 내 옆에 와서 다리를 꼰 채 내 쪽을 향해 앉았다. 나는 무릎에 손을 올린 채 그녀의 책상을 마주 보고 앉아 있었다. 나를 빤히 바라보는 그녀의 시선을 느끼고 나도 고개를 돌려 그녀를 바라보았다. 그녀가 미소 지었다. 그녀는 매우 아름다웠다. 나는 나를 우리 집에서 멀리 떨어뜨려 이 멋진 장소로 데려와 준 그녀에게 감사하며 얼굴을 붉혔다. 그녀가 금발이 아니어서 좋았다.

"필립."

"신시아 졸터."

"성까지 부를 필요는 없어요."

"그러고 싶어요. 신시아 졸터 씨, 무슨 일로 날 사무실에 데려왔나요?"

"당신은 파괴적인 관계에 있어요. 나는 당신의 상담사로서 당신을 돕는 거예요."

"이게 상담인가요?"

"네."

"아주 좋네요."

"마음에 들어요?" 그녀가 미소 지었다.

"네. 혹시 에그노그 있어요?"

"에그노그요?"

"네. 음악이 에그노그 같아요. 어디 가면 살 수 있을까요? 이제 곧 크리스마스잖아요."

"상담이 끝나면 에그노그를 마시러 가요."

"상담이라. 아, 그렇죠."

신시아 졸터는 내 어깨를 잡고 내가 그녀를 향해 앉도록 한 다음 머리를 뒤로 쓸어넘기더니 몸을 숙였다. 그녀의 이목구비는 특별하게 자리 잡고 있었다. 익숙한 특별함이었다. 그녀는 얼굴을 내 얼굴에 가져다 댔다. 우리는 키스했다. 그녀 얼굴의 끈적한 부분이 내 얼굴의 끈적한 부분에 닿은 채 서로 엎치락뒤치락했다.

신시아 졸터가 뒤로 몸을 기대고 숨을 내쉬었다.

"이런 상담은 받아 본 적이 없어요." 내가 말했다. "상담 때는 보통 대화를 했거든요."

"대화가 하고 싶어요?"

나는 고개를 끄덕였다. "커플에 대해 이야기해요. 연결성에 관해서요. 올바른 방식의 연결과 잘못된 방식의 연결에 대해서요."

그녀는 한숨을 쉬었다. "음, 잘못된 방식은 당신과 앨리스의 관계 같은 거죠. 제한되고 근시안적이고 융통성 없는 관계요. 두 사람이 함께 형성한 세계는 연약해요."

"그게 무슨 뜻이죠?"

"작은 압박에도 파괴될 수 있는 세계라는 뜻이죠."

"아하." 내가 어리둥절하며 답했다. "올바른 방식은 뭔데요?"

"올바른 방식을 보여줄게요." 그녀가 말했다. 그녀는 우리 둘의 얼굴을 다시 같은 높이로 맞췄고 우리는 키스했다. 나도 그녀에게 호응했다. 그녀는 소파 등받이에 올려져 있는 내 팔 앞으로 미끄러지듯 자리를 옮겼다. 나는 그녀의 목덜미에 손을 올리고 그녀의 길고 부드러운 머리칼 사이로 손가락을 밀어 넣었다. 검은색의 촉감이었다. 손이 머리칼 사이로 빨려드는 것 같았다. 결함에게 빨려들어 간 물건들처럼. 아니, 생각하지 말아야 한다고 생각했다. 그녀는 내가 결함에서 벗어나길 바란다. 얽히지 말아야지. 얽히지 않는 편이 좋다.

무언가가 입 안으로 들어왔다. 촉감이 환상적이었다. 혀였다. 나는 입 안을 치아가 느껴지지 않는 평화로운 환경으로 만들려고 노력했다. 혀는 무언가를 찾고 있는 듯했다. 당연히 내 혀를 찾고 있겠지. 혀는 다른 혀를 좋아하니까.

다른 신체 부위에서 보고가 들어왔다. 내 오른손이 부드럽고 기분 좋은, 가치에 비해 하찮은 이름이 붙은 무언가를 탐색하고 있었다. 이름이 사무실용 음악이던가? 에그노그던가? 맞아, 가슴이었지. 손바닥 안에 따뜻한 조약돌 같은 젖꼭지가 느껴졌다. 갑자기 부드러운 감촉이 소용돌이

치며 멀어지는 것 같았다. 그리고 입 안을 확인했을 때 혀는 없어져 있었다. 방금 전까지 내 혀를 찾던 혀가 사라져 버렸다.

"필립," 신시아 졸터가 내 귀에 대고 숨을 뱉으며 말했다.

"상담사님." 나도 숨을 뱉으며 말했지만 내 말은 알아들을 수 없이 꺽꺽거리는 소리에 가까웠다.

그녀는 나를 붙잡은 채 소파에서 카펫 위로 자연스럽게 미끄러지듯 내려갔다. 그녀가 카펫으로 내려가는 모습을 보고 있던 나는 어설프게 그녀에게서 몸을 떼서 조심스럽게 게 몸을 옮겨 그녀 옆에 자리를 잡았다. 이런 순간을 위해 소파와 카펫이 이어져 있는 것 같았다.

"필립." 그녀가 다시 나를 불렀다.

"신시아." 내가 속삭였다. "내가 개구리처럼 꺽꺽대고 있죠?"

"아닌 것 같은데요."

"그리고 이건 상담이 아니에요. 확실히 알겠어요."

"상관없어요."

"그리고 나는 당신 신체 부위를 느낄 수가 없어요. 당신이 큰 소리로 내가 만지는 부위의 이름을 말해줘요."

"손발에 감각이 없어요?"

"감각이 없는 걸까요? 제 생각엔 여성 신체 부위 이름을 담당하는 뇌 부위에 감각이 없는 것 같아요. 그리고 앨리스 생각이 조금 난다는 걸 인정할게요. 개구리처럼 꺽꺽대고 있네요. 들려요?"

"무슨 말인지 알지만 중요하지 않아요. 말을 좀 덜 해봐요. 지금은 말이 너무 많네요."

"좋아요. 하지만 방금 말한 것처럼 나는 앨리스 생각을 조금 하고 있어요."

신시아 졸터가 한숨을 쉬면서 자세를 고치자 내 엉덩이가 카펫 위에서 미끄러졌다.

"앨리스를 계속 사랑하고 싶으면," 그녀가 말했다. "이 상담 후에 당신은 좀 더 독립적으로 그녀를 사랑할 수 있게 될 거예요. 내 신체 부위들을 알려줄 수도 있고 오늘밤 우리가 거쳐 갈 여러 단계들을 설명해서 당신의 어휘를 늘리는 데 도움을 줄 수도 있어요. 하지만 말이 나왔으니 말인데, 당신은 몇 달 전부터 당신이 필요로 하는 것을 주지 않은 여자를 그리워하느라 시간을 낭비하고 있다는 이야기를 해주고 싶네요. 그리고 그 여자를 대체할 수 있는 훌륭한 상대를 놓치게 될 수도 있다는 것도요."

"아."

"이제 나한테 키스해줘요."

그녀는 기다리지 않고 내게 키스했다. 우리 두 사람의
몸은 내가 이름을 기억하거나 기억하지 못하는 중요한 부
위들이 서로 맞닿도록 미끄러지듯 움직였다. 기억을 하든
못 하든 상관없었다. 내 몸은 그녀의 몸이 던지는 과제에
답하는 방법을 알았고, 나는 마음에 짐을 안고 있다는 사
실도 잊은 채 그 답을 행동으로 옮기느라 바빴다. 나는 몸
이 달아있었고, 카펫과 사무실용 음악 가운데 신시아와 몸
을 섞고 있는 상황이 행복하기도 했다.

내 아랫도리에 무슨 일이 일어나고 있었다. 신시아 졸터
가 손으로 내 물건의 끝을 쥐고 리드미컬하게 주무르며 신
호를 보내왔다. 나만 접근할 수 있는 전용 회선으로 받은
비밀 메시지였다. 우주의 비밀일 수도 있었다. 메시지가 전
달 방식이라면 우주의 비밀은 확실했다. 나는 우주의 비밀
을 알 것 같았다. 기뻐할 만한 일이었다.

나는 일어나 앉았다.

"무슨 일이에요?"

"상담은 이해를 돕기 위한 거죠."

"네. 다시 내려오면 이해하게 해줄게요."

"이해하고 싶지 않아요."

"필립, 뭘 이해하고 싶지 않다는 거죠?"

"나와 앨리스의 연결성이요. 그냥 되찾고 싶어요. 계속 그걸 바라게 돼요."

신시아는 한숨을 쉬었다. 그러고는 엉망이 된 옷을 잡아당겨 옷매무시를 가다듬었다.

"나랑 자기 싫다는 거군요."

"미안해요."

"괜찮아요. 에그노그나 한잔하러 갈까요? 서로 공통으로 원하는 걸 서서히 알게 될 우정이 시작될 수도 있죠."

"그냥 집에 데려다주시면 좋겠네요. 몸이 좋지 않아요."

사실이었다. 카펫과 사무실용 음악 속에 매장된 미라가된 것 같은 느낌이었다. 바람을 쐬고 싶었다.

신시아 졸터가 셔츠 단추를 채웠다. 내가 단추를 풀었던가? 그녀가 풀었을까? 저절로 단추가 풀리는 최첨단 셔츠일까?

그녀는 나를 데리고 밖으로 나갔고 나는 좀 전에 마리화나 연기를 들이켠 것처럼 밤공기를 들이켰다. 내가 저지른 해로운 짓을 되돌리고 뇌를 깨끗이 하고 싶었다. 신시아 졸터는 자기 차로 가서 시동을 켰다. 나는 조수석에 앉았다. 머리가 지끈거렸다. 우리는 아무 말도 없이 학교로 돌아갔다.

"걱정 마요." 신시아 졸터가 우리집 앞에 차를 대며 말했다. "이해해요. 말하지 않아도 괜찮아요. 원한다면 오늘 일은 잊어도 돼요. 아니면 마음을 바꿔서 나를 찾아와요. 당신 마음이 불편하지 않았으면 좋겠어요."

"알겠어요."

"당신은 인생 최대의 실수를 저지르고 있는 거예요. 그걸 바로 보지 못하는 당신이 원망스럽네요. 그러니 꼭 앨리스를 되찾아서 잘 지내요. 이렇게까지 했는데 당신이 잘 못 지내면 참을 수가 없을 테니까요."

"먼저 했던 이야기랑 말이 안 맞는데요." 내가 말했다.

"알아요. 당신이 원하는 쪽을 선택해요. 어느 쪽이든 나는 괜찮으니까."

"지금 답해야 하나요?"

"아니요, 천천히 생각하고 나중에 알려줘요."

"알겠어요. 잘 가요, 신시아."

"잘 자요, 필립."

나는 집 안으로 들어갔다. 집 안은 조용했고 두 장님은 자고 있었다. 나는 우리의 옛 침실로 살금살금 들어가 잠들어 있는 앨리스를 살폈다. 그녀는 무척 평화로워 보였다.

나는 옷을 벗지 않은 채 이불 밑으로 들어갔다. 그녀가 몸을 뒤척였지만 잠에서 깨지는 않았다. 나는 그녀를 안고 곧장 잠에 빠졌다. 아침에 일어났을 때 그녀는 사라지고 없었다.

30

일주일 뒤면 크리스마스였다. 이틀 뒤면 학기가 끝났다. 신문에서는 이번 주가 전국 엔트로피 인식 주간이라고 했다. 학교에 스트레스라는 먹구름이 드리웠다. 학생들은 내 사무실에 찾아와 정신 나간 사람처럼 고함을 지르고 분통해했다. 상점 유리창에 산타 그림이 그려지기 시작했고 그림은 곧 알록달록한 부스러기가 되어 창가 전시대 밑바닥으로 떨어졌다. 브라시아는 학기가 끝나면 이탈리아 연구팀이 피사로 돌아갈 계획이라고 공지했다. 그들은 *결함*을 내버려 두기로 했다. 스포츠 부상에 관해 연구하는 학생이 잔뜩 흥분한 채 전화를 걸어왔다. 연구 결과가 전투 상황과 연관되어 있다고 인정되어 해군 특수부대 내부 소식지에 실렸다고 했다. 화요일에는 우박이 내렸고, 관목숲이 꽃소금이 뿌려진 브로콜리처럼 변했다.

한 침대에서 밤을 보낸 후 앨리스는 침묵의 가장자리로 돌아갔다. 가끔 결함이 그녀를 받아주었고 앨리스가 결함의 건너편으로 가버린 것은 아닐까 하는 생각이 들었다. 어쨌든 그녀의 알맹이는 사라진 것 같았다.

화요일에 집에 돌아왔을 때 앨리스가 다시 말을 하기 시작했다. 하지만 지난번처럼 희망이 차오르지는 않았다. 마음이 점점 식어가고 있었다.

"무슨 일이 일어난 것 같아." 그녀가 말했다.

"어딘가에서는 그랬겠지." 내가 말했다. 나는 식탁 위에 서류들을 올렸다.

"나쁜 일인 것 같아."

"자세히 이야기해봐."

"에반과 가르스가 어젯밤에 집에 오지 않았어."

"알고 있어. 신시아 졸터의 상담소에 전화해봤어? 맹인 학교에는?"

"두 군데 다 전화했어." 그녀가 말했다.

"말을 많이 했겠네." 내가 말했다. "그 사람들이랑 진짜 대화한 게 맞아? 전화를 걸어서 숨소리만 들려준 게 아니고?"

"물어봤어." 내 농담을 무시하며 그녀가 말했다. "아무도 본 사람이 없대."

"두 사람이 좀 변덕스럽잖아." 내가 말했다. "어딘가 헤매다가 조금 있으면 요즘 유행하는 노래를 흥얼거리며 돌아올 거야. 여자친구를 사귀거나 직장을 찾으러 나갔을 수도 있지."

앨리스가 고개를 저었다. "내 열쇠가 없어졌어."

"무슨 열쇠?"

"결함이 있는 챔버 열쇠."

그녀가 나를 빤히 보았다. 눈에는 눈물이 고여 있었고 한쪽 어금니를 앙다무느라 턱이 뒤틀려 있었다.

"무슨 말이야?"

"모르겠어." 그녀가 말하며 흐느끼기 시작했다.

"음, 말도 안 돼. 브라시아 교수가 설명해줬어. 결함은 사람을 받아들이지 않아."

앨리스가 갑자기 울음을 멈췄다.

"브라시아 교수가 그랬어?"

"응." 사실 그가 그런 이야기를 했는지 확실하지 않았다. 하지만 말을 무르지는 않았다.

"어떻게 안대?"

"그냥 안댔어. 물리학자잖아. 실험으로 간단히 알게 되었는지도 몰라. 계속 물리학에 집중했다면 당신이 했을 실험일 수도 있지." 나는 계속해서 거짓말에 살을 붙였다. 왜인지는 알 수 없었다. "그러니까 에반이랑 가르스 걱정은 그만둬. 그냥 당신 상상일 뿐이야. 당신은 결함이 당신은 거절했지만 다른 사람은 받아들일 수 있다는 생각에 사로잡혀 있어."

그녀는 텅 빈 시선으로 나를 빤히 보았다.

"내가 나가서 두 사람을 찾아올게. 당신은 여기 있어."

나는 코트 단추를 다시 채우고 밖으로 나갔다. 당연히 곧바로 물리학과 건물로 차를 몰았다.

학생들이 관찰실을 어슬렁거리며 결함에 관한 이론을 지어내고 있었다. 소란을 빚어내는 결함의 추종자들이었다. 꼴 보기 싫은 이들이었다. 나는 챔버의 문 가까이 다가갔다.

"들어가시면 안 됩니다." 학생 중 하나가 말했다.

"저희도 해봤어요. 진짜예요." 다른 학생이 말했다.

"산 채로 잡아먹힐걸요." 또 다른 목소리였다.

"누구한테?" 내가 말했다.

"디 투스 교수님이요."

디 투스 교수가 아직까지 *결함*을 연구하고 있다니, 내 태엽 인형이 영원히 멈추지 않고 움직이는 기계가 된 모양이었다.

"나는 디 투스 교수와 함께 일합니다." 내가 말했다. "그를 *결함*에게 소개한 게 나예요. 그는 나한테 할당된 연구 시간을 활용하고 있고요."

첫 번째 학생이 어깨를 으쓱했다.

"우리가 경고했다는 거 잊지 마세요."

나는 문손잡이를 돌렸고 무균실을 지나 *결함*이 있는 내실로 들어갔다.

디 투스는 테이블 위에서 짤막한 팔을 쭉 펴고 굽이 닳은 검정 신발을 공중에 띄운 채 *결함*을 향해 수영하듯 허우적거리고 있었다. 그의 금발 가발은 구석에 놓인 의자 위 열린 서류 가방 옆에 놓여 있었다. 내가 방으로 들어가자 그는 뒤로 몸을 밀어 테이블에서 내려와 섰다. 그러고는 흐트러진 정장을 바로잡고 넥타이를 곧게 편 다음 집게 같은 손으로 얇고 희끗희끗한 머리를 만지작거리더니 가발을 향해 종종걸음쳤다. 그는 가발을 머리에 얹고 나서야 내 쪽으로 고개를 돌렸다.

"교수님도요?" 내가 말했다.

디 투스는 얼굴을 붉히며 입술을 꽉 다문 채 아무 말도 하지 않았다.

"하고 싶은 대로 하세요." 내가 말했다. "잠깐 *결함*과 단둘이 있을 시간이 필요합니다. 그 다음에는 교수님 좋을 대로 하시죠. 순서를 바꿔도 상관없고요."

디 투스는 서류 가방을 집어 들고 발꿈치에 무게 중심을 놓고 군인처럼 방향을 틀더니 나를 지나쳐 문으로 향했다.

"만난 김에 종이랑 펜 좀 주시죠."

디 투스는 눈썹을 가발 밑으로 숨긴 채 서류 가방을 뒤적여 펜과 종이를 꺼내주고는 내게 등을 돌리고 모습을 감췄다.

나는 *결함*과 단둘이 남았다.

디 투스 교수가 준 종이와 펜을 집어 들고 *결함*이 있는 테이블까지 의자를 끌었다. 괴짜 해체주의자 디 투스 교수가 체온으로 덥혀 놓은 테이블이 아직 따뜻했다. 나는 종이를 단단한 테이블 위에 놓고 손톱으로 눌러가며 세로로 여러 번 접은 다음 접은 부분을 따라 조심스럽게 종이를 찢었다. 나는 종이띠를 하나로 합쳐 반으로 찢어서 포춘 쿠키 안에 든 종이쪽지처럼 만들었다. 첫 번째 종이에 이렇게 적었다.

'에반과 가르스를 데려갔나?'

나는 결함의 입술을 지나치도록 종이를 테이블 반대편으로 밀었다. 내가 손을 떼자 종이쪽지는 공기를 타고 위로 떴다가 결함 쪽으로 팔랑거리며 떨어지더니 사라졌다. 나는 일어서서 테이블 가장자리를 확인했다. 쪽지가 없어졌다. 결함이 종이쪽지를 받은 것이다. 종이쪽지가 맛있다고 생각한 모양이었다. 하지만 그게 무슨 의미일까? 나는 다른 빈 쪽지에 이렇게 적었다.

'종이쪽지를 받아들인 건 내 말이 맞다는 뜻인가?'

나는 종이쪽지를 틈으로 밀어 넣었다. 틈. 종이쪽지는 선을 넘어 존재 밖으로 사라졌다. 그게 무슨 의미인지 아직도 이해가 가지 않았다. 결함은 종이를 좋아하고, 잉크를 좋아하고, 내 글씨체를 좋아한다. 하지만 우리가 관계를, 공용어를 만들었을 수도 있었다. 나는 답을 더 기다리거나 옥신각신할 수 없어서 이렇게 적었다.

'아직 두 사람이 살아있나?'

경계선 너머로 쪽지를 보냈고 쪽지는 소멸되었다. 쪽지 세 개가 연달아 사라졌다. 우리는 대화를 하고 있었다. 결함은 두 장님을 데려갔다. 그들을 삼켰다. 그리고 그 사실을 내게 고백하고 있었다. 하지만 두 사람은 아직 어딘가에 살아있다. 결함이 데려간 어딘가에. 어쨌든 결함의 기준으로는 살아있다고 했다. 나는 단숨에 이렇게 적었다.

'앨리스를 데려갈 생각이 있나?'

손을 덜덜 떨며 쪽지를 테이블 저편으로 보냈다. 사라졌다. 이번만큼은 확실하게 하고 싶었다. 자리에서 일어나 테이블을 돌아 반대편으로 갔다. 마음 한쪽에서는 쪽지 네 개가 모두 단풍 씨앗처럼 테이블 반대편에 떨어져 있지 않을까 의심하고 있었다. 하지만 아니었다. 쪽지들은 보이지 않았다. 나는 손과 무릎을 테이블 밑 바닥에 대고 몸을 숙였다. 하지만 앨리스가 스스로 머리를 자른 후 미처 치워지지 못한 긴 머리카락 한 가닥 말고는 아무것도 보이지 않았다.

나는 요동치는 가슴을 안고 자리로 돌아갔다. 결함이 앨리스를 데려간다고 했다. 최악의 소식이었다. 동시에 결함이 내게 협조해주고 있다는 사실에 기분이 들떴다. 특종을 따낸 기분이었다. 결함은 위저보드고 내가 영매가 된 것 같았다. 결함을 차지한 것 같은 느낌이랄까. 결함이 나에게 직접적으로 매력을 드러낸 것은 이번이 처음이었다. 소프트 교수와 브라시아 교수, 디 투스 교수와 앨리스의 마음을 조금 더 이해할 수 있을 것 같았다.

*결함*이라는 상대를 얕봐서는 안 됐다. 지금 내가 유혹을 느낀다는 것은 그가 힘이 있다는 의미였다. 나는 손에 쥔 금발 머리칼을 바라보았다. 그가 내게서 앨리스를 멀어지게 만들었다는 사실을 떠올렸다. 그리고 그는 자신의 임무를 완수하리라고, 앨리스를 이 세상에서 사라지게 만들겠다고 약속했다. 나는 머리카락을 옆에 놓고 펜을 집어 든 다음 이렇게 적었다.

'앨리스가 당신을 사랑한다는 사실을 이해하나?'

나는 *결함*에게 종이쪽지를 보냈고 그는 받아들였다. 이번에는 어차피 아무것도 없을 테이블 뒤를 확인하는 수고를 들이지 않았다. 질문은 *결함*에게 의미가 있었고 답은 '그렇다'였다. 그는 알고 있었다. 앨리스는 자신의 감정을 *결함*에게 알렸다. 몸이 덜덜 떨렸다. 종이쪽지 하나를 더 집어 이렇게 썼다.

'앨리스가 바뀌길 기다리고 있나?'

*결함*은 그 쪽지도 받아들였다. 가장 두려워하던 것이 현실이 되었다. 그녀가 *결함*을 위해 자신을 바꾸려 한다는 사실을 *결함*은 알고 있었고, 그녀를 평가하고 있었던 것이다. 브라시아가 틀렸다. 앨리스는 *결함*이 거절했다가 받아들이는, 재검토를 거쳐 그의 마음을 바꾸게 될 첫 대상이

될 것이다. 왜냐하면 그녀가 열심히 노력하고 있기 때문이다. 그는 추앙받고 있었다. 신화 속 무정한 신처럼 필멸의 존재에게 추앙받고 있었다. 상상 속에만 존재하는 악당 같으니. 그가 싫었다. 나는 이렇게 휘갈겨 썼다.

'내가 그녀를 사랑한다는 사실을 이해하나?'

쪽지를 테이블 저편으로 밀었다. 결함에 가까워진 쪽지는 그에게 사로잡혀 삼켜졌다. 그가 앨리스에 대한 나의 사랑을 삼키고 싶어 하는 것처럼 느껴졌다. 질문에 대한 답들이 점점 가관이었다. 나는 숨을 참고 이렇게 썼다.

'당신이 앨리스를 데려가면 앨리스가 행복해질까?'

결함은 쪽지를 빨아들였다. 나는 참담한 심정으로 눈을 껌뻑이며 앉아있었다. 앨리스가 사라지는 편이 더 나을까, 아닐까? 내가 원하는 답은 무엇일까? 이기심을 버리고 그녀에게 다시 테이블로 올라가라고 부추겨야 할까? 아니다. 나는 질투심에 사로잡혀 결함의 답을 숨길 것이다. 왜 그런 멍청한 질문을 했을까?

나는 다른 쪽지를 집어 들었다. 당장 묻고 싶은 질문이 천 개는 더 있었다. 그리고 모호한 의심이 들기 시작했다. 이미 종이쪽지의 반이 없어졌고 아직 결함은 한 번도 내 질문에 부정하지 않았다. 내가 유도 신문을 하고 있나?

*결함*을 시험해야 했다. 쪽지에 이렇게 적었다.

'작고 빨간 파티용 모자를 좋아하나?'

그 어리석은 질문 역시 받아들여졌다. *결함*이 질문을 삼킨 것이다. 나는 남은 빈 종이쪽지들을 집어 들고 *결함*에게 던졌다. 아무렇게나 퍼덕거리며 *결함*과의 경계로 날아간 쪽지들은 조용하고 재빨리 자취를 감췄다. 쪽지들은 소멸되었다. 입구를 찾지 못한 쪽지 한 장만 테이블 옆으로 떨어졌다. 나머지는 내가 조심스럽게 고른 질문이 적힌 쪽지들과 마찬가지로 *결함*의 환대를 받았다.

*결함*은 거절할 줄 모르는 소녀에 불과했다. 막 찢은 종이를 좋아하거나 삐뚤빼뚤한 직사각형을 좋아하는 것이다. 내 머릿속을 헤집어 놓는 게 좋았을 수도 있다. 나는 테이블을 벗어난 종이쪽지를 집어 들고 이렇게 적었다.

'내가 당신을 싫어한다는 사실을 이해하나?'

나는 의자에서 몸을 일으키며 *결함*의 주둥이에 쪽지를 던져 넣었다. 쪽지는 정확히 *결함*을 맞췄다. 막 문을 나서려던 찰나, 펄럭이는 쪽지가 *결함*을 지나치더니 낼 수 있는 가장 조용한 소리를 내며 테이블 저편 바닥에 떨어졌다.

31

두 장님이 사라진 책임이 나에게 있는 것 같았다. 앨리스의 상황을 생각하면 그녀에게는 책임이 없었다. 신시아 졸터는 그들과 살고 있지 않았다. 심지어 그들은 내게 경고도 했었다. 그들은 아무리 노력해도 자신들의 힘으로는 온전히 손 안에 쥘 수 없는 현실에서 벗어나고 싶다는 이야기를 했었다.

나는 차로 돌아가 결함을 믿지 않는 척하며 그들을 찾아다녔다. 그들이 자주 다니던 캠퍼스를 가로지르는 길을 따라 시내로 나갔다. 모퉁이를 돌면 똑같은 검은 정장을 입고 차 소리에 고개를 기울이고 있거나 공중 전화부스나 버스 정류장이 어디에 있는지를 놓고 말다툼하는 그들이 보일 것 같았다. 하지만 그들은 보이지 않았다. 날이 어두워질수록 결함이 사실을 말했을 가능성이 짙어졌다. 그가 두 장님을 삼킨 것이다.

그들이 다닐 만한 길을 다 살피고 난 후에도 계속해서 차를 몰아갔던 길을 또 살폈다. 나는 지도를 만드는 중이었다. 그들을 데려오기 위한 주술 의식 같았다.

결국 나는 집으로 차를 몰았다. 앨리스는 사라지고 없었다. 상관없었다. 나는 집 안으로 들어가 빛으로 정적을 몰아낼 수 있을 것처럼 모든 조명을 밝혔다. 텔레비전을 켜고 소파 위에 앉았다. 아무도 집에 돌아오지 않았다. 우리 집 불빛에 이끌리는 나방 한 마리조차 없었다. 흰 곰팡이가 핀 코티지 치즈와 말라비틀어진 머핀, 딱딱하게 굳은 채 잊힌 잼들의 생명 유지 장치인 냉장고가 윙윙거리며 돌아가고 있었다. 집밖에는 기말 과제를 몰아서 하느라 털어 넣은 가루약의 효과를 떨치려는 지칠 대로 지친 학생들이 보도를 걸어가고 있었다. 나는 소파에 몸을 웅크린 채 잠들었다.

32

집 안으로 빛이 쏟아져 들어왔다. 나는 여전히 혼자 소파 위에 누워 있었다. 시계를 보았다. 지난밤부터 아침까지 깨지 않고 잠을 잤고, 눈을 떠보니 이미 마지막 신입생 수업이 거의 끝나갈 시간이었다.

힘겹게 전날 입었던 옷을 다시 입고 매듭이 지어져 있는 신발을 신고는 인류학과 건물로 질주했다. 헐레벌떡 위층으로 올라가 숨 막히는 강의실로 들어가니 학생 열여섯 명 중 딱 한 명만 남아있었다. 그는 책상에 혼자 앉아 볼펜으로 공책에 무언가를 적고 있었다. 내가 강의실로 들어서자 그는 나를 올려다보았다.

"엥스트랜드 교수님."

"앵거스 군,"

"거의 끝났는데요."

"뭐가 끝났다는 거죠? 다들 어디 있나요?"

그는 눈을 두 번 깜빡였다. 겁에 질린 듯 보였다.

"무슨 일이 있었는지 내게 이야기해 보세요."

"다들 여기에서 교수님을 기다렸어요. 각자 자리에 앉아서요. 하지만 교수님이 오지 않으셨죠. 다들 아무 말도 하지 않았어요. 30분이 지나자 누군가가 교수님이 사라지신게 새로운 형태의 기말고사 시험이 아니냐고 제안했어요. 제 기억이 맞다면 신비하고 위협적인 형태의 시험이라고 했어요. 처음에는 다들 불안하게 웃기만 했어요. 하지만 하나둘씩 공책을 펼치기 시작했어요. 교수님이 낸 문제에 답을 하려고 애쓰면서요. 그래서 교수님을 여기에서 뵈니 조금 불길해요. 저도 시험을 거의 마쳤어요. 다른 학생들은 자기답안지를 학부 전담 비서한테 제출했고요. 질문 하나 해도 될까요?"

"그럼요."

"저는 낙제한 건가요?"

"아니요. 시간제한은 없습니다. 다 되면 제출하세요."

"감사합니다, 교수님. 그리고 소프트 교수님께서 조금 전에 교수님을 찾으셨어요."

"고마워요, 앵거스 군."

나는 커피와 먹을거리를 찾기 위해 아래층 직원 휴게실로 갔다. 휴게실은 비어 있었고 알루미늄으로 만든 디자이너 브랜드 의자가 요상한 나선 형태로 쌓여 있었다. 종강 기념 크리스마스 파티까지 기다릴 수 없었던 교수들은 학교 밖 술집에서 조용히 한잔하기 위해 모두 자리를 비운 상태였다. 나는 간식거리가 준비된 테이블로 가서 조각 케이크와 뜨거운 블랙커피 한 잔으로 배를 채웠다.

초췌한 몰골의 소프트 교수가 헐레벌떡 들어왔다. 그는 나를 보더니 코로 숨을 내쉬었다.

"무슨 일이시죠?" 내가 말했다.

그가 한숨을 쉬었다. "밖에서 이야기하시죠."

"수업도 제대로 못 했습니다." 입가에 조각 케이크를 묻힌 채 내가 말했다. "밥도 먹고 샤워도 해야 해요. 잠을 잘 자지 못했습니다."

"밖에서 이야기합시다."

나는 그를 따라 건물 밖 잔디밭으로 나갔다. 볕이 화창했고, 고집 센 햇볕에 겨울 공기가 씻겨 나간 듯했다. 과제를 마치거나 포기하고 다시 잔디밭으로 나온 학생들이 마치 섹스를 마친 사람처럼 축 늘어져 누워 있었다. 소프트 교수와 함께 그들 사이를 걷고 있으니 이발소에서 그를 만났던, 결함에게 이름이 붙여진 그날 나눈 대화가 생각났다. 우리 두 사람은 다시 머리를 잘라야 했다. 순수하고 모든 것이 정돈되어 있었던 그날과 현재 사이에 달라진 점들 중 하나였다.

"무슨 일이시죠?"

"챔버 안에 피가 있습니다."

나는 그가 끔찍한 농담을 하는 것 같은 낌새가 보이기를 바라며 그를 바라보았다. 눈동자가 떨린다거나 하는 낌새는 보이지 않았다. 그는 눈썹을 찌푸리고 있었다.

"디 투스 교수군요." 내가 온순하게 물었다.

"디 투스 교수는 이미 찾아봤습니다." 나를 탓하는 듯한 말투였다. "그는 괜찮아요. 디 투스 교수의 피가 아닙니다."

"하지만 디 투스 교수님의 연구 시간인데요. 그 아래 계셔야 할 시간이잖아요. 무슨 일이 있었는지도 아시겠죠."

"아닙니다. 일정을 확인하지 않으셨군요." 소프트 교수는 일정표를 자기 주머니에서 꺼내 내 얼굴에 가까이 들이밀었다. "오늘 자정부터 앨리스 교수의 연구 시간입니다. 디 투스 교수는 내일 이후에 크리스마스를 쇠러 벨기에로 갑니다. 겨울 방학 동안 앨리스 교수에게 시간을 줬어요."

두려움이 밀려왔지만 겉으로 드러내지는 않았다.

"그리고 지금 챔버 안에 피가 있고요." 소프트 교수가 말을 이었다. "그것도 아주 많이요. 테이블과 바닥에 흥건합니다. 복도에도 핏방울이 있고요. 필립, 이런 일은 당신이 처리해야 하지 않습니까. 앨리스 교수의 연구 시간을 감시하기로 되어 있으니 말입니다. 당신을 믿고 있었는데요."

아드레날린이 자기 마음대로 온몸 구석구석 빠르게 퍼져나갔다. 내가 말을 시작하자 홍수처럼 밀려오는 듯했다.

"앨리스는 성인 여성입니다, 소프트 교수님. 앨리스와 나는 몇 달 전에 헤어졌고요. 그녀에게 피를 내지 말라고 할 수는 없어요. 그녀가 자기 몸에 피를 내고 싶으면 내는 거죠. 그리고 피에 관해서는 특별히 교수님과 이야기한 기억이 없는데요. 어쨌든 그 피가 앨리스의 피라거나 앨리스가 관여된 피 또는 피 비슷한 무언가라고 생각하시네요. 그렇게 가정해서는 안 됩니다."

"저는 어떤 가정도 하지 않습니다." 소프트 교수가 방어적으로 말했다. "관찰을 할 뿐이죠. 누군가 살인을 저지른 것 같아 보인다고요."

"살인이 일어났으면 연구실이 피바다가 되었겠죠. 사람이 죽었다면 바닥 전체가 피로 미끌거릴 겁니다. 경찰이 살인 사건 현장에 출동하면 신참들은 자기도 모르게 구토를 한 다고요. 교수님도 본인도 모르게 구토를 하셨나요? 아니라 면 살인 사건 현장 같다고 할 수는 없을 것 같은데요. 적어 도 성인 한 명이 죽은 것 같지는 않군요."

"구토하지는 않았습니다." 소프트 교수가 놀란 듯한 얼굴 로 고백했다. 그는 해를 바라보며 얼굴을 찌푸린 채 생각에 잠겼다. "누군가 심각한 사고를 당한 것 같군요. 당신에게 걱정을 끼치려는 건 아니었습니다."

"아, 저는 걱정하지 않습니다. 앨리스는 독립적인 여성이 에요. 제가 관련이 있다고 해도 친구로서, 또는 동료로서 관련되어 있을 뿐이에요. 그러니까 저와 앨리스는 한때 좋 은 시절을 함께 보냈죠. 하지만 제가 특별히 걱정할 사이는 아니란 말입니다."

"몰랐군요."

"다시 내려가 연구실을 지키면서 앨리스나 다른 누군가 가 챔버로 들어가지 못하도록 하는 건 어떠실까요? 그게 중요한 것 같은데요. 저도 여기저기 다니면서 앨리스를 찾 아보고, 찾게 된다면 교수님께 연락을 드리죠. 별일은 아닐 겁니다. 크리스마스 파티 때 이 일이 안줏거리가 될 것 같군요."

"뭐라고요?" 소프트 교수는 얼이 빠진 듯한 표정이었다.

"크리스마스 파티요. 가실 거죠?" 나는 그의 어깨를 다독였다. "연구실로 돌아가시죠. 연락드리겠습니다."

그는 혼란스러워하며 어깨를 축 늘어뜨린 채 고개를 끄덕이고는 물리학과 건물을 향해 걸어갔다. 그의 뒷모습을 지켜보는 동안 심장이 쿵쾅거렸다. 머릿속에서 끔찍한 영화 한 편이 상영되고 있었다. 그가 시야에서 사라지자마자 나는 집을 향해 달리기 시작했다.

앨리스의 차가 시동이 켜진 채 차도에 서 있었고, 차 안에는 아무도 없었다. 조수석에는 그녀의 옷들이 가득했다. 가속 페달 옆 카펫에 떨어진 핏방울이 보였다. 차 키가 키 구멍에 꽂힌 채 엔진 때문에 진동하고 있었다. 나는 시동을 그대로 둔 채로 집 안으로 들어갔다.

앨리스는 수도꼭지를 틀어둔 채 물이 튀는 싱크대 앞에 서 있었다. 싱크대 위에는 피 묻은 키친타월이 쌓여 있었다. 그녀는 허둥지둥 왼쪽 엄지 밑에 붙여둔 피 묻은 반창고를 뗐다가 다시 붙이고 있었다. 나는 그녀의 손가락 개수를 셌다. 다행히 손가락이 모두 붙어 있었다.

그녀는 찌든 얼굴로 나를 올려다보더니 반창고의 떨어진

부분을 잡고 신경질적으로 피부에 붙였다. 자신의 무력한 모습을 보여주고 싶어 하지 않는 것처럼 보였다. 내가 집에 도착하기 전에 다시 나가려고 했던 게 분명했다.

"앨리스." 내가 말했다.

그녀는 마치 내가 도로를 막고 선 경찰이라도 되는 것처럼 나를 바라보았다. 나는 싱크대 안에 고인 선홍색 핏방울들을 무시하며 침착하려고 애썼다.

"소프트 교수가 걱정하고 있어." 내가 말했다. "챔버를 엉망으로 만들어 놨나 보던데."

"손을 베었어."

그녀는 개수대에 물을 틀어 피를 씻어내렸다. 나는 자리에 서서 그녀를 지켜보았다. 그녀는 멀쩡한 한 손으로 서툴게 키친타월을 구겨 쓰레기통에 쑤셔 넣었다.

그녀는 나와 눈을 마주쳤고 나는 그녀의 눈에서 후회를 보았다. 자신의 상황과 우리의 상황에 자리한 아픔과 모순을 바로 보게 된 듯한 눈빛이었다. 그녀는 시선을 떨어뜨렸다. 그러고는 반창고를 잡아당겨 잘 붙어있는지 확인한 다음 문 쪽으로 걸어갔다.

"떠나는구나." 내가 말했다.

그녀가 고개를 끄덕였다.

"차까지 데려다줄게."

그녀는 조심스럽게 운전석에 올라타서 반창고를 붙인 손을 운전대에 대고 괜찮은지 확인했다. 부상은 엄지손가락 아래까지 이어져 있었다. 운전하기에는 불편한 부상이었다. 앨리스는 숨기려 했지만 그녀는 분명 얼굴을 찌푸렸다.

나는 창문으로 고개를 숙였다. "상태가 아주 나빠 보이는데."

앨리스가 고개를 끄덕였다. 눈물을 애써 참으며 입술을 꽉 물고 있었다.

"에반과 가르스가 걱정되는구나." 내가 말했다.

그녀는 운전대에서 손을 놓고 다친 손이 위로 올라오도록 무릎에 손을 포개어 올렸다.

"부모님 집으로 갈 거야?"

"그럴 것 같아." 그녀가 말했다. "여기서 멀리 떨어져야 할 것 같아."

"결함한테서 말이지."

"그리고 당신한테서도."

나는 놀랐다. 앨리스가 나를 향해 눈을 깜빡였다. 연약한 반항이 담긴 눈빛이었다.

"손을 다쳤잖아." 내가 말했다. 우리는 아직 연인일 때처럼 우리만의 언어로, 하고 싶은 말의 일부만 이야기하고 있었다.

"실수했어." 그녀가 말했다.

"당신 일부를 결함에게 주려고 했구나." 내 목소리는 거의 속삭임에 가까웠다.

"아주 조금. 한 번 해 봤어."

"결함이 받지 않았나 보네."

그녀가 고개를 끄덕였다.

나는 겨울 하늘을 올려다보며 눈을 찌푸렸다. 화창한 날이었다. 하지만 샤워도 면도도 하지 못해 찝찝한 상태인데다 기분은 절망적이었다.

갑자기 아주 어리석게도 앨리스와 크리스마스를 보낼 날이 얼마나 남았는지 세고 있었다는 사실이 떠올랐다. 심장을 둘러싼 딱딱한 갑옷에 틈이 생긴 것 같은 느낌이었다. 그녀가 가버린다면 고통스러울 것 같았다.

"꼭 안 가도 돼." 내가 말했다.

"가야 돼."

"이해해." 내가 말했다. "에반과 가르스 때문에 마음이 안 좋잖아. 당신 손이랑 나를 포함해서 여태 일어났던 일들도 그렇고. 하지만 도망쳐야만 하는 건 아니야."

"한동안은 그러고 싶어, 필립. 미안해."

나는 할 말을 찾았다. "아직 결함을 사랑하나 보네."

그녀는 고개를 끄덕였다.

찬 바람이 자동차 루프를 타고 넘어와 내 얼굴을 때렸다. 나는 주먹에 대고 기침했고 손등에 까칠한 턱과 부르튼 입술이 닿았다.

"알고 있겠지만 연구실에서 당신이 한 일은 말이 안 돼."

그녀는 다시 한번 고개를 끄덕였고 멀쩡한 손으로 짧은 머리칼을 앞에서 뒤로 쓸어넘겼다. 머리를 짧게 자르고 새로운 버릇이 생긴 것 같았다.

"괜찮아?" 내가 물었다.

"피를 많이 흘렸어." 그녀가 말했다.

"소독은 했어?"

"응."

그녀는 입을 다물었다. 나는 그녀의 반창고가 떨어지고 상처에서 다시 피가 흘러서 그녀에게 내 도움이 필요해지길 바랐다. 그렇게 된다면 그녀를 차에서 내려 집에 데려다주고 다시 돌아와 키를 뽑은 다음 주머니에 넣을 수 있을 것이다.

"소프트 교수한테는 뭐라고 할까?" 내가 말했다. 시간을 벌기 위한 질문이었다.

"무슨 말을 해?"

"계속 당신을 숨겨줄 수는 없잖아. 이제 한계야. 궁금해 하는 게 많거든. 소프트 교수는 살인 사건이 일어난 것 같다고 했어. 그것도 그렇지만, 에반과 가르스는 어떻게 하라고. 당신은 지금 뒷일을 모두 나한테 떠넘기는 거야."

앨리스는 나를 쏘아보았다.

"더이상 에반과 가르스는 없어." 그녀가 말했다. "아무것도 당신에게 떠넘기지 않아."

"생각해 봐. 당신은 지금 질투하는 거야. 결함이 다른 사람을 받아들였다고 생각하기 때문이지. 그래서 위험한 행동을 하려는 거잖아. 이렇게 애통해하며 도피하는 건 질투심 때문이야."

"그만해 필립."

"이해가 안 가서 그래……."

'어떻게 당신이 나를 떠날 수 있어.'라고 말할 뻔했다. 하지만 겨우 정신을 다잡았다. 그녀의 차가 움직이기 시작했고 잠시 후면 나는 혼자 남은 자신을 마주해야 했다. 그래서 덜 심각하고 덜 쓰라린 다른 문장을 생각해냈다.

"내가 왜 당신 편하자고 이렇게까지 하는지 이해가 안

가. 내가 왜…… 뭐라고 하더라? 그래, 호구. 호구 아니면 동네북이 되어야 하냐고. 나는 당신한테 '쿰스 교수님 좋은 아침이에요, 발 조심하세요, 여기 공허가 있습니다' 이런 입장이잖아. 사람들이 말하는 것처럼 내 말 한마디면 그 장난 같은 실험도 끝일 텐데 말이야. 앨리스나 결함이라는 단어는 아무도 이야기하지 않을 거야."

그 말이 앨리스의 가슴에 날아가 꽂혔다. 앨리스는 고통을 참으며 운전대를 잡고 기어를 후진으로 바꿨다. 그리고 브레이크 페달을 힘껏 밟자 차가 경고하듯 몇 센티미터 정도 뒤로 밀렸다. 그녀는 마지막으로 나를 올려다보았다.

"그렇게 하려면 해." 그녀가 말했다.

그녀는 후진 상태로 가속하느라 휘청거리며 차도를 벗어났고 호구에서 벗어난 대신 꽉 막힌 답답이가 되어버린 나는 자리에 우두커니 남겨졌다.

33

나는 집 안으로 들어가 소프트 교수에게 전화를 걸었다. 그에게 앨리스를 찾았고 상태가 괜찮다면서 챔버에서 실수로 손을 베었을 뿐이라고 둘러댔다. 그리고 빵에 버터를 바르듯 능글맞게 사과를 전했다. 소프트 교수는 흥분이 가라앉은 듯 보였다. 나는 전화를 끊고 욕실로 들어가 샤워와 면도를 마치고 봐줄 만한 몰골로 돌아왔다. 시계를 보니 다섯 시 반이었다. 하루가 쏜살같이 흘러갔다. 가스레인지에 통조림에 든 베이컨과 콩 수프를 데워 여물을 씹는 소가 된 것처럼 아무 생각 없이 정적 속에 먹어 치웠다.

그리고 먼지 쌓인 스카치위스키 한 병을 꺼내 유리잔에 따랐다.

두 시간 후 나는 브라시아가 묵고 있는 멜린다 펜더만 메모리얼 게스트 아파트 문을 두드리고 있었다. 학생들이 무리 지어 무법 상태로 파티를 벌이는 바람에 캄캄한 학교 안은 원시 부족이 피워놓은 모닥불 말고는 아무것도 보이지 않는 숲속 같았다.

브라시아가 문을 열었다.

"들어가도 될까요?"

"당연하죠." 브라시아가 말했다.

집 안은 깨끗했다. 벽은 모두 떡갈나무로 덧대어져 있었고 숙소에 묵었던 사람들의 이름이 새겨진 명판이 줄지어 붙어 있었다. 브라시아의 명판도 준비 중일 것이다. 그의 짐이 문 앞 복도에 쌓여 있었다. 표백제 냄새가 났다. 내가 문을 두드렸을 때 그는 가구를 청소하고 있던 모양이었다.

"좀 걷고 있는데 불이 켜져 있더군요." 내가 말했다.

"들어오시죠."

브라시아는 흰 셔츠에 검정색 정장 바지를 입고 있었다. 재킷은 거실에 있는 의자 등받이에 걸쳐져 있었다. 집안 조명이 모두 켜져 있었다. 갑자기 그가 맨해튼 프로젝트(제2차 세계대전 중에 이루어진 미국의 원자폭탄 개발 계획 — 옮긴이)를 보도하던 뉴스 영상에 나오는 인물 같다는 생각이

들었다. 머릿속에 흑백 영상 속 그가 그려졌다.

"짐을 싸셨네요." 내가 어색하게 말했다.

"오늘 밤에 비행기를 타야 해서요."

"네? 크리스마스 파티에 안 오십니까?" 나한테서 조금 전 마신 스카치위스키 냄새가 날지 생각했다. "사실 저도 고민하고 있어요. 그냥 밖에서 산책 중이었어요. 학기 마지막 밤이니까요. 그러고 싶더군요. 기분을 만끽하고 싶달까. 그러다 당신과 이야기하고 싶었습니다."

브라시아가 미소를 짓더니 작은 집의 한 가운데로 나를 안내했다. 그는 소파에 앉아 다리를 꼬았다. 나는 큰 안락의자 등받이에 기대어 섰다. 방이 너무 허전해서 브라시아가 가구 중 몇 개를 짐 속에 챙긴 것이 아닐까 하는 생각이 들 정도였다.

"말씀하시죠." 브라시아가 말했다.

"이렇게 가시면 안 됩니다." 내가 뱉은 말에 나도 놀랐다. "소프트 교수는 당신에게 연구를 맡길 만한 배포는 없지만 저는 아닙니다. 뭘 얻어내셨나요? 왜 일찍 떠나시려는 거죠? 저와 이야기하느라 택시를 기다리게 해야 한다면 비용도 내드릴 수 있습니다. 하지만 교수님 답을 듣기 전에는 돌아가지 않을 겁니다."

"결함에 관해서 말이지요. 내가 답을 가지고 있다고 생각하는군요."

"네."

그는 다시 점잖게 미소 지었다.

"좋아요, 엥스트랜드 교수님. 결함에 관해 이야기하죠. 뭘 알고 싶은가요?"

"결함이 어떻게 왜 왔는지요. 문제를 풀겠다고 하셨잖아요. 앨리스를 돌려주겠다고도 하셨고요."

"앉으시죠, 교수님. 교수님 때문에 긴장이 되네요. 저는 결함에서 찾을 수 있는 것들을 찾았습니다. 결함은 아무것도 아니에요. 나는 더 중요한 문제를 연구하고 있어요. 앨리스 교수와의 문제를 해결하는 데 도움이 못했다면 미안합니다. 잊고 있었어요."

"그게 교수님의 대단한 이론인가요? '결함은 아무것도 아니다'?"

그는 경계하듯 나를 보았다.

"좋아요, 엥스트랜드 교수님. 앉으십시오. 저보다 앞서나가시는군요. 술도 한잔하셨고요. 하지만 저는 아직 안 마셨으니, 저 역시 술을 한잔하겠습니다. 교수님도 한잔 더 하시겠습니까? 저랑 한잔하시죠, 엥스트랜드 교수님."

나는 의자에 앉았다. 브라시아가 주방으로 들어갔다. 그가 얼음 트레이에서 얼음을 꺼내는 소리가 들렸다. 잠시 후 그는 높은 유리잔 두 개에 담긴 오렌지 주스와 함께 다시 나타났다.

"보드카에는 불순물이 가장 덜 들어있죠." 그가 말했다. "그리고 비타민 C를 좀 탔습니다. 몸에 좋을 거예요."

나는 잔 하나를 받아 들었다. 그는 자신의 잔을 벌컥벌컥 들이켰고 나는 홀짝였다.

"좋아요." 그가 입맛을 다시며 말했다. "중요한 이야기를 할 때는 술을 한잔하면 도움이 되죠. 결함에 관해 교수님과 이야기를 하려면 우선 관찰자에 의해 촉발된 현실에 관해 이야기를 해야 합니다. 괜찮으신가요?"

나는 고개를 끄덕였다.

"엥스트랜드 교수님, 이 연구는 제 일생일대의 연구입니다. 아, 교수님이 이탈리아어를 하실 수 있다면 좋겠군요. 이런 거죠. 인식이 현실을 만든다. 세상을 세상이라고 생각해야 세상이 존재한다는 겁니다. 그전에는 가능성만 존재할 뿐이죠. 이것에 관한 가능성, 저것에 관한 가능성이요. 빅뱅 같은 생성 이벤트는 엄청난 가능성이 생성된 순간 이상도 이하도 아닙니다."

나는 벌써 이해가 가지 않았다.

"세상을 세상으로 인정하는 정신이 없으면 세상이 존재하지 않는다는 말씀이시죠."

"예."

"그리고 틈이 존재하고요." 내가 제안했다. "그게 *결함*이네요."

"하! 아주 훌륭해요. 네. 바로 그게 결함입니다. 잠재적인 사건의 지평선이죠. 모든 것은 인식을 통해 깨어나고 언급되어 볼 수 있게 되기 전까지는 가능성입니다. 빅뱅을 예로 들어보죠. 우리 우주가 생성된 역사를 탐구함으로써 빅뱅은 진짜가 된 겁니다. 우리가 조사를 하기 때문에 말이죠. 다른 예를 들어보죠. 아원자 입자는 우리가 보려고 하기 때문에 존재합니다. 우리가 그것들을 만든 셈이죠. 인식이 현실을 작성하는 겁니다. 과거든 미래든 우리가 바라보는 어떤 방향으로 크고 작은 현실이 만들어집니다. 우리가 어느 쪽을 보든 현실이 만들어진다는 것을 알 수 있죠."

"왜죠?"

"아, 왜냐고요. 이건 내 일생일대의 연구입니다 엥스트랜드 교수님. 현실에 관한 대화를 나눌 때 기억할 원칙이 있습니다. 현실은 관찰자가 없이는 완전히 존재하려 하지 않습니다. 굳이 그러려고 하지 않죠. 존재할 이유가 무엇인가요?"

"그건 이해할 수 있겠네요." 내가 말했다.

"그러니 우주의 생성은 간단한 문제가 아닙니다. 새로운 현실이 확고해지기 위해 인식이 필요하다면, 그 인식을 제공해야 합니다. 돌보는 헌신 없이는 완전한 현실로 채워진 새로운 우주를 창조할 수는 없습니다. 돌보지 않으면 할 일을 반만 한 거죠. 그게 소프트 교수가 저지른 실수입니다."

"결함 말씀이시군요."

"네, 결함이요. 제 이론은 결함에 대해 처음으로 내놓은 정당한 설명이었어요. 들어보세요. 소프트 교수는 새로운 우주, 현실이 될 가능성을 창조했어요. 하지만 그걸 채울 능력이 없었죠. 괜찮습니다. 비현실로 붕괴할 테니까요. 여기 이 우주에서처럼 언젠가 의식이 진화하면 현실이 될 수도 있겠죠. 길고 느린 여정입니다."

"모든 우주는 우주를 발전시킬 관찰자를 기다리고 있다는 말씀이시군요."

"맞습니다. 소프트 교수의 우주를 제외하면요. 소프트 교수의 우주는 지름길로 왔지요. 왜냐하면 소프트 교수의 연구실에서 생성되었으니까요. 그는 자신이 인식으로 이루어진 거대한 저수지와 연결되어 있다는 사실을 알았죠. 바로 우리 말입니다. 결함은 계속 이 상태를 유지하면 존재할 수 있겠다고 생각한 겁니다. 아시겠어요? 그래서 어머니 우주의 일부가 되길 거부한 겁니다. 불빛에 이끌리는 나방처럼 우리에게 끌리는 거죠. 애초에 그래서 분리되지 않은 겁니다. 그래서 결함이 형성되었고요."

"결함은 의미에 목마르군요. 인지 말입니다. 그의 유일한 희망이니까."

"그렇게 볼 수도 있죠. 진화를 기다리고 있을 수도 있지만 시간이 오래 걸리겠죠. 더 마시겠습니까?" 그는 자신의 빈 잔을 가리켰다.

나는 아래를 내려다보았다. 내 잔도 비어있었다. 브라시아는 내게서 잔을 받아 주방으로 갔다. 잠시 후 그는 음료를 더 가지고 돌아왔다.

"하지만 그 결과는요?" 내가 말했다. "결함의 성격이요. 그의 까다로움 말입니다."

"아." 그가 잔을 내려다보며 미소 지었다.

"'아'라니 무슨 뜻이죠?"

"제가 조금 전에 거짓말을 했습니다."

"거짓말이요?"

"나는 당신 친구 앨리스 교수를 잊은 적이 없어요. 그녀가 핵심 문제였어요. 나와 내 팀이 짐을 싸는 이유이기도 하고……" 그는 팔을 움직이며 비행기가 이륙하는 시늉을 했다.

"무슨 뜻입니까?"

그가 앨리스를 사랑한다고 고백이라도 하는 것일까? 그 열정으로 유럽에서 바다를 건너왔을까?

"설명하기 어렵습니다. 다른 이론이에요."

"말씀해주시죠."

"인식에 목마른 결함이 가까이에 있던 한 사람에게 강력하게 사로잡힌 겁니다. 그 사람이 앨리스 교수였고요. 결함은 그녀의 의견과 취향을 받아들였죠. 그 때문에 균형이 깨졌고요."

"뭐라고요?"

그는 마치 내게 인내심을 발휘해야 한다는 것을 기억해야 한다는 듯 한숨을 쉬며 눈을 감았다.

"결함은 편견 없이 배가 고파야 하죠. 하지만 아니란 말입니다. 그는 말도 안 되는 선택들을 하죠. 제 생각에는 그 선택들이 쿰스 교수의 기호에 따른 것 같고요. 아주 불행하죠."

"결함의 성격이 앨리스를 닮았다는 건가요?"

"네."

"하지만 그렇다면……"

브라시아는 내 눈을 피했다. 그러고는 술을 들이켰다.

"내가 왜 거짓말을 했는지 아시겠지요."

감당하기 버거웠다. 나는 엉뚱한 질문으로 대답을 대신했다.

"그래도 떠나셔야 하는 이유는 이해가 안 가네요." 내가 말했다.

"결함은 자신이 받아들인 페르소나로 오염되었어요. 그러니 그는 쓸모가 없다는 말입니다. 쿰스 교수의 취향은 너무 제한적이에요. 특히 한 가지 부분에서요."

"어떤 부분이요?"

"과학에 관한 취향이요. 연구, 과학자, 물리학자에 관해서 말입니다. 그녀는 당신한테서 영향을 받았고, 그걸 결함에게 물려준 것 같아요. 이런 요소가 당신 성격에도 있다는 걸 인정할 수밖에 없을 겁니다. 그리고 앨리스는 자신도 모르게 당신의 편견을 받아들였어요. 왜냐하면 당신과 너무 가까웠기 때문이죠. 그러니 이제 결함은 모든 시도를 거부하고 있어요."

나는 넋이 나가버렸다.

"그래서 나는 피사로 돌아갑니다." 브라시아가 건배를 제안하듯 잔을 들었다. "저는 저만의 *결함*을 만들 겁니다. 결함에 내 편견을 물려주면 완전히 내 것이 되겠죠. 아마도 사회 과학을 거부할 거예요. 그리고 미국산 와인도요. 그리고 또 뭘 할 수 있는지 보는 거죠. 그러면 물리학적인 성과를 거둘 수 있을 거예요."

"소프트 교수의 실험을 반복하실 생각인가요?"

"그럼요, 하지 않을 이유가 있나요? 아무튼 *결함*은 곧 닫힐 겁니다. 영원히 열려 있을 수는 없어요."

"그런가요?"

"네. 물리학 법칙에 어긋나니까요. 하!"

브라시아는 이 상황이 우습다고 생각하는 모양이었다. 그는 불쾌한 웃음을 터뜨렸다. 빨개진 얼굴 때문에 흑백 영상에 나오는 인물 같다는 생각이 흐려졌다. 나는 술잔을 꼭 쥐었다.

나는 그의 잘난 척을 눌러주고 싶었지만 그는 *결함*의 비밀을 풀었다고 주장하는 유일한 사람이었다. 무시할 만한 일은 아니었다. 떠나리라는 결심도 확고했다. 이제 *결함*은 국제적인 상을 받을 만한 연구 대상이 아니라 주관성에 의해 잘못 생성된 구멍에 불과했다.

"앨리스는 자신의 반영과 사랑에 빠졌군요." 내가 말했다. "나르시스트네요."

"그럼요." 브라시아가 말했다. "안 그런 사람도 있나요?"

"아니요. 이건 차원이 달라요. 그녀는 처음부터 결함에 끌렸어요. 그러니 복합적인 문제죠. 공허에 대한 그녀의 집착 말이에요."

"그럴지도 모르죠. 여기요."

브라시아가 벌떡 일어나더니 주방에서 보드카를 가져와서는 희석시킬 음료도 없는 내 잔에 콸콸 따랐다. 보드카는 잔에 조금 남아있던 오렌지 주스와 섞여 우주비행사들이 마시는 가루 음료 색이 되었다.

"결함이 앨리스의 취향을 받아들였다고요." 여전히 이해하려고 머리를 굴리며 내가 말했다.

"그런 것 같습니다. 하! 그녀는 나를 좋아하지 않더군요."

나는 그를 올려다보았다.

"손만 넣으시지 않았나요." 내가 말했다. "결함은 전체만 받아들일 수도 있죠."

"아니요, 친구. 나는 기회를 줬어요. 나도 테이블 위로 올라갔단 말입니다. 하지만 들어갈 수 없었어요. 결함이 거절했거든요."

"그럼 앨리스는요? 앨리스를 받아들이지 않는다면……"

"그러면요?" 브라시아가 어깨를 으쓱했다. "앨리스가 자신을 인정하지 않는 거겠죠. 특별한 경우는 아닌 것 같군요."

"그럼 결함은 앨리스가 모르는 것들을 안다는 거군요. 그녀의 취향 말입니다. 앨리스의 판단을 테스트하는 방법으로 사용할 수 있다는 말이네요. 그녀 자신이 그렇게 느낀다는 것을 부인하더라도……"

"그렇겠지요. 누가 알겠습니까? 하. 물리학에 관해 더 연구할 수 있도록 과학자를 활용했었죠. 이제는 과학자를 연구하기 위해 물리학을 사용하는 겁니다! 아니, 됐어요. 비효율적인 것 같군요. 피사로 가서 다시 시작할 겁니다."

"그래요. 그렇게 하시죠."

"친애하는 교수님, 행복해지세요. 학기가 끝났지 않습니까. 마셔요. 맙소사. 이 상태로 비행기를 탈 수 있을까요?"

나는 아무 말도 하지 않았다. 내 안의 깊은 바다에 빠진 채 아무 생각도 할 수 없었다.

브라시아의 바보 같은 미소가 희미해졌다.

"무슨 일이죠? 아직도 앨리스 교수를 사랑하나요? 이 모든 걸 겪고도?"

"아직 그녀를 사랑합니다. 브라시아 교수님."

"좋아요. 하지만 당신은 걱정을 너무 많이 해요." 브라시아 교수는 취기가 돌자 영문법이 오히려 정확해지는 듯했다. "결함은 닫힐 겁니다. 당신은 앨리스 교수를 되찾을 거고요. 그녀를 원한다면 말이죠."

"앨리스는 이제 나를 사랑하지 않아요."

"내가 말한 걸 전부 설명해야죠. 앨리스 교수에게 내 이론을 말해요. 당신 이론인 것처럼 말하세요. 그럼 그녀를 되찾을 수 있을 겁니다."

"당신이 한 말을 앨리스에게 전하고 싶지는 않아요."

"좋습니다, 좋아요." 그는 잔을 내려놓고 소파에서 일어섰다. "와 보세요." 그가 내 소매를 당겼다. "와 봐요." 그는 거울이 달린 화장실 문 앞까지 나를 끌고 갔다. "엥스트랜드 교수님, 당신을 봐요. 지금 당신은 엉망이에요. 이번 학기가 길었잖아요. 그렇지 않나요? 이제 집에 가세요. 가서 주무세요. 기분이 좀 나아질 겁니다."

나는 거울을 보았다. 엉망이 된 내 모습이 보였다. 파리한 모습의 남자. 하지만 마음의 평정만 찾으면 될 것 같았다. 나는 머리를 정돈하고 웃는 표정을 지어 보였다. 바깥

공기는 시원하고 달콤했다. 오늘 할 일이 있었고, 시원한 공기를 마신다면 도움이 될 것이다.

하지만 브라시아에게는 내 생각을 숨기고 싶었다. 파티와 그 후의 목적지도 모두 비밀로 하고 싶었다.

"그럼," 그가 말했고, 이제 자리를 뜰 때가 됐다는 의미였다. 그는 장애물처럼 놓인 짐가방들을 지나 문으로 나를 데려갔다. "집에 가세요. 좋은 생각만 하시고요. 희망을 가져요. 오늘만큼은 앨리스는 잊어버리고 내일 아침에 다시 생각해요."

"네." 내가 말했다. "내일 아침에 생각하죠."

그는 문을 열고 어깨를 여러 번 다독이며 밖으로 나를 내보냈다.

"집으로 가십죠." 마치 다루기 힘든 개를 타이르는 듯한 말투였다. "나중에 뵙죠. 국제 세미나 같은 데서 볼 수 있을지도 모르니까요. 안녕히 가세요."

"네. 안녕히 가세요."

공기는 활기를 북돋을 정도로 적당히 차가웠다. 술에 취한 탓에 시력이 어둠에 잘 적응하지 못했지만 상관없었다. 어느 쪽으로 가야 하는지는 알고 있었다. 나는 휘청거리며 현관에서 멀어져서 집 방향으로 걸었다. 나는 브라시아의 말을 거역하고 싶었다. 내가 사는 곳을 그가 알고 있는지 확실하지 않았지만 모험을 하고 싶지는 않았다. 다리가한 번 휘청거렸고 나는 다리를 바로 세웠다. 속으로 나는괜찮다고 다짐했다. 그러고는 뒤로 돌아 문가에 서서 나를향해 미소 짓고 있는, 눈부시게 빛나는 액자 속 검은 얼룩처럼 보이는 브라시아를 보았다. 그가 손을 흔들었다. 나도손을 흔들었다. 등 뒤에서 문이 닫히는 소리가 들리자 나는 방향을 틀어 어둠을 뚫고 반대 방향으로 나아갔다. 파티에 가야 했다.

34

"필립! 안 오는 줄 알았네요. 한잔하시죠."

소프트 교수였다. 이유도 없이 신이 난 그는 내 팔을 잡고 간이로 설치된 바로 끌고 갔다. 파티장은 이미 사람들로 가득했다. 여기저기서 오가는 속사포 같은 대화들이 기관총 소리처럼 커졌다 작아지기를 반복했다. 나는 까딱거리는 머리들과 우스꽝스럽게 비통해하거나 코를 벌름거리며 귀가 빨개진 채로 턱이 빠질 듯 크게 웃고 있는 얼굴들을 지나쳤다. 담배와 술잔들과 음식들이 서버들의 손을 타고 쟁반에서 손으로, 다시 쟁반으로 옮겨졌다. 사람 얼굴로 만들어진 미로를 지나는 악몽을 꾸는 것 같았다. 그 미로를 지나는 얼굴들은 홀로 길을 잃고 두려움에 떨고 있었다.

파티에서 나는 인간 세계와의 작별을 고할 생각이었다. 어쩌면 경계에서 나를 불러 세우는 목소리를 찾을 수도 있지 않을까 생각했다. 적어도 시간을 벌 수는 있었다.

"아니요." 내가 말했다. "이미 술을 마셨습니다."

"크리스마스 아닙니까."

"그렇지요."

"에그노그 한잔하시죠."

그는 내게 살얼음이 언 에그노그와 원통형 얼음이 가득 담긴 플라스틱 컵을 건넸다. 나는 예의상 한 모금을 들이켰고 생각보다 많은 양이 입 안으로 들어왔다. 소프트 교수는 내가 술을 마시는 모습을 보고 흐뭇해하며 미소 지었다. 행복해하는 그를 보는 것이 흐뭇했던 나도 미소를 지었다.

"좋은 소식이라도 있나요?" 내가 물었다.

"거의 끝이 났군요."

"이미 끝났죠."

"학기를 말하는 게 아닙니다."

그는 마치 충분히 설명했다는 듯 다시 한번 미소 지었다. 소음 때문에 내가 놓친 이야기가 있는 것이 아닐까 생각했다.

"무슨 말씀이시죠?" 마침내 내가 물었다.

"결함이요. 닫히고 있습니다. 없어질 거예요."

유니폼을 입고 주름 잡힌 크래커에 형광 분홍색 반죽을 바른 전채 요리를 나르는 웨이트리스가 우리 사이에 끼어들었다. 그녀의 코에는 이슬처럼 땀이 맺혀 있었다. 사람들에게 부딪치지 않도록 쟁반을 높게 쳐들고 있어 음식과 얼굴이 함께 쟁반에 놓인 것처럼 보일 정도였다. 소프트 교수가 고개를 돌리자 쟁반이 그의 턱밑에 놓였다. 그는 팔을 뻗어 크래커를 자기 입으로 옮겼다. 쟁반 위에 두 사람의 턱이 놓이자 분홍색 반죽이 두 사람의 혀처럼 보였고 그들은 마치 성적인 교감을 하는 것처럼 보였다.

웨이트리스가 내 쪽으로 고개를 돌렸다.

"아뇨, 됐습니다." 내가 말했다. 나는 머리를 숙여 그녀의 쟁반이 지나갈 수 있도록 길을 터주었다. 그녀는 우리를 밀치다시피 하며 지나갔다. 나는 입을 오물거리고 있는 소프트 교수를 보았다. "결함에 관해 이야기하고 계셨죠."

"그렇죠." 그가 음식을 삼키며 말했다. "브라시아가 오늘 오후에 말하길, 닫힐 거라고 생각한다더군요. 결함 말입니다. 그래서 한 시간 전에 연구실로 내려가서 몇 가지 측정을 했단 말입니다. 할 수 있는 모든 걸 충분히 했어요. 그는 약해지고 있어요. 앞으로 일주일 정도면 끝날 것 같습니다."

그는 환한 얼굴로 잔을 들었다. 나도 잔을 들었고 우리
는 술을 들이켰다.

"약해지고 있다고요." 내가 말했다.

소프트 교수가 고개를 끄덕였다.

브라시아가 맞았다. 결함은 사라질 것이다. 내 계획은 변
하지 않았다. 오히려 더 확고해졌고, 빨리 실행해야겠다고
생각했다. 두려움에 온몸이 떨렸다. 나는 잔을 기울여 마지
막 에그노그 한 입을 끝내면서 얼음 조각을 입에 넣고 달
콤한 술을 빨아 마셨다.

소프트 교수도 술잔을 비운 뒤 윗입술에 크림을 묻힌 채
나를 보며 어지러운 듯 웃었다. 나와 마신 에그노그가 첫
잔이 아닌 게 분명했다. 그는 나보다 더 취해 있었다. 그리
고 더 행복해 보였다. 어쩌면 그 모습이 답인지도 모른다고
생각했다. 나도 소프트 교수만큼 취해서 행복해져야 하나
생각했다.

"운전대를 잡으면 멋있어진다니까요." 군중 속 목소리가
말했다. 그리고 그 말에 동조하는 사람들의 웃음소리가 터
져 나왔다.

나는 내 잔과 함께 소프트 교수의 잔을 들고 술을 채우

러 갔다. 바텐더는 내가 가르치는 학생 중 한 명이었다. 그는 커다란 볼에서 우리 잔으로 술을 옮겨 담았고 과시하듯 닫힌 병을 열어 럼주 몇 방울을 더 부어주었다. 그가 내게 눈을 찡긋했고 나도 그에게 눈을 찡긋했다. 낙제점을 주려고 했던 학생이었다. 그는 내게 잔을 건넸다. 옮기기 힘들 정도로 잔이 꽉 채워져 있었다. 나는 양쪽 잔에서 한 모금씩을 마셨고 본의 아니게 에그노그에 희석되지 않고 위에 머물러 있던 럼주를 두 모금이나 마시게 되었다.

나는 소프트 교수에게 술을 가져갔다. 그가 웃었다. 나는 그의 창백하고 작은 얼굴 가까이 몸을 기울인 다음 속삭였다.

"파티 분위기를 완전히 바꿔봅시다."

소프트 교수가 찌든 얼굴로 눈썹을 치켜올렸다. "뭘 해야 할지 모르겠군요."

"그냥 따라오시죠."

"알겠습니다."

"여자들이 핵심이에요. 대화할 여자가 있어야 합니다."

"여자들이라."

"네. 최대한 여러 명이요. 남성의 자아는 여자와 함께 있을 때 확장되거든요."

"네."

"그리고 우리 자아가 커지면 남자와 여자가 섞인 무리나 남자들 무리와 어울릴 수 있겠죠. 하지만 일단은 확장해야 합니다."

소프트 교수가 고개를 끄덕였다.

나는 발끝으로 서서 파티장을 살폈다. 파티장 안은 점점 더 붐비고 있었고 사람들의 얼굴들을 알아보기도 힘들었다. 문 쪽에서 소란이 일더니 양 코스튬을 입은 학생들이 줄지어 들어왔다. 내 뒤에 있는 여자가 우는 소리로 이야기했다. "*어디? 보이지도 않아. 보이지도 않는 사람이랑 어떻게 떡을 치냐고?*" 웃음소리가 담배 연기구름처럼 공기를 채웠다. 배경음악이 시끄럽게 바뀌었다. 음악이라기보다 두통을 느끼는 로봇의 소음 같았다. 여자 문학 교수가 음악에 도취한 채 구석에서 땀을 흘리며 춤을 추고 있었고 정장 입은 한 무리의 남자들이 그녀를 둘러싸고 손뼉을 치며 격하게 환호하고 있었다. 그녀의 티셔츠에는 'MY HEART IS FILLED WITH LOVE FOR ALL CREATURES(모든 창조물에 대한 사랑으로 가득찬 내 마음)'이라는 문구가 쓰여 있었다. 담배 연기구름이 웃음소리처럼 공기를 채웠다. 디스코 전구가 잠깐 번쩍였고 움직이는 사람들은 버스터 키튼 영화 속 인물들처럼 보였다. 비눗방울이 웃음소리처럼 공기를 떠다녔다. 나는 미로 벽처럼 보이는 사람들의 까딱거리는 머리가 풍선이고 몸통은 그들을 땅에 묶어두는 끈이 아닐까 상상했다. 그리고 그 끈들을 자르면 머리들은 여전히 담배 연기를 뿜고 웃어대며 천장까지 둥둥 떠오른 채 까딱거리고 데굴데굴 구를 것 같았다.

소프트 교수의 어깨 너머로 술잔을 들고 지루한 표정으로 서 있는 여자 셋이 보였다. 그중 한 명은 아는 얼굴이었다. 거시경제학과에 새로 부임한 교수였다. 그녀는 나와 눈을 마주쳤다. 나는 고개를 까딱하고 마른침을 꿀꺽 삼킨 후 미소 지었다. 여전히 까치발로 서 있던 나는 발꿈치를 내렸다. 소프트 교수는 재미있다는 듯 나를 바라보았다.

"지금은 돌아보지 마세요." 내가 말했다. "우리 뒤에 여자들이 있어요. 지금 쳐다보면 퇴짜 맞을 겁니다."

소프트 교수는 당황하는 듯했다. 나는 그의 어깨를 잡고 몸을 돌려 여자들을 바라보게 했다.

"여기요." 내가 말했다. "교수님……" 나는 눈을 마주쳤던 거시경제학 교수를 향해 잔을 흔들었다. 그녀는 서른 살쯤 돼 보였다. 그녀의 안경알에 푸르스름한 조명이 반사되고 있었다. "이름을 잊었네요." 마치 그녀의 잘못이라는 듯 내가 말했다.

"엄도리스 엄필드요." 그녀가 말했다. 자기 탓을 하는 듯한 내 태도를 받아들이는 것 같은 말투였다.

"엄필드, 그렇네요. 경제학과에 계시죠."

"필드요, 엄 맞아요."

나는 음흉한 미소를 지으며 앞으로 몸을 기울였다.

"잘 안 들리네요." 내가 말했다. "이쪽은 소프트 교수님이에요."

필드인지 엄필드인지 하는 여자가 소프트 교수가 내민 손을 맞잡고 미소 지었다. 그녀의 두 동료는 앞뒤로 체중을 옮기며 다른 이들처럼 떠들거나 소리치든가 군중의 미로를 자유롭게 돌아다닐 수 있게 되기를 기다렸다. 소프트 교수와 마주 보고 선 여자는 키가 크고 날씬한 체형에 안짱다리처럼 보일 만큼 다리가 휘어 있었다. 긴 금발 머리는 입원실 커튼처럼 얼굴 옆으로 차분하게 떨어졌다. 소프트 교수가 그녀에게 가까워지자 정전기 때문에 들어 올려진 머리카락이 그의 목털에 달라붙었다. 내 쪽에 서 있는 세 번째 여자는 키가 작았고 서 있는 자세에 따라 통통해 보이기도, 날씬해 보이기도 했다. 검은 머리는 말아 올려져 있었고 보이는 모든 손가락에 반지가 끼워져 있었다. 그녀는 주황색 목도리를 두르고 있었는데 멋을 부리는 용도가 아닌 길고 두꺼운 스키용 목도리였다. 푸른색 아이섀도가 눈에 띄었다. 수수한 얼굴이 매력적이었다.

"대학에서 일하시나요?" 우리 모두를 가리킬 수 있도록 손을 움직이며 내가 말했다. 에그노그가 잔 가장자리 밖으로 쏟아질 듯 말 듯 찰랑거렸다. 나는 손을 바꿔 다시 한 번 같은 동작을 취했지만 어쩐 일인지 이번에도 움직이는 손에 잔이 들려 있고 빈손은 주머니에 꽂혀 있었다.

"제 이름은 아타바스카예요. 젠더 연구를 하고 있고요. 이쪽은 앤더팬더 씨고, 입학처에서 근무해요."

"젠더 연구원, 입학처 직원이시라." 헷갈리고 어려운 이름은 빼고 그녀의 말을 따라 하며 고개를 끄덕였다. "이쪽은 소프트 교수님, 정통 물리학과에 계세요. 그리고 저는 하드 교수고 늘어진, 좀 더 정확하게는 물렁한 과학을 연구합니다."

"무슨 말씀이신지."

"소프트 교수와 하드 교수요. 물렁한 하드 교수입니다. 물렁한 과학을 연구하죠. 안녕들하십니까."

"이름이 그게 아니시잖아요." 목도리를 두른 여자가 말했다.

"맞습니다." 소프트 교수가 말했다.

"아니, 이쪽 분이요. 이름이 하드가 아니라 엥스트랜드잖아요. 앨리스 쿰스 교수랑 사귀는."

"더는 아닙니다." 내가 말했다. "고대 역사죠."

"고대사를 가르치세요?"

"아니 그게 *아니던데요.*" 목도리를 한 여자가 말했다. "내가 이해하기로는 아니었어요. 그녀가 떠나도록 놔두지 않으려고 한다고 들었어요."

"그래서 앨리스 교수는 어디에 있는데요?" 소프트 교수가 멍한 표정으로 말했다. 이제야 그녀를 상대할 용기가 난 듯한 목소리였다.

"아, 이 근처 어딘가에 있겠죠." 나는 거짓말했다. 다시 발뒤꿈치를 들고 서서 그녀를 찾는 척했다. 하지만 그때, 위선을 떤 벌이라도 받듯 군중들 사이를 유유히 가로지르는 앨리스가 언뜻 보인 것 같았다. 심장이 쿵 내려앉았다.

하지만 내가 본 여자의 머리는 길었고, 앨리스의 긴 머리는 잘려 나가고 없었다. 잘못 본 게 틀림없었다.

나는 다시 소프트 교수와 여자들과 대화를 시작했다.

"누가 그런 이야기를 하던가요? 그녀가 혼자 있고 싶어한다는 건 어떻게 아셨죠?"

목도리를 두른 여자가 솔직하고 당당한 미소를 지었다.

"당신이 생각하는 것보다 많이 알아요. 앨리스 교수님 이야기에 관심이 있었거든요."

"정말 무섭군요." 내가 말했다. 도움을 청하며 다른 사람들을 둘러보았다. 애들패들인가 하는 여자는 흰 무릎으로 서서 몸을 휘청였고 그녀의 머리칼은 전기가 흐르는 것 같은 소프트 교수의 가슴팍에 한 가닥씩 모여 붙고 있었다. 엄필드는 먼 산을 보며 천천히 술을 홀짝였다. 소프트 교수는 완전히 정신이 나간 듯 눈은 풀린 데다 입도 축 늘어져 있었다.

"네. 앨리스 교수의 도피가 좀 대단했죠." 목도리 여자가 말했다. "교수님은 침묵으로 중요한 이데아를 되풀이하는 거예요. 거부함으로써 말이죠. 우리가 사용하는 언어는 남성들에 의해, 남성들이 사용하도록 구성되었어요. 여성의 무력함은 그 안에 내재되어 있죠. 본질적이라고요. 그래서 언어를 바꿀 수는 없어요. 지금 나처럼 말을 하려면 나 자신을 억압하는 도구를 사용해야 하는 거예요. 이해가 되나요?"

"마치 크립토나이트로 집을 지으려 하는 슈퍼맨처럼 말이죠." 그녀의 주의를 돌리려고 내가 제안했다.

"맞아요." 그녀는 아랑곳하지 않고 이야기했다. "그러니까 앨리스 교수의 침묵은 모범적인 페미니스트 선언이죠. 협조하길 거부하는 거예요."

"사실 그게 다가 아니에요." 내가 말했다. "복잡해요."

"결함 말씀이시죠."

"네. 결함이요. 내가 앨리스에게 억지로 말을 시키는 건 아니에요. 다른 일이 있었죠."

목도리를 한 여자가 고개를 끄덕였다. "다른 성과 사랑에 빠졌죠. 제가 결함을 어떻게 생각하는지 들어보실래요?"

"음……."

"좋아하실 거예요." 앵글팽글인가 하는 여자가 방백 하듯 소프트 교수에게 속삭였다. 그녀가 몸을 기울이면서 소프트 교수의 가슴팍에 머리칼이 더 많이 달라붙게 되었다.

"결함이 그 다른 성이에요." 목도리를 한 여자가 말했다. 그녀는 '다른 성'이라는 단어를 강조하려고 과장스럽게 콧구멍을 넓히며 발음했다. "앨리스 교수가 당신에게 다른 성인 것처럼 말이죠. 다른 성을 사랑하는 건 자연스러운 거예요. 그들은 미스터리하고 고요한, 내향적이고 수수께끼 같죠. 내면이 깊다고요. 굉장한 발전인 것 같아요. 결함을 사랑할 수 있는 다른 성으로 보다니 말이에요. 세 번째 성인 셈이죠. 좀 더 이해해 주셔야 해요."

"앨리스가 개척자라는 말씀이시군요." 내가 대답했다.

"길이 기억될 거예요."

"그녀는 성공했네요."

"뭐, 그렇죠."

"앨리스를 찾아봅시다." 내가 말했다. "그녀를 찾아서 이야기해줘요. 당신이 방금 굉장히 멋진 이야기를 한 것 같아요. 우리가 이해한다고 이야기해줘야 합니다."

진심이었다. 그 순간만큼은 그녀의 말이 정당하고 심오하게 들렸다.

소프트 교수의 입이 떡 벌어졌다. 그는 분명 제3의 성을 창조하려고 하지는 않았을 것이다. 그의 혀에 엉겨있는 침과 에그노그가 반짝였다. '침 좀 삼켜요'라고 그의 귀에 속삭이고 싶은 걸 꾹 참느라 애를 먹었다.

"당신에게서 이 이야기를 듣고 싶어 하진 않을 거예요." 목도리를 한 여자가 고개를 저으며 말했다. "이해하셔야 해요. 당신이나 나나 다른 사람들이 앨리스 교수의 경험을 외적인 기준에 따라 정의하면 그녀에게 부담이 될 뿐이에요. 우리가 방해할수록 그녀의 완전히 순수한 경험이 끝날 위험이 높아져요. 그녀가 언어를 사용할 준비가 되면 자신만의 언어를 만들 거예요. 우리가 인식하지 못하는 혀로 이야기할 수도 있죠. 하지만 우리가 결정할 일은 아니예요."

"당신이 맞아요. 그렇죠." 달리 할 말이 없었다. 어쨌든 그 순간만큼은 그녀의 말에 동의했다.

"이런 이야기를 할 수 있어서 좋네요."

"그러게요."

우리는 모두 미소 지었다. 소프트 교수와 나는 이제 행복하고 평온한, 킥킥거리는 우리 주변의 다른 사람들과 같아졌다. 여자들은 고개를 끄덕이며 미소 지었다. 우리가 자리를 뜨는 것을 허락할 것 같은 분위기였다. 나는 웃으며 술잔을 높이 들고 있는 소프트 교수에게 신호를 보냈다. 그의 술잔이 아브라카다브라 양과 그를 연결한 머리카락 다리를 건드렸다. 그는 스웨터에 붙은 머리카락을 떼려 뒤로 물러섰고 서너 가닥이 그의 팔에서 술잔으로 옮겨갔다가 에그노그 방울과 함께 주인에게로 돌아갔다.

나는 끙끙거리며 다시 바로 향했고 소프트 교수는 내 뒤를 바짝 따랐다. 우리는 구석에 난 빈자리를 하나를 찾아 자리를 잡았다.

"제가 생각했던 건 이런 게 아니었는데요." 내가 말했다.

나는 학생 바텐더에게 우리 잔을 다시 채워달라고 건넸다.

"뭐가 잘못되어가고 있나요?"

"네. 조금 잘못됐죠."

그는 눈썹을 찌푸렸다. "저 여자분의 이야기를 완전히 동의할 수는 없을 것 같네요. 앨리스 교수와 결함에 관한 이야기요."

나는 바텐더에게 그의 컵을 건넸다. "한 마디도 이해할 수 없어요." 내가 말했다.

"맞아요. 왜냐하면, 진짜 그렇거든요."

"그러니까요. 우리끼리는 완전히 동의한 거네요."

"맞아요. 맞습니다."

"하지만 굉장히 단호했어요." 내가 말했다. "매우, 뭐랄까, 설득력이 있죠."

"네." 소프트 교수가 말했다. 그는 아주 진지하고 침울한 얼굴로 시선을 내리깔았다. 머리 위로 징 치는 소리가 울려 퍼지더니 불쾌한 목소리가 이렇게 외쳤다. "열려라, 참깨!" 소프트 교수와 나는 격하게 술을 들이켰다. 우리는 서로에게 소외감을 느꼈고 파티 분위기를 바꿔보려던 계획은 망가지고 말았다. 내 다른 계획이 위험할 정도로 가까워져 어두운 그림자를 드리우는 것 같았다.

"필립?"

"네?"

"말씀하신 게 사실입니까? 당신과 앨리스 교수가 몇 달 전에 헤어졌다는 이야기 말입니다. 정말 고대 역사가 되었나요?"

"맞기도 하고 아니기도 해요."

소프트 교수가 고개를 끄덕였다. 그는 술에 취해서도 깍듯하게 예의를 차려 질문하고 있었다. 우리는 아무 말도 하지 않고 서 있었다. 술 때문에 얼굴에 감각이 없어진 것 같았고 혀가 부풀어 둔하게 느껴지는 데다 시야도 흐렸다. 배경음악 때문에 바닥이 울리고 있었다. 나는 턱으로 배경음악 비트를 느끼려고 이를 꽉 물었다. 음악 때문에 치아가 부식될 수도 있을 것 같다는 생각이 들었다. 나는 이를 보호하려고 턱에 힘을 풀었다.

"그럼," 나는 주제를 바꿔볼까 하고 입을 열었다. "이제 결함은 없는 거네요."

"맞습니다." 내가 소프트 교수에게 행복한 순간을 상기시킨 모양이었다. 그는 씩 웃었다.

"그래서 이제 우리를 없애시겠군요. 결함을 추종하던 사람들 말입니다."

소프트 교수가 얼굴을 찌푸렸다. "그런 말은 한 적이 없습니다, 필립."

"아뇨, 사실이죠. 우리는 그에게 자신을 바치려고 몸을 던졌잖아요. 수치스럽죠."

소프트 교수의 얼굴 가득 주름이 졌다. 그는 속삭이려는 듯 몸을 기울였고 그의 목소리는 떨리고 있었다. 우리는 몸을 기우뚱거리며 두왑 음악 그룹 새틴스나 로열스처럼 머리를 흔들었다.

"사실대로 이야기하면 말이죠, 저도 시도했습니다. 이유는 모르겠어요. 제가 창조했으니 결함이 받아줄 사람은 저여야 한다고 생각했던 것 같습니다. 나는 받아들여야 맞죠. 하지만 안 되더군요." 그가 어깨를 으쓱했다. "상관없어요. 곧 악몽으로 기억되고 말 테니."

"브라시아도 시도했어요." 내가 말했다. 나는 마음속으로 결함의 테이블로 뛰어든 사람이 몇이나 되는지 세어보았다. "그가 그러더군요. 그리고 디 투스도요. 테이블 위에 있는 걸 제가 봤습니다."

"그렇군요."

꽤 우스운 일이었다. 우리는 한참 동안 웃었다. 소프트 교수는 곧 웃음을 멈추더니 다시 은밀한 목소리로 말했다.

"시도해 보셨습니까?" 그가 물었다.

"오, 그럼요." 나는 거짓말했다.

우리는 각자의 몸과 서로의 몸을 때려가며 조금 더 웃었다.

"여자들을 더 찾아보죠." 내가 말했다.

소프트의 표정은 탄소 입자에서 노벨상 수상 물리학자로 거듭나는 지구인의 진화를 그대로 보여주는 듯했다.

"좋아요." 진화를 마친 그가 말했다. "하지만 지금 생각해보니 화장실이 정말 급하군요. 갑자기 급해졌어요. 정말 미안합니다."

"괜찮습니다." 내가 말했다. "하고 싶은 대로 하세요. 하고 싶은 대로요."

"같이 가시겠습니까?"

"아니요. 있겠습니다. 여기에요."

그는 자기 잔을 내게 넘기고 쏜살같이 사라졌다. 그가 너무 늦기 전에 화장실을 찾을 수 있길 바랐다. 파티장이 너무 소란스러워서 쉽지 않을 것 같았다. 두 다리로 버티며 한 자리에 서 있는 것도 버거운 지경이었다. 조잡하기 짝이 없는 파티였다. 나는 산악가들이 사지 중 하나 이상을 땅에서 떼지 않는다는 이야기를 기억해냈다. 팔다리 네 개

중 세 개는 땅을 짚고 있어야 했다. 그 법칙이 왜 일상생활에도 적용되지 않는지 궁금했다. 정말 합리적인 법칙 아니던가? 하지만 나는 모르는 사람들에 둘러싸여 있었다. 이 합리적이고 당연한 법칙을 따를 수 있으려면 손이 자유로워야 하는데 술잔을 넘길 사람이 없었다.

어쩔 수 없었다. 들고 있던 잔 두 개 중 술이 더 적게 남은 쪽을 단숨에 들이켜고 술이 든 컵을 빈 컵 안에 넣은 다음 빈손으로 땅을 짚기 위해 무릎을 꿇었다.

훨씬 나았다. 바닥은 안정적이었다. 인파 밑에 있으니 더 시원하고 조용했다. 새로운 세계였다. 어둡고 기발하고 이상한 세계. 저 위에 있는 누구도 나를 찾는 것 같지 않았다. 혹시 나를 찾는 사람이 있다면 예의를 차리느라 말을 아끼고 있는 것 같았다.

사라지는 게 얼마나 쉬운가. 두려워하지 않아도 된다.

사람들이 술을 가지러 몰려와 나를 거칠게 미는 바람에 나는 바에서 멀어져 파티장 한가운데까지 밀려났다. 나는 몸을 웅크린 채로 사람들과 함께 이리저리 움직였고, 무릎이 턱 밑에서 왔다 갔다 했다. 나는 술잔을 깃발처럼 공중에 쳐들고 다른 손은 방향키 역할을 하도록 땅을 짚어 내 공간을 사수했다. 코스튬을 입은 웨이트리스가 내 옆을 지나쳤고, 그녀의 쟁반이 내 위로 그늘을 드리웠다. 그녀의 옷에 달린 복슬복슬한 꼬리를 그제야 보게 되었다. 나는 차선이 희미한 고속도로 위에서 앞에 가는 트럭을 가이드 삼아 운전하는 사람처럼 웅크린 자세로 그녀의 종아리에 시선을 고정한 채 종종거리며 그녀를 따라갔다. 그녀는 들고 있던 빈 쟁반을 자신의 옆구리에 끼웠고, 나는 이마에 쟁반을 맞을 뻔했다. 그녀가 유유히 사라지자 나는 좌초되었다.

"내 꿈의 *핵심은*," 내 위의 남자가 말했다. "나와 키스한 적이 있는 모든 여자들이 죽으면 *천국*에 가는 거야. 불멸의 삶을 사는 거지. 지상낙원에서 말이야."

나는 빈 곳으로 재빨리 움직여서 마지막 남은 에그노그를 들이켰다. 다시 일어서고 싶었다. 저 위에서 할 일이, 계획이 있었다. 파티에서 나는 인간 영역을 떠나기 전 작별 인사를 할 생각이었다. 바닥은 사람들에게서 너무 멀었다. 나는 잔을 옆에 놓고 먼지와 에그노그가 섞이는 것도 아랑곳하지 않고 손을 비볐다. 때가 되었다고 생각했다. 나는 몸을 일으켰다. 적어도 그러려고 노력했다. 하지만 무릎이 수평으로 뻗어지면서 손과 무릎을 땅에 짚은 채 휘청거리게 되었고, 물고기 잡는 그물을 두른 허벅지에 얼굴을 박고 말았다. 그물이 없었다면 맨살이었을 여자의 허벅지였다.

"저기요." 누군가 말했다.

정신을 차려보니 여자들이 나를 둘러싸고 있었다. 다리만 보아서는 키가 크고 매력적인 여자들인 것 같았다. 새로 거세학과가 생겼나보다고 생각했다. 나는 그들 한가운데 손과 무릎으로 땅을 짚고 있었다.

그물이 씌워져 있거나 광이 나거나 닭살이 돋아 있거나 깨끗하게 면도된 다리들로 만들어진 새장 가운데 가는 줄무늬 정장 바지가 눈에 띄었다. 정장 바지를 입고 있는 다리는 다른 다리들보다 유독 짧았다. 바지 허리춤이 다른 여자들의 무릎 높이에 있었다. 아주 작은 남자였다. 아니면 여자들이 거인이거나.

"이 사람을 아세요?" 한 여자가 말했다.

나는 마술 쇼에 등장하는 춤추는 밧줄처럼 무릎을 후들거리며 일어섰다. 줄무늬 정장을 입은 남자는 디 투스 교수였다. 나는 그를 위에서 내려다보았다. 여자들은 보통 키에 다양한 체형이었다. 그들은 웃음기 어린 눈을 깜빡이며 나를 보았다. 학생들이었다. 시끄러운 여학생 무리. 가발 밑으로 오만상을 찌푸린 디 투스 교수의 얼굴이 보였다. 그는 턱을 꼭 다문 채 차가운 시선으로 나를 보았다. 그는 투명

한 음료수에 얼음을 타 마시고 있었다.

"조지스 교수님." 내가 말했다.

그의 작은 콧구멍이 한껏 벌어졌다. 마치 기계로 만든 것 같은 표정이었다. 그는 입술로 술을 가져가서 입을 거의 벌리지 않은 채 잔을 기울였다. 말하기 전에 입술을 축이고 싶었던 것 같았다. 나는 미소 지었다. 그는 나에게 미소 짓지 않았다. 그는 발꿈치를 들고 서서 자신의 오른쪽에 선 여자에게 속삭였다. 속삭이는 척을 하는 것 같기도 했다. 그녀는 웃음을 터뜨리며 눈을 굴렸다. 그리고 무슨 일인지 모르지만 모든 여자들이 웃음을 터뜨리고 눈을 굴렸고 나와 디 투스 교수만 남겨둔 채 그녀들은 다른 곳으로 자리를 옮겼다.

"저는 함께 있어요." 내가 말했다. "소프트 교수님과요. 오실 거예요. 곧."

디 투스 교수는 아무 말도 하지 않고 그저 나를 빤히 보기만 했다. 그는 계속해서 눈으로 내게 양성자와 중성자, 양전자를 쏘고 있었다. 그것들이 감각을 잃은 내 얼굴 피부에서 흘러내리는 것이 느껴졌다. 솔직히 말하면 기분이 좋았다.

"결함이 닫히고 있어요." 나는 말하면서 단어를 신중히

308

나열했다. "들으셨어요?"

디 투스 교수의 얼굴에 미소가 비친 듯했다. 여전히 말은 하지 않았다.

"소프트 교수도 들어가려 했답니다." 내가 말했다. 디 투스 교수는 자신이 테이블로 올라가 있는 동안 내가 챔버에 들어온 것 때문에 내게 화가 난 것 같았다. "다들 시도했다더군요. 하지만 누구도 가능하지 않은 모양이에요." 나는 두 장님을 떠올렸지만 그들을 언급하지 않기로 했다. "*결함*이 닫히고 있다니 어쨌든 상관없지요."

디 투스 교수는 아무 말도 하지 않았다. 그는 자신의 잔을 들고 나를 빤히 보기만 했다. 닫힌 입술 뒤에서 무언가를 오물거리고 있었다. 파이프를 입에 물고 오물거릴 때와 비슷했다.

"그러니 이제 다 끝난 것 같네요." 내가 말했다. "*결함*에 관련된 모든 게요. 아니면 앨리스에 관한 모든 게요. 이건 많은 사건 중 하나라 할 수 있죠. 특별할 것 없는 사건 하나요. 많은 사건 중 하나. 소프트 교수의 사건이고, 디 투스 교수의 사건이죠. 아마 아무도 엥스트랜드의 사건이라고는 하지 않을 겁니다. 다 틀렸어요. *결함의 사건*이라고 해야 맞을 것 같네요. 어쨌든 끝났어요."

디 투스가 팔짱을 꼈고 그의 잔이 팔 아래서 덜렁거렸다. 그는 실눈을 뜨고 나를 자세히 살폈다. 나는 다시 파이프를 떠올렸다. 그는 파이프를 입에 물고 있는 상상을 하는 게 틀림없었다.

"다른 프로젝트를 살피고 있습니다." 내가 말했다. "이제 결함은 우리의 관심사가 아니니까요. 교수님께서 흥미로워하실 아이디어가 몇 개 있는데요. 예전에 계획했던 협업을 다시 시작해 볼 수 있을지도 모르죠."

디 투스 교수는 여전히 아무 말도 하지 않았다. 하지만 내 입에서는 이제 말이 술술 나왔다.

"예를 들면 이건 어떠신가요. 입자 가속기에서 *사고 자체*를 *뭉개뜨려서* 인식의 다양한 방식, 규율을 통합하는 거죠. 엄청난 압력을 가해서 충돌에서 어떤 종류의 기본 요소가 날아가는지 확인하는 겁니다. 조지스 교수님 당신과 제가 말입니다. 엄청난 연구가 될 수 있어요. 진짜 중요한 연구요. 제가 이런 말을 하고 싶지는 않았지만, 조지스 교수님, 'N.P'를 받을 수 있다는 말입니다. 아시겠어요? '노.상' 이해하셨나요? 한 글자씩 말해드릴까요? '노.벨'이요. 무슨 말인지 아시겠죠. 교수님이 마무리 지으세요. 마지막 글자가 뭘까요?"

냉랭한 침묵이 흘렀다. 그는 보이지 않는 파이프를 문 채 날카롭게 나를 쏘아보았다.

"좋아요, 조지스 교수님. 이해했어요. 알겠다고요. 쉬운 길로 가실 생각이군요. 뒤로 물러나 제가 자폭하는 과정을 지켜보실 작정이시네요. 재미있으신가요? 대단한 인물이 되는 것 말입니다. 제게 복수하시는군요. 파티에 와서 거의 여자들한테 둘러싸여 저한테는 한마디도 하지 않고 계세요. 제가 교수님의 비밀을 안다는 이유만으로 말이죠. 저는 교수님께서 테이블에 올라가서 공허 속에 몸을 던지려 한 걸 알고 있거든요."

정적이 흘렀다.

"죄송합니다. 조지스 교수님. 젠장. 죄송해요. 용서해주세요. 제가 정신이 나갔군요."

그는 나를 빤히 보았다. 우리 주위로 술에 취한 악몽 같은 파티가 깜빡이고 있었다.

"계획이 있었습니다. 다 생각해 뒀었죠. 앨리스와 비슷한 사람을 찾으면 무슨 일을 해야 할지 알 것 같았어요. 제 계획은 실패했어요. 잘 안 됐습니다."

디 투스 교수는 광란의 파티의 중심에 선 고요하고 작은 존재처럼 보였다.

"거짓말을 했어요, 교수님. 저는 시도하지 않았습니다. 결함이요. 아직 안 해봤어요. 모르겠어요. 저를 데려갈지도 모르죠. 저는 아직 시간이 있을 때 알아내고 싶어요. 결함이 닫히기 전에 말이죠. 그녀가 나를 사랑하는지 알고 싶다고요."

작은 남자가 입술을 일그러뜨렸다.

"저는 지금 위험한 일을 암시하는 겁니다. 암시 이상이죠. 절 막지 않으실 겁니까? 제가 도움을 청하고 있을 수도 있다고요. 잘 모르겠습니다. 교수님의 의견을 묻고 싶네요. 제가 위험한 일에 대해 말해야 할까요? 말 좀 해주세요."

보이지 않는 파이프에서 보이지 않는 연기가 피워올라 파랑과 초록 조명 사이로 퍼졌다.

"결함이 저를 받아줄 거라 생각하시 않으시죠? 그래서 걱정하지 않으시는군요."

아무 말도 없었다. 그의 뒤에서 사람들이 경련에 가까운 원초적인 춤을 미친 듯이 추기 시작했다. 문학 교수는 이미 티셔츠를 벗은 상태였다. 소프트 교수는 입학처에서 일한다던 키가 크고 안짱다리를 한 여자와 이야기하고 있었는데, 이제 그녀의 머리카락이 그의 머리를 감싸다시피 하고 있었다.

"조지스 교수님, 제가 상태가 좋지 않군요. 밖에 나가서 좀 쐬어야겠어요. 바람을요. 들어주셔서 감사합니다."

"별말씀을." 디 투스 교수가 말했다. 그는 도루를 지시하는 3루 코치처럼 천천히 왼쪽 새끼손가락을 귀에 넣고 세 번 돌렸다. 그러고는 메트로놈처럼 정확한 짧은 보폭으로 자리를 떴다. 소용돌이가 이동했다. 판단을 모두 내게 남겨둔 채. 실수였다. 나는 침묵과 수수께끼를 대하는 방법을 잘 몰랐다. 마음속에서 한층 혼란스러워진 파티와 맞먹을 정도의 혼란이 일었다. 나는 태풍의 눈 안에 서 있는 태풍이나 마찬가지였다.

나는 어디가 아픈 사람처럼 1분쯤 비틀거리며 서 있었다. 그러고는 비틀거리는 걸음걸이로 춤추는 군중들 사이를 파고들어 별들이 기울어진 시리도록 찬 밤공기 속으로 나왔다.

나는 내 숨결이 만든 구름을 헤치고 또 헤치며 나아갔고, 곧 물리학과 건물이 있는 얼어붙은 언덕을 오르고 있었다.

35

나는 엘리베이터를 타고 연구실로 내려갔다.

*결함*의 챔버에는 이미 불이 켜져 있었다. 챔버 불은 항상 켜져 있었다. 아무 일도 일어나지 않았던 무대도 항상 준비가 되어 있었다. 잠들어 있는 기계가 웅웅거리는 소리와 귓가를 울리는 이명 말고는 아무 소리도 들리지 않았다.

나는 등 뒤에서 문을 닫았다. *결함*의 테이블은 스포트라이트를 받아 빛나고 있었고 취한 시야 때문에 테이블 주변에 뿌연 후광이 빛나는 것처럼 보였다. 챔버는 말끔하게 청소가 되어 있었다. 핏자국은 하나도 남아있지 않았다.

*결함*은 버려져 있었다. 브라시아는 떠났다. 학생들은 파티를 하고 있거나 크리스마스를 지내러 집으로 가고 있을

것이다. 앨리스의 근무 시간이었지만 그녀는 도망쳤다. 소프트 교수도 결함에 등을 돌렸다. 소프트는 *결함*이 사라지고 있다는 사실을 알고 마치 결함이 이미 사라지기라도 한 것처럼 행복해했다. 사람들의 관심을 먹고 떼를 쓰던 *결함*은 관심이 사라지자 시들어 죽게 되었다. 어쩌면 내가 그의 마지막 손님일 수도 있었다.

나는 취한 채 오만상을 찌푸리고 테이블을 노려보며 주위를 뱅뱅 돌았다. 나는 시간을 버는 중이었다. 나는 언제나처럼 브라시아가 나타나서 나를 *결함*과 떨어뜨려 놓아주길 기대했다. 하지만 지금쯤 브라시아는 비행기를 타고 바다 위를 날고 있을 것이다. 나를 멈춰줄 사람은 없었다. 내가 파티장을 떠나는 모습을 본 사람도 없었다.

"*그렇게 하려면 해.*" 앨리스는 그렇게 말했다.

나는 테이블을 뱅뱅 돌며 나 자신에게 최면을 걸었다. 답을 빙빙 도는 물음표 같았다. 말을 하고 싶었지만 누구에게 말해야 할지 알 수 없었다. 앨리스일까 *결함*일까? 둘은 서로를 상쇄해버렸고 하나가 되었다가 0이 되었다. 그러니 테이블 위에 있는 것은 무(無)였다. 아무것도 없는 무. 앨리스와 *결함*을 담고 있는, 나 자신도 그 안에 담기고픈 무였다. *결함*은 내가 사랑하는 사람을 빨아들이길 거부함

으로써 그녀를 빨아들여 무로 만들었다. 나도 무가 될 작정
이었다.

"그렇게 하려면 해."

나는 테이블 위로 올라갔다. 간단했다. 나는 *예* 또는 *아
니오*라는, 우주가 인정하는 완전한 답을 얻을 첫 번째 청
혼자가 될 것이다. 나는 테이블 양쪽을 잡고 폴짝 뛰어서
먼저 무릎을 올린 다음 배를 대고 엎드렸다. 거의 엎드렸다
고 할 수 있을 것 같았다. 아랫도리가 발기되더니 잔인하게
느껴질 정도로 단단해졌다. 어떤 이유인지 모르지만 내 몸
은 지금 내가 야릇한 상황에 있다고 착각한 모양이었다. 무
시해야 했다. 나는 테이블을 꽉 잡고 무게 중심이 *결함의*
경계라고 표시된 선 바깥에 놓일 때까지 앞으로 몸을 밀었
다. 다리를 배 밑에 구부려 넣어 인간 총알이 될 준비를 마
친 다음 테이블 가장자리로 몸통을 옮겼다. 그리고 눈을 감
은 뒤 경계선을 지나 *결함* 안으로 몸을 던졌고, 나는 테이
블 저편 가장자리를 지나 챔버 바닥으로 데굴데굴 굴렀다.

나는 땅에 손을 짚고 착지하면서 뒤로 한 바퀴를 굴렀
고, 테이블 밑에 머리를 두고 바닥에 등을 대고 눕게 되었
다. 나는 마치 고장 난 낙하산을 타고 절벽 너머로 떨어진
와일리 E. 코요테(워너브라더스 애니메이션 「루니 툰」에 등장

하는 캐릭터 — 옮긴이) 같았다. 하지만 효과음이나 먼지구름은 일어나지 않았다. 내 행동은 아무 흔적도 남기지 않았다. 무에게는 하찮은 한 걸음이었고, 아무도 아닌 누군가에게는 중요한 한 걸음이었다. 바닥이 차가웠다. 물리학과 건물은 나를 무시한 채 웅웅거리는 소리만 내고 있었다. 발기가 풀리고 있었다. 속옷 밑에서 그곳이 느슨해지는 느낌이 들었다. 머리가 울렸다. 눈을 뜨자 캔버스에 흩뿌려진 물감들처럼 별이 반짝이고 있었다. 나는 눈을 감았다.

"그렇게 하려면 해."

술기운이 오른 나는 바닥에 뻗은 채 아침까지 기절해 있었다.

36

잠에서 깬 나는 비틀거리며 관찰실이 있어야 할 챔버 밖으로 나갔다. 그곳에는 관찰실이 아니라 새로운 세상이 펼쳐져 있었다.

우선 지하에 있지 않은 것만은 확실했다. 야외였다. 주황빛 하늘에는 구름 한 점 없었다. 지평선 위에 있는 많이 본 듯한 건물은 뭔가가 잘못되어 있었다. 기울어진 이상한 모양이었다.

발이 땅 밑으로 꺼졌다. 나는 아래를 내려다보았다. 베어링 구슬 같은 작은 공들이 바닥에 잔뜩 쌓여 있었다. 구슬 위로 덮인 초록과 노란색 양모가 얼핏 잔디처럼 보였다.

나는 고개를 돌렸다. 내가 지나온 문은 해변가에 놓인

아이스박스처럼 작은 구슬 더미에 비스듬히 박힌 검은색 자유의 여신상 받침대에 달려 있었다. 문 너머에는 나와 함께 밤을 지낸 결함의 테이블이 보였다.

한 걸음 더 옮기니 발이 발목까지 빠졌다. 발을 옮길 때마다 엉킨 양모가 달라붙었다. 나는 터덜터덜 걸음을 옮겨 챔버 문을 뒤로 한 채 거대한 자유의 여신상 기념품에서 멀어졌다.

내 앞으로 행정실 건물이 보였지만 뭔가 이상했다. 건물에는 색도, 질감도, 활기도 없었다. 씹던 껌으로 다시 만든 모형 같았다.

나는 가까이 다가갔다. 건물은 껌이 아니라 찰흙으로 만들어져 있었다. 광택제가 발라지지 않은 도자기 같았다. 창틀에는 유리도 끼워져 있지 않았다. 건물 안 공간은 어둡고 텅 비어있었다. 나는 벽에 머리를 가져다 댔다. 벽은 차가운 분필처럼 아주 매끈했다.

나는 힘겹게 걸었다. 몇 걸음마다 멈춰서 발목에 붙은 양모를 떼어내야 했다. 이제 건물이라고 생각했던 것들이 우리 학교 내 구조물의 모사품이라는 것을 알게 되었다. 행정실 건물처럼 찰흙으로 만들어진 건물도 있었고 도자기로 만들어졌거나 볼링화 가죽 소재로 만들어져 이음새가 갈지자 바느질로 마무리된 건물도 있었다. 건물들은 작은 구슬로 이루어진 벌판 위에 마치 피사탑처럼 다양한 각도로 기울어져 있거나 반쯤 묻혀 있거나 옆으로 누워 있기도 했다. 건물들은 지평선 위에 중구난방으로 뻗어 있었다. 캠퍼스 위 언덕들은 사라지고 없었다. 태양도 없었다. 하늘은 그 너머에 있는 층이 형광 물질로 가득 찬 것 같은 빛을 냈다.

나는 딸기 향이 나는 왁스로 만들어진 헬렌 뉴프켈러 다리 옆으로 다가갔다. 다리는 원래 있던 자리에 놓여있지 않았다. 모형 캠퍼스는 원래 캠퍼스(내가 아는 캠퍼스가 원래 캠퍼스가 맞다면)와 똑같지 않았다. 결합 챔버로 돌아가려면 내가 지나온 길을 표시해둬야 했다. 나는 내가 선 자리를 표시하려고 양모를 발로 밀었다. 발밑에서 작은 구슬들 아래로 가라앉는 무언가가 느껴졌다. 나는 물체를 손으로 잡아당겼다. 석류였다. 나는 주변을 손으로 더듬었다. 만년필과 검은색 8번 공, 아가일 체크무늬 양말이 나왔다. 루이스 캐롤의 『스나크 사냥』 양장본도 발견되었다. 유리 재떨이로 만들어진 수학과 건물 바닥에서는 내가 손으로 쓴 종이쪽지들을 건져냈다. 쪽지에는 '내가 그녀를 사랑한다는 사실을 이해하나?'라고 씌어 있었다.

오리 한 마리가 작은 공 더미 위를 폴짝폴짝 뛰며 다가왔다. 내 눈앞에서 날개를 퍼덕이며 꽥꽥거리던 오리는 곧 날아가 버렸다.

나는 매트리스 용수철로 만들어진 우리 집 건물 모형도 발견했다. 용수철이 주황빛 하늘빛을 받아 반짝였다. 나는 안을 들여다보았다. 건물 안은 텅 비어있었다. 가구도 없었다. 바닥도 없는 건물 한가운데 쌓인 구슬에는 불을 피우고 난 후 남은 검댕이 묻어 있었다.

나는 건물 안으로 들어갔다. 재는 다 식어있었다. 나는 검게 탄 루이스 캐롤 책등과 오리뼈인지 닭뼈인지 모를 뼛조각 몇 개를 발견했다. 나는 불가 근처 작은 구슬들을 파헤치며 힌트를 찾았다. 콜라병과 석류 한 알, 우리 집 열쇠가 나왔다.

나는 용수철 벽을 빠져나가 뉴프켈러 다리로 돌아갔다. 나는 여전히 그 다리가 학교 입구 근처에 있으리라고 기대하고 있었다.

브라시아가 맞았다. 새로운 우주는 현실과 닮아 있었다. 하지만 결과물은 형편없었다. 결함은 세계를 만들려고 했지만 필요한 재료를 구할 수 없었던 모양이었다. 앨리스가 위험하지 않다고 생각하거나 매력을 느낀 요소들로만 학교가 만들어져 있었다. 공동 연구의 잘못된 예시를 보여주는 것 같았다.

이 모든 게 연구를 발표해야 한다는 압력 때문인 것 같았다.

가장 중요한 것은 결함이 나를 받아들였다는 사실이었다. 오리나 석류처럼 나도 결함의 시험을 통과했다. 결함은 나를 사랑한다. 그는 내 열쇠를 받아들였을 뿐만 아니라 손으로 찢은 종이쪽지에 적은 말들도 받아들였다. 그리고 살아있는 엥스트랜드를 받아들였다.

그녀는 나를 사랑한다. 그녀는 나를 사랑하지 않는 것이 아니다.

나는 떨리는 심장을 안고 작은 구슬들 위를 힘겹게 걸어갔다. 이제 돌아가서 그녀에게 이야기하기만 하면 된다. 사실 그녀는 나를 사랑한다고 말해주어야 한다. 그녀는 깨닫지 못하고 있는 것처럼 보이니 말이다.

나는 학교 입구에 설치된 분수대를 발견했다. 구겨진 알루미늄 포일로 만들어진 분수대는 주황색 하늘빛을 받아 강렬한 빛을 반사했다. 분수대 안은 녹은 피스타치오 아이스크림으로 채워져 있었다. 분수대 꼭대기에 놓인 알루미늄 포일 천사 입에서 아이스크림과 함께 초록색 견과류 알맹이가 하나씩 튀어나오고 있었다.

분수대 바닥에는 똑같이 생긴 연분홍색 고양이 열댓 마리가 잠을 자고 있었다. 깨어 있는 몇몇은 털을 정돈하거나 아이스크림을 핥고 있었다. 모두 통통하게 살이 오른 고양이들이었고, 멍한 표정으로 칭얼거리는 울음소리를 냈다. 결함이 복제한 연구실 고양이 B-84였다. 그들은 복제된 자신들을 신경 쓰지 않는 듯했다. 고양이들은 거울을 보는 데 관심이 없는 모양이었다.

나는 분수대 가장자리에 앉아 석류 껍질을 깠다. 고양이 몇 마리가 관심을 보이며 주변을 맴돌다가 몸통을 내 발목에 문댔다. 주황빛 하늘 아래 펼쳐진 건물 모형들을 바라보았다. 아름다운 폐허이거나 귀신 들린 일본식 정원 같았다. 앨리스의 세계였지만 그녀 자신은 들어올 수 없는 공간이었다. 앨리스에게 꼭 말해줘야겠다고 다짐했다.

석류 알갱이에서 과즙을 빨았지만 마실수록 입 안이 마르는 기분이었고 신맛 때문에 이가 시렸다. 나는 석류를 분수대 옆에 놓았다. 고양이 몇 마리가 킁킁거리며 석류 냄새를 맡았지만 그들은 이미 아이스크림에 입맛이 길들어 있었다. 누가 진짜인지 구분할 길이 없어 아무 고양이 한 마리를 들어 올렸고 건물 모형 사이사이를 지나 결함의 챔버로 향했다.

챔버 안 모든 것은 내가 떠날 때 그대로였다. 나는 안으로 들어가서 고양이를 테이블 위에 올리고 반대편으로 밀었다. 그리고 나도 테이블 위로 올라가 저편으로 몸을 밀었다.

37

나는 어둠 속으로 굴러떨어졌다. 착지하면서 등 뒤에 챔
버의 타일 바닥이 느껴졌지만 챔버 불이 꺼져 있었다. 다행
히 고양이를 죽이지는 않았다. 고양이는 아마도 잽싸게 구
석으로 숨어들어 갔을 것이다. 나는 몸을 일으켰고 어둠
속에서 빛을 찾느라 눈을 찌푸렸다.

아무것도 보이지 않았다. 완벽하게 칠흑 같은 어둠이었
다. 건물 전체에 전기가 나간 것은 아니었다. 발전기가 돌아
가는 소리가 들렸고 바닥도 약하게 떨리고 있었다. 조명만
나간 듯했다.

나는 힘겹게 결함의 테이블 옆을 지나 챔버 문으로 향
했다. 관찰실 역시 완전히 캄캄했다. 어둠 속에서는 어렴풋

한 형체조차 보이지 않았다. 나는 고양이가 나올 수 있도록 문을 붙잡고 기다렸지만 고양이가 나를 따라 나오고 있는지는 알 수 없었다. 그냥 문을 열어두기로 했다. 벽을 찾으려고 손을 뻗었고 세워져 있는 장비의 패널이 손에 닿았다. 단추와 손잡이가 생각보다 거대하고 흥미롭게 느껴졌다. 전에는 이 장비들을 보는 게 불편했었다. 이제는 손으로 만져보며 작동하는 법을 배울 수 있겠다는 생각이 들었다. 손을 더듬어 장비를 지나쳐 문으로 향했고 빛을 찾을 수 있으리라 기대하며 구부러진 복도로 나왔다.

복도 빛 역시 완벽하게 말라 있었다.

한 손으로 부드러운 자갈이 붙은 복도 벽을 짚으며 엘리베이터로 향했다. 갑자기 벽이 움푹 패었다. 피자가게에 전화를 걸었던 공중전화 부스였다. 나는 수화기를 집어 들었다. 유난히 시끄럽게 들리는 신호음에 마음이 푹 놓였다. 이렇게 전화기 신호음이 반가웠던 적이 없었다.

나는 주머니를 뒤적거렸다. 동전은 없었다. 갑자기 펄럭거리는 주머니가 불편하게 느껴졌다. 대단한 발견이라고 스스로 비아냥거리며 옷을 벗어 던지고 다시 엘리베이터를 찾기 시작했다.

벽이 다시 사라졌다. 움푹 팬 벽 안에 식수대가 놓여 있었다. 나는 손잡이를 돌렸고 흐르는 물 아래에 손을 갖다 댔다. 비처럼 시원한 물이 쏟아졌다. 피스타치오는 없었다. 나는 물을 들이켰다. 꿀맛 같았다. 정전기가 날 만큼 건조한 낡은 소매로 입을 훔쳤고 이번에도 오감에 엄청난 전율이 느껴졌다. 나는 다시 어둠을 뚫고 엘리베이터로 향했다.

엘리베이터 안에서 버튼 서너 개를 눌렀다. 다른 층에서 엘리베이터 문이 열렸고 모든 층이 칠흑같이 어두웠다. 인기척이 나는지 귀를 기울였지만 아무 소리도 들리지 않았다. 사람도 없고 빛도 없었다. 건물은 배 속 내장처럼 웅웅거리는 소음을 내며 살아있었다. 그 소리에 마음이 놓이면서도 동시에 몹시 긴장이 되기도 했다.

잔디 냄새를 풍기는 바람의 맛을 느끼며 로비에 도착했다고 확신했다. 주춤주춤 엘리베이터를 나섰다. 완전히 깜깜했다. 한 발로 앞을 더듬어 내 앞에 건물 아래로 내려가는 계단이 있다는 것을 알아챘다. 보도가 위로 솟구쳐 내 발바닥에 닿는 것 같았다. 나는 건물 그늘에서 벗어나 내 얼굴로 쏟아지는 햇살을 느꼈다. 고개를 들어 해를 바라보았다.

아무것도 보이지 않았다.

나는 장님이 되었다.

태양조차 보이지 않았다. 하지만 다른 감각들은 고통스러울 정도로 예민해져 있었다. 머리 위에서 새들이 공기를 가르며 날갯짓하는 소리가 들렸다. 옷들에서 다른 무게와 질감이 느껴졌고 얼굴에 꽃가루인지 미세먼지인지가 닿는 것이 느껴졌다. 귀는 메아리를 만들어 내는 반향실 같아서 고개를 조금만 돌려도 주변 소리들이 왜곡되어 들릴 정도였다. 코에는 하수구 썩은 내와 먼 곳에서 치는 번개 냄새가 풍겨왔다.

하지만 사람 냄새나 기척은 없었다. 아직 원래 세상으로 돌아가지 못한 모양이었다. 이곳 역시 버려진 세계일 뿐 내가 사는 세계도 앨리스의 세계도 아니었다.

나는 물리학과 건물 입구 계단의 맨 밑 칸이 발에 챌 때까지 뒷걸음질 쳤다. 계단을 지표 삼아 학교를 가로질러 우리 집으로 향하는 길 쪽으로 방향을 잡았다. 주변 풍경이 모두 몇 배씩 커진 것 같은 느낌이었다. 하지만 손에 느껴지는 주차 요금 정산기, 게시판, 공원 벤치들은 모두 원래 크기 그대로였다. 물체들은 망망대해에 떠 있는 섬들 같았고 나는 감사한 마음으로 그것들을 붙잡았다.

연이어 나타나는 섬들을 모두 지나 마지막으로 만난 섬은 내 자동차였다. 오른쪽 미등 위에 움푹 들어간 자국으로 내 차라는 것을 알아보았다. 나는 퀴즈쇼에서 경품을 설명하는 여자 호스트처럼 손으로 차를 더듬었다.

그러다 목소리를 들었다.

나는 현관 계단을 올라 문으로 다가갔다. 문은 열려 있었다. 목소리는 집 안에서 새어 나오고 있었다. 귀에 익은 목소리였다.

"에반! 가르스!" 내가 말했다. "살아들 계셨군요!"

말소리가 멈췄다. 무거운 정적이 흘렀다. 집 안으로 들어가는 길을 느낄 수 있었다. 내가 헛것을 들었을까?

"들었어?" 가르스가 나른한 목소리로 말했다. "우리가 살아있다잖아."

"내가 말했잖아." 에반이 말했다. "하여튼 내 말은 안 듣는다니까."

"하." 가르스가 말했다.

내가 그대로 돌아갔다면 그들은 아마 말싸움을 계속했을 것이고 내가 나타났다는 사실도 기억조차 못 했을 것이다. 하지만 내가 현관에 서 있는 이상 그들은 내가 왔다는 사실을 알 수밖에 없었다.

"필립." 에반이 말했다.

"에반." 내가 말했다.

"자, 봅시다. 아직도 소파에서 자고 싶으신가요?"

"뭐라고요?"

"원하신다면 우리가 손님 방에서 자면 됩니다. 손님 방을 원하시면 우리가 소파나 당신 방에서 자도 되고요. 이제까지 나는 당신 방에서, 가르스는 손님 방에서 잤거든요. 하지만 저는 소파도 상관없어요. 앨리스가 오지 않는 이상 공간은 넘쳐나니까요."

"앨리스도 오나요?" 가르스가 말했다.

"아니요." 할 말을 잃은 내가 대답했다.

"좋습니다." 에반이 말했다. "제가 소파를 쓸게요."

"그가 소파를 원하면 어쩌려고?" 가르스가 말했다. "물어봐야지. 필립은 항상 소파에서 잤었잖아."

"괜찮습니다." 내가 말했다. 그들이 이곳에서도 말싸움을 하는 것이 믿기지 않았다. 나는 *내가 장님이 되었다*고 외치고 싶었다.

"뭐가 괜찮다는 거지요?" 가르스가 말했다.

"뭐든 좋다는 겁니다" 내가 말했다. "아무 데서나 잘게요."

"소파가 편하시면 소파에서 주무세요." 에반이 말했다.

"아무 데나 괜찮다잖아." 가르스가 말했다.

여기에 몇 시간을 머물렀을 뿐이었다. 이제 두 장님을 견디기가 힘들었다. 그들의 삶은 이제 밖으로 나갈 길이 없는, 느슨한 부분 없이 꽉 막혀 완전히 닫힌 시스템 안에서 완벽했다. 마침내 자신들이 원했던 대로 방해받지 않은 채 정적 속에서 말싸움하거나 골이 난 상태로 시간을 보낼 수 있게 되었다. 음식을 약탈할 수 있는 통조림으로 가득한 기숙사도 그들 차지였다. 더는 시계를 확인할 필요도 없었다.

나도 그들의 캄캄한 세계 속에 들어와 있었다. *결함*은 이 세계를 받아들여 완전히 다른 세상으로 만들어 냈다. 브라시아가 예측하지 못한 사실이 있었다. 세상의 복제본을 만드는 동안 *결함*은 자신 또한 재생산해냈다. 그의 챔버와 테이블, 현실에 대한 갈망까지도. 페르시아 양탄자 기계처럼 *결함*이 만든 모든 세상에는 모자란 부분, 그 세상의 *결함*이 존재했다. 그리고 그 *결함*은 또 다른 세상을 만들었다. 소프트 교수의 실험은 영원히 끝나지 않을 것이다. 그의 진공 버블은 영원히 확장할 것이고 그가 만든 구멍은 영원히 메워지지 않을 것이다.

세인트 아이브스 섬으로 가는 길이라는 시가 떠올랐다. 새끼 고양이들, 그들의 어미 고양이들, 그들이 들어 있는 가방들 그 가방을 든 아내들을 얼마나 만나게 될까?

에반과 가르스에게 질문하는 것조차 힘들었지만 알아낸 사실이 몇 가지 있었다. 그들은 아이스크림과 오리 구이를 먹어가며 작은 구슬과 양모 바닥이 깔린 현대 미술 작품 같은 현실에서 일주일을 살았다. 그러다 테이블 위로 기어 올라 결함으로 들어갔고 이곳에 도착해 의심 없이 정착했다. 물론 자신들이 살았는지 죽었는지, 긴 꿈에서 깬 것인지 아니면 꿈속으로 들어온 것인지에 관해서도 말싸움을 했지만, 어떤 소화전이 어디에 있고 손으로 무게를 재서 볼펜 속 잉크가 얼마나 남았는지 판단할 수 있는 확률이 얼마나 되는지에 관해서도 다뤘다. 그들은 이곳에서 행복했다. 여기가 그들의 집이었다.

나는 그들을 따라 챔버로 돌아갔다. 그들이 얼마나 편안하고 신속하게 보이지 않는 시력을 이겨내는지에 감명을 받았다. 그들은 지팡이를 효율적으로 두드렸고 나는 나무뿌리와 푹 패인 보도블록에 발을 헛디뎌가며 허겁지겁 그들의 뒤를 따랐다. 초월적인 감각은 도움이 되지 않았다. 내 주변에 펼쳐진 과부하된 세상은 몽환적이고 어지러웠다. 에반과 가르스는 나를 무시하며 말싸움을 했다. 두 사람은 내 목적지에 의심을 품었고 구조되고 싶어 하지도 않았다. 나는 그들에게 돌아가야 한다고 강요할 생각이 없었다. 하지만 나는 집에 가고 싶었다. 시력을 되찾고 싶었다. 앨리스에게 그녀가 나를 사랑한다고 이야기해주고 싶었다.

우리는 엘리베이터를 타고 아래로 내려갔다. 에반과 가르스가 길을 안내해주었다.

"왜 그랬어요?" 갑자기 호기심이 생겨 그들에게 물었다.

"뭐가요?"

"결함으로 들어가셨잖아요."

"하, 네가 말씀드려" 가르스가 말했다.

"음." 에반이 말했다. "결함을 지나면 눈이 보일지도 모른다고 생각했어요. 그렇게 생각했죠. 왜인지는 모르겠지만."

"네 생각이었어." 가르스가 말했다.

"당연하게도, 여전히 앞은 안 보여요." 에반이 말했다.

"장님은 장님이죠." 가르스가 말했다.

우리는 엘리베이터에서 내려 복도를 돌아 챔버로 걸어갔다.

"그리고, 우리가 지낼 곳이 필요했던 것도 있지요." 가르스가 말했다. "그런 생각도 있었어요. 당신 아파트에서 평생 살 수는 없잖아요. 찾고 또 찾았지만 살 만한 곳이 없었죠."

챔버 문을 열자 무언가가 내 다리를 쓰다듬었다. 고양이었다. 나는 고양이를 들어 올렸다. 고양이는 그르렁 소리를 냈다. 나는 에반의 품에 고양이를 안겼다. 앞이 안 보이는 쥐나 새를 잡을 수도 있을 테니까. 에반과 가르스도 어쩌면 다른 친구가 필요할 수도 있었다. 그게 내가 될 수는 없었 지만.

"그리고, 라디오도요." 에반이 말했다. "라디오에 관해 말 씀드려."

"하. 제가 당신 라디오를 고장 냈어요."

"이 친구가 그 얘기를 당신에게 하고 싶지 않다더군요."

"하." 가르스가 말했다. 그가 얼굴을 찌푸린 채 코를 벌름 거리며 지팡이 끝으로 그의 턱을 문지르는 모습이 머릿속 에 그려졌다.

"모순적이지 않나요?" 그가 말했다. "여기에 와서 결국 털어놓고 있으니 말입니다."

38

챔버에서는 고양이 배설물 냄새가 났다. 나는 테이블을 찾아 위로 올라갔다. 차가운 금속 테이블을 붙잡은 손이 덜덜 떨렸다. 나는 겁먹은 거미처럼 팔다리를 오므린 채 서둘러 테이블 반대편으로 향했다. 아무 일도 일어나지 않았다. 바닥으로 굴러떨어졌을 뿐 아무 일도 일어나지 않았다. 어디로도 가지 못한 것이다.

나는 테이블을 거칠게 밀치며 밖으로 나갔다. 결함을 만날 수 없었다. 놓쳐버렸다.

건물 깊숙한 곳에서 기계가 꿀렁거리는 소리가 들렸다. 에반과 가르스가 엘리베이터를 타고 올라가고 있는 모양이었다. 그 소리가 사라지자 엔트로피 상태로 어둠 속에 남겨진 기계들의 복제본들이 우르릉거리는 소리가 들렸다. 두 장님은 이미 나를 잊었을 것이다. 하지만 나는 왔던 길을 되돌아가야 할 수도 있었다. 우리 셋이 함께 사는 모습을 머릿속에 그려보았다. 나는 계속해서 이 챔버로 돌아와 테이블 반대편으로 몸을 던질 것이고 집으로 돌아가는 데 실패할 것이다. 그러면 장님이 된 채 비틀거리며 집으로 돌아가 복제된 소파에 이불을 깔고 잠을 청할 것이다.

나는 테이블의 정확한 위치를 가늠하려고 챔버 문에서부터 테이블까지 걸음 수를 셌다. 너무 늦었지만 이제야 에반과 가르스가 정확한 위치와 거리에 집착하는 이유를 이해할 것 같았다. 이런 상황에 익숙한 그들이 부러웠다.

나는 테이블을 정돈한 다음 다시 위로 올라갔다. 전보다 손이 더 떨렸다. 나는 동물 병원 테이블 위에서 수의사의 손길에 벌벌 떠는 개처럼 무릎을 꿇었다. 입이 바짝 마른 상태로 앞쪽으로 몸을 던졌다.

잠깐 동안은 아무 일도 일어나지 않았다고 생각했다.

여전히 어두웠다. 나는 다른 감각이 느껴질 때까지 기다렸다. 차가운 바닥과 발전기가 돌아가는 소리와 희미한 암모니아와 냉각수 냄새를 기대했다. 바닥이 내 아래서 입을 떡 벌렸다. 나는 테이블 밑으로 떨어졌다. 챔버에 공허가 열렸다.

어디에도 착지하지 않은 채 추락이 멈췄다. 공간 감각이 환상에 불과하다는 것을 깨닫자 추락이 멈췄다. 공간은 존재하지 않았고 따라서 추락할 수 없었다.

그러니까 추락하는 사람도, 추락하지 않는 사람도 존재하지 않았다. 언뜻 확인해 보니 수영을 하거나 버둥거릴 다리도 팔도 없었고, 비명을 지를 입도, 코도, 귀도 아무것도 없었다. 일, 연구, 사람들 모두 사라졌다. 내 몸은 존재하지 않았다.

나와 세상 사이를 가로막아 나를 2차원 맹시의 세계에서 살도록 만든 검은 종이가 고이 접혀 현실 모형이 되었다. 모형은 원래의 세계를 대체했다. 우주였다. 진짜 우주. 그리고 나도 진짜였다. 나는 공허 속에 있을 뿐만 아니라 내가 바로 공허이기도 했다. 공허가 곧 나였다. 필립이나 엥스트랜드는 없었다. 나는 존재하지 않았다. 내가 관찰자의 함정을 해결했다. 관찰자를 없애고 무로 그 자리를 채우면 된다. 그러면 관찰 대상도 없어지고 그 자리도 무로 채워진다. 관찰자도, 관찰 대상도 없고, 그러면 나는 술을 마시고 추락해도 문제가 없다. 그저 마음을 생각하는 마음만 존재할 뿐. 아, 이게 문제라면 문제겠군.

나는 관찰자의 함정을 풀었지만 더 복잡한 사고자의 문제를 만들어 냈다.

뭐, 내가 만든 문제를 해결할 시간은 있을 것 같았다. 생각할 시간은 많다. 실체가 없는 내 의식 속의 입자 가속기 속에는 생각을 뒤집을 시간도 충분했다. 디 투스 교수에게 제안한 것처럼.

나는 시간 부자였다. 내가 충분히 가진 이것을 시간이라 부르는 게 맞다면 말이다. 어쩌면 공간일 수도 있다. 시간이 맞다면 확실히 널찍한 시간이었다. 존재하지 않는 눈으로 보기에 여유로웠다. 여유 속에 놓을 만한 것도 없긴 했다. 하지만 곧 여유로운 것은 시간도 공간도 아니라는 사실을 깨달았다. 그것은 무였다. 무가 풍요로웠다.

무가 거대한 파도처럼 셀 수 없이 밀려오고 있었다.

무가 아닌 것도 마찬가지였다. 가능한 모든 무는 무가 아니었다.

아무것도 없었다.

넘쳐나는 무와 무 말고는 거의 아무것도 존재하지 않는 세상에 살게 되었다. 존재하는 것을 생각하기가, 존재하는 것에 대한 기억을 떠올리기가 점점 어려워졌다. 그들은 기존의 거대한 무에서 꽤 오랫동안 살아남았던 옛 주민이었다. 결함에 관한 것 브라시아에 관한 것, 앨리스의 관한 것이라 부르는 것들은 모든 면에서 침입하는 무보다 훨씬 덜 흥미롭고 덜 적절해 보였다. 무는 실재하며 시기적절했다. 진짜였다. 유의미했다. 반면 존재하는 것은 불가능한 가짜였다. 나는 존재하는 것이 물러나도록 내버려 뒀다. 식은 죽 먹기였다. 존재하는 것은 당황하며 분개하는 듯 보였다. 그것은 저절로 떨어져 나갔다. 가야 할 때를 알았다. 그리고 그것을 대체하기는 쉬웠다. 그것이 남긴 작은 구멍을 근처에 있는 여분의 무로 채우면 그만이었다.

존재하지 않는 것. 무.

나는 콧노래를 불렀다. 필립 무와 무들에 의한 무. 무의 음으로 흥얼거렸다. 빠르게 인기를 끌어 무의 차트에서 10주는 1위를 차지할 무.

최대 히트작 무.

수퍼 무. 초 무. 크립토 무. 모험하지 않으면 아무것도 얻을 수 없다고 했던가.

룰루랄라.

나는 무의 메시지를 주고받았다. 무의 메일도.

그리고 예상치 못하게도 무의 변주곡이 눈에 띄었다. 잔물결과 결점이 보였다. 무에 구멍이 뚫렸다. 무에 작은 *결함*

이 생겼다. 무언가가 생겨버렸다. 한 장의 종이였다.

종이 가장자리가 무 속에 빼꼼히 모습을 드러냈다. 곧 침범할 것 같은 진짜였다. 거부할 수 없었다. 아무것도 아니기에 무엇에도 맞설 수 없었던 무의 한가운데를 뚫고 종이가 들어왔고 무는 의기양양하고 명백한 진짜 종이로 대체되었다.

내가 무이고 무가 뻗어나간 곳까지 확장된 이상 나와 무의 중심은 같았고, 종이는 나의 자기 만족적인 무 한가운데를 뚫고 들어왔다. 짜증이 치밀었다. 성가셨다. 간지러웠다. 무를 망치다니. 아, 종이와 무 중에 선택할 수 있는 권한이 있었다면 당연히 무를 선택했을 텐데. 무가 훨씬 충만하니까. 무에는 깊이와 진실과 중력이 존재하니까. 하지만 내게는 선택할 권리가 없었다.

나는 종이에 글이 적혀있다는 사실을 알아챘다.

'필립을 받아들였나?'

필립을 받아들이다니. 나는 쪽지에 적힌 못 믿을 내용을 읽고 또 읽었다. 필립을. 받아들였나. 정확히 내가 읽은 문장이었다.

이 종이쪽지는 내가 한때 필립이라는 것이 존재했다는 사실을 스스로 인정하도록 나를 자극했다. 틀림없이 나를 위한 질문이었다. 그러니까, 여기 이 쪽지는 내 무의 한가운데로 던져져 내 눈에 정확히 맞춰 떨어졌다. 쪽지는 답장을 원했다.

내가 필립을 받아들였던가? 어떻게? 약을 먹듯이? 내가 그를 받아들이고 견뎌내고 참아낼 수 있던가? 음, 거의 그럴 수 없었다. 아니면 데려갈 수는 있겠지. 그래, 그거였다. 내가 필립을 *데려갔냐*고. 그러니까 이 쪽지는 내가 한때 있었던 곳에서 온 메시지였다. 그곳은 여기에 무로써 있게 된 내가 더 이상 존재하지 않는 곳이었다. 음, 나는 여기에서 아무것도 아닌데, 거기에도 없다니. 두 장소 모두에서 없는 존재라니. 마음에 들었다.

하지만 먼저 있던 장소에서 항의를 해왔다. 적어도 질문을 던졌다. 답을 얻을 자격이 있었다.

그래. 따져보자고. 그래. 내가 그랬던 것 같다. 그는 내가 그곳을 떠날 때 나와 함께였다. 물론 어느 시점에 그는 거의 나였다. 사실 내 전체가 그였다. 그리고 지금 무로써 당신에게 이야기하는 나는 그의 아주 작은 일부이거나 그의 안에 존재할 가능성이 있었다. 그의 전조랄까. 하지만 그랬다. 내가 그를 데려갔다. 그를 되찾을 수도 있겠지만 나는 그가 어디로 갔는지 모른다. 나는 그를 잃었다.

하지만 그를 받아들였냐고? 그럼. 그게 나였으니까.

생각하는 동안 눈이 떠졌다. 한쪽 눈이 번쩍 떠져 챔버 안을 들여다보았다. 머리 위로 휘어진 형광등이 보였고 내 밑에는 철제 테이블이 깔려 있었다. 연구실 가운을 입고 알이 두꺼운 안경을 낀 소프트 교수가 호기심 가득한 눈으로 종이를 사라지게 만든 내 안을 들여다보았다.

나는 테이블 위 결함의 자리를 대신 차지하고 있었다.

소프트 교수는 입술을 꽉 문 채 눈 위로 흘러내린 검은 머리카락을 쓸어 넘겼다. 그는 볼록렌즈가 끼워진 것 같은, 세상을 향해 난 나의 창가에서 멀어져 테이블 저편에서 종이쪽지 위로 몸을 숙였다. 그는 시험에서 부정행위를 하는 학생처럼 땀을 흘렸다. 은밀하게 연구실을 방문한 모양이었다. 오지 말아야 한다고 생각했으면서도 이곳을 찾은 것이다. 그는 동료 교수나 청소부가 원시적이고 과학적이지 않은 방법에 의존하는 자신을 발견할까 두려워하고 있었다. 그는 피곤해 보였다. 머리도 잘라야 할 것 같았다.

그는 눈을 부릅뜬 채 펜을 내려놓았다. 그리고 종이쪽지를 집어 앞으로 들이밀었다. 메시지가 내 시야에 들어왔다.

'지금 닫히고 있나?'

내가 지금 닫히고 있던가.

음, 젠장. 당연하지. 아마 소프트가 그걸 간절히 바라고 있다는 것을 여태 몰랐더라도 지금 그의 표정을 봤다면 알게 되었을 것이다. 수심에 잠긴 듯한 입꼬리와 그의 이마 주름이 그의 바람을 그대로 드러내고 있었다. 무일 뿐인 내가 피와 살로 만들어진 존재를 행복하게 만들 수 있었다. 그에게는 올바른 답이 필요했다. 그러니, 좋다. 나는 답힐 것이다. 나는 그의 떨리는 손에서 종이를 받아들었다. 충혈된 눈이 희망으로 반짝 빛났다. 그는 믿고 싶어 했다. 결함이 사라져버리기를 간절히 원하고 있었다. 나도 그 기분을 안다. 나는 그에게 공감했다.

행복해진 소프트 교수는 테이블에서 일어섰다. 그는 남은 종이쪽지를 주워 자신의 주머니에 넣고 연구실을 나갔다. 뚫린 구멍으로 새로운 관점에서 챔버를 보도록 나를 혼자 남겨둔 채 그는 떠났다. 나는 연구실 문틀 위쪽에 발포 단열재가 불규칙하게 발라져 있다는 것도, 표면이 벗겨진 구리 케이블이 벽에서 삐져나와 대롱거리고 있다는 것도 처음 알게 되었다.

나는 소프트 교수를 행복하게 하겠다고 다짐했다. 모든 것을 거부할 것이다. 학생들이 와서 내 눈에 미립자를 쏘도록 놔둘 것이다. 영원히 모든 것을 부정할 것이다. 테이블 저편에서 물체들을 던지도록 놔둘 것이다. 누구든 테이블 가장자리를 넘어가도록 할 것이다. 모든 맛을 맛보지 않은 채로 남겨두고 얼마나 매력적이든 모든 형태를 그대로 둘 것이다. 소프트 교수와 그의 제자들은 제거 프로세스를 통해 내가 입을 굳게 닫았다는 것을 증명할 것이다. 기자회견장이 눈앞에 펼쳐졌다. 참석하는 사람들이 특별히 많지는 않을 것이다. 무언가가 종료되었다는 소식은 그리 주목을 받지 못하니까. 소프트 교수는 눈을 반짝이며 결함의 시대는 끝이 났다고 공표할 것이다. 수수께끼는 풀리지 않을 것이다. 소프트 교수는 안타까워하는 연기를 하겠지만 그를 아는 사람이라면 그가 안도하고 있다는 사실을 눈치채겠지. 그는 마지막 보고서를 올리겠다고 예고할 것이다. 보고서는 학기 중 가장 덜 바쁜 때에 유명하지 않은 저널에 조용히 실릴 것이다.

그러고 나면 아무도 나를 찾지 않으리라는 생각이 들었다. 나는 잊힐 것이고 그들은 챔버를 다른 용도로 사용할 것이다.

소프트 교수가 행복을 희생해야 하는지도 모른다. 결함이 다시 왕성하게 활동할 수도 있다. 크게 하품을 한 번 한 다음 모든 것을 삼켜버릴 수도 있었다. 봅슬레이 썰매, 트

렌치코트, 양파, 목도리, 대하 새우, 발 받침, 컨베이어벨트, 네온사인, 일회용 점프슈트, 피칸 파이, 교통섬(보행자를 보호하기 위해 도로 가운데 만들어 놓은 구역 — 옮긴이), 삼루수, 탄광, 눈보라, 폭포, 대회 참가자들까지 모두 삼킬 수 있었다. 나는 바보 같은 턱을 크게 벌리고 모든 사람을 받아들일 수도 있었다. 웃음도, 어린 시절도, 사랑도 받아들이고 그밖에 모든 것들을 받아들일 수 있었다. 그들 모두에게 증명할 수 있었다. 브라시아 교수, 소프트 교수, 디 투스 교수, 특히 앨리스에게 말이다. 모든 것들을 받아들여 세상을 만들 수도 있었다. 테마파크와 세속적인 쾌락의 동산을 만들 것이다. 소프트 교수는 공터에서 서커스 쇼를 펼치는 나이 든 서커스 단장이 될 것이다. 얼떨결에 이 낙원의 수문장이 되겠지. 대중의 환호에 힘입어 문을 열고 무리 지어 몰려든 수백만 명의 사람들이 들어 올 수 있도록 할 것이다. 그리고 나는 그들을 한 명씩 모두 받아들일 것이다. 사람들은 신이 나서 테이블 너머로 뛰어들겠지. 마치 풍선 미끄럼틀을 타고 불타는 비행기에서 탈출하는 사람들처럼. 신시아 졸터도 받아들인 다음 그녀가 상상도 못 한 연결성을 보여줄 것이다. 피곤에 찌든 지구의 인구를 줄일 수 있을 것이다. 브라시아 교수와 소프트 교수, 디 투스 교수 그

리고 앨리스 교수만 빼고. 나는 그들을 저편에 남겨 그들
이 보이지 않는 문을 노려보며 비통하고 원통함에 젖도록
할 것이다. 그러고 나면 나는 마음이 누그러져 브라시아 교
수를 받아들이고, 소프트 교수를 받아들이고, 마침내 디
투스 교수까지 받아들이겠지만 절대, 절대로……

　그때 챔버 문이 열렸다.

　나는 다시 소프트 교수가 들어와서 초조해하며 내게 또
박또박 적힌 질문을 던질 줄 알았다. 하지만 들어온 사람
은 소프트 교수가 아니었다. 앨리스였다. 그녀는 자신이 있
던 곳에서 이곳으로 돌아왔다. 내가 사라졌다는 소식을 들
었을까? 알 수 없었다. 학교에 들렀다가 곧장 연구실로 왔
을 수도 있다. 그녀는 전보다 야위었고, 피곤해 보였다. 머
리가 젖은 상태로 자다 일어났는지 뻣뻣한 짧은 머리가 요
상한 각도로 서 있었다. 눈가가 붉게 물들어 있었다. 하지
만 표정은 차분했다. 그녀의 왼손에는 아직 반창고가 여러
개 붙어 있었다. 나는 그녀라는 존재에 최면이 걸린 것처럼
잠자코 그녀를 지켜보았다. 그녀는 조심스럽고 조용하게 연
구실 문을 닫고는 테이블 가장자리로 다가와서 옷을 벗기
시작했다. 다친 왼손 때문에 운동화 끈을 풀고 셔츠 단추
를 풀고 브래지어를 벗는 데 애를 먹었지만 곧 그녀는 발가

벗은 채 챔버 안에 서 있었다. 목 힘줄이 한껏 긴장되어 있었지만 입은 살짝 벌어져 있었다. 그녀의 가슴에 닭살이 돋았고 차가운 공기에 노출된 젖꼭지가 단단하게 서 있었다. 그녀는 반창고 붙인 손을 테이블 위에 올리며 얼굴을 찌푸렸다. 그녀는 테이블에서 다친 손을 뗐다. 대신 뒤로 돌아 엉덩이 양쪽을 차례로 차가운 탁자 위로 들어 올린 다음 꿈틀거리며 내 쪽으로 다가왔다. 다친 손은 품에 안은 채 멀쩡한 팔로 그녀의 몸을 받치고 있었다. 나는 테이블을 건너는 그녀의 눈을 보았다. 그녀의 맑은 눈동자에는 분명 애정이 가득 담겨 있었다.

〈끝〉

옮긴이 | 배지혜

뉴욕 시립대 버룩칼리지 경제학과를 졸업했다. 유학 시절 재미있게 읽던 작품을 한국어로 옮기고 싶다는 욕심이 생겼고, 현재 글밥아카데미를 수료한 뒤 바른번역 소속으로 활동중이다. 대표 역서로는 『미키7』, 『시체와 폐허의 땅』, 『구원의 날』 등이 있다.

그녀가 테이블 너머로 건너갈 때

1판 1쇄 찍음 2023년 7월 21일
1판 1쇄 펴냄 2023년 7월 28일

지은이 | 조너선 레섬
옮긴이 | 배지혜
발행인 | 박근섭
편집인 | 김준혁
펴낸곳 | 황금가지

출판등록 | 2009. 10. 8 (제2009-000273호)
주소 | 06027 서울 강남구 도산대로 1길 62 강남출판문화센터 5층
전화 | 영업부 515-2000 편집부 3446-8774 팩시밀리 515-2007
홈페이지 | www.goldenbough.co.kr

도서 파본 등의 이유로 반송이 필요할 경우에는 구매처에서 교환하시고
출판사 교환이 필요할 경우에는 아래 주소로 반송 사유를 적어 도서와 함께 보내주세요.
06027 서울 강남구 도산대로 1길 62 강남출판문화센터 6층 민음인 마케팅부

ⓒ황금가지, 2023. Printed in Seoul, Korea
ISBN 979-11-7052-305-5 03840

㈜민음인은 민음사 출판 그룹의 자회사입니다.
황금가지는 ㈜민음인의 픽션 전문 출간 브랜드입니다.